너의 목소리를 그릴 수 있다면

EBS 라디오 × 카카오 브런치
〈나도 작가다〉 당선 작품집

너의 목소리를

그릴 수 있다면

든든북스

햇볕에 환하게 널어놓은 빨래처럼 친근하고 정갈한 이야기들을 읽다 보면 얼른 내 것도 가져와 그 결에 널고 싶어진다. 일상을 뒤집어 안감과 솔기까지 몽땅 보여주는 이 경쾌한 도발 앞에서 나는 단발머리처럼 산뜻한 기분을 느꼈다. 담백하게 따라가다가 순간 감정의 올 풀림을 경험하기도 했다. 이렇게 반짝이는 페이지를 내거는 마음, 또 기다리는 마음, 그 두 갈래 길이 한 권의 책에서 마침내 만났다. 하나의 삶을 다른 삶 결에 가만히 놓아둘 때의 일렁임이 그립다면, 이 책이 기꺼이 선물이 되어줄 것이다.

윤고은
────
소설가

생계와 금전적 대가를 위해 스포츠나 취미 활동을 직업으로 만든
사람을 프로페셔널이라고 한다. '아마추어'는 이들과 굳이 구분해야
할 필요가 있어 생긴 단어다. 아마추어리즘이란 이겼다고 자랑하지
않고, 패했다고 불평하지 않으며, 자기 절제와 용맹심을 바탕으로
멋있게 임하는 태도를 뜻한다. 이러한 정신이 없다면 진정한
아마추어라고 할 수 없다. 그러므로 아마추어는 프로보다 결코 부족한
존재가 아니다. 프로보다 고귀한 존재다. 이 책은 언어와 문장의
세계에서 '고귀한 아마추어리즘'의 실현을 보여주는 아주 훌륭한 사례다.
진정성만으로 완성된 더없이 아름답고 감동적인 책이다.

김성신

출판평론가

평범한 일상이 공감 백배 에세이로 변신했다. 예순 명의 작가들의
이야기는 열심히 진지하게 혹은 좌충우돌 어이없이 살아낸
시간의 기록이고, 어제의 내가 오늘의 나에게 건네는 고백이다.
시작과 도전, 실패와 두려움 그리고 나다움에 대한 글을 읽으며 가슴
뛰는 설렘을 만났고 속울음을 울기도 했다. 사는 건 그런 거라고,
힘든데 어떻게 힘을 내냐고, 지금 이대로 괜찮다는 말을
이 책을 읽는 그대와 나누고 싶다.

정진아

방송 작가·동시인

처음에는 그림이 그려지지 않았다. 브런치 작가 대상 공모전,
당선 작가가 자신의 글을 직접 낭독, 라디오 송출, 도서 출간….
유례없는 협업 제안이었고 결과는 성공적이다. 1만여 편의 글이
응모되었고 선정된 60편은 라디오 전파를 타고 《너의 목소리를
그릴 수 있다면》에 담기게 되었다. '시작과 도전' '실패와 두려움'
'나를 나답게'라는 주제는 공감을 일으키기에 충분하다.
현실적이지만 포근한 글에 담긴 진심 어린 잔잔함이
당신의 마음에 닿을 수 있기를 기대한다.

김진호
카카오 브런치 매니저

[1] 이 책에 실린 작품은 2020년 EBS 라디오×카카오 브런치 〈나도 작가다〉 공모전 당선
작입니다. 당선 작가가 낭독한 글은 EBS 라디오 방송에 송출되었습니다.

[2] 60편의 글에는 작가의 카카오 브런치 블로그 아이디가 실려 있습니다. https://
brunch.co.kr/@아이디로 들어가면 작가 소개와 다른 글을 읽어볼 수 있습니다.

[3] 인명과 지명 등 외래어는 국립국어원 외래어표기법에 따라 표기하되 관용어로 굳어
진 경우는 예외로 두었습니다.

[4] 책은 《 》, 단편을 비롯한 시, 희곡, 영화, 음악, 행사, 텔레비전 프로그램 이름은 〈 〉
로 엮었습니다.

들어가며

당신의 목소리가 궁금했습니다. 글쓰기를 직업으로 하지 않는 분들의 목소리가 듣고 싶었습니다. 그 나지막하고 반짝이는 글과 소리가 세상에 드러나면 좋겠다고 생각했습니다. 글과 소리가 담겨 일렁이는 호수를 들여다보며 귀 기울이고 싶었습니다. 호숫가에 앉아 물을 길어 다정한 사람들과 나누길 바랐습니다.

프로 작가의 숙련되고 전문적인 글보다 우리 주변의 풋풋하고 산뜻한 이야기가 더 와닿을 때가 있습니다. 그 이야기를 품은 이들이 직접 목소리를 내면 어떨까, 그 이야기가 라디오에 흐르면 어떨까, 책으로 엮으면 어떨까 상상했습니다. 〈나도 작가다〉 프로젝트는 이렇게 시작되었습니다.

카카오 브런치 팀과 기획 회의를 할 때는 프로젝트가 이렇게 커지리라곤 생각하지 못했습니다. 세 차례 공모전을 통해 1만여 개의 글을 읽으며 여러 번 울컥하기도, 마음이 따뜻해지기도 했습니다. 작가님들의 글은 화려하진 않지만, 마치 내 친구의 이야기처럼 진솔하고 가깝게 느껴졌습니다.

당선 연락을 받고 눈물을 흘리시던 작가님, 어린아이처럼 소리 지르며 좋아하시던 작가님의 모습을 보며, 작가라는 꿈을 가진 분들께 한 발자국 더 나아갈 수 있도록 조금이나마 용기를 드린 것 같아 보람을 많이 느꼈습니다.

라디오 녹음을 진행하면서는 자택이 멀어서 전날부터 방송국 근처로 와 주무시고 오신 작가님, 가슴이 벅차오른다며 제 손을 잡고 연신 고맙다고 말씀하시던 작가님, 방송국이 신기하다며 사진과 동영상을 찍으시던 작가님, 바짝 긴장하시어 목소리까지 덜덜 떨렸던 작가님의 모습까지 모두 소중하게 기억하고 있습니다.

〈나도 작가다〉 프로젝트를 물심양면 도와주신 EBS 손희준 부장님, 기획 방향을 잡도록 살펴주신 정윤범 피디님께 고마움을 전합니다. 공모전 예심과 본심을 비롯해 프로젝트가 단단해지도록 힘을 보태주신 이하진 피디님, 최동민 피디님, 김정재 피디님 그리고 정진아 작가님, 우하경 편집자님, 성민정 님께도 감사 인사를 드립니다. 컬래버레이션 공모전을 함께해주신 카카오 브런치 팀 김진호 매니저님, 도서 출판을 맡아주신 롱테일북스 이수영 대표님과 레드필스터디의 김승규 선생님께도 감사의 말씀을 드립니다.

1년여 동안 예순 분의 작가님과 〈나도 작가다〉 프로젝트 구성원이 모여 만든 책 《너의 목소리를 그릴 수 있다면》은 독자 여러분을 위한 것입니다. 뿌듯하면서도 애틋한 마음이 오롯이 담긴 이 책을 읽어주세요. 함께 웃고 울며 글에서 위로와 희망을 찾을 수 있으면 좋겠습니다. 우리가 사는 이곳이 조금은 더 따뜻하고 다정해지길 바랍니다. 그런 다정함이 라디오를 타고 흐르기를, 활자 안에 담겨 여행을 떠나기를, 그렇게 독자 여러분에게 가닿기를 바라는 마음입니다. 이 순간도 용기 있게 삶을 이끌고 계실 당신을 진심으로 응원합니다.

EBS 라디오부
김성은

나의 시작,
나의 도전

나의 실패, 나의 두려움

나를 나답게

나의 시작, 나의 도전

'시작이 반'이라는 말이 있습니다. 무슨 일이든 시작하기가 어렵지,

일단 시작하고 나면 끝마치기는 그다지 어렵지 않다는 뜻입니다.

여러분의 시작은 어떤 모습이었나요? 시작하고 도전하는 여러분의

목소리를 듣고 싶습니다. 한껏 소란스러운 시작이어도 좋고,

조용하고 사소한 시작도 좋습니다. 즉흥적이고 우연한 시작이나

뭉근하게 품었던 바람에서 비롯된 시작이어도 근사하겠네요.

시작하고 도전하는 여러분을 응원합니다.

오영

@oyoung

점 위에 올라서서

나는 겁이 많은 사람이다. 아주 사소한 것에서 누구나 깜짝 놀
랄만한 일까지 늘 남들보다 많이 겁먹는다. 내 기억 속 가장
또렷하게 남아 있는 두려움은 초등학교 5학년 체육 시간에 만
난 '뜀틀'이다. 초등학교 5학년 때부터 급격히 살이 찌기 시작
해서 통통과 뚱뚱 사이를 넘나들던 나는 체육 시간이 정말 싫
었다. 본격적인 수업 전에 체육 선생님은 꼭 운동장 한 바퀴를
돌게 했다. 달리기도 못 하고, 몸도 무겁고, 막 이차 성징이 시
작된 터라 내 몸이 내 몸 같지도 않았고, 친구들이 다 나만 쳐
다보고 있는 것만 같고…. 체육 시간이 싫은 이유는 셀 수도
없이 많았다. 체육 시간엔 체조, 피구, 발야구 같은 대부분 놀
이라고 생각될만한 것들을 했는데 그날만은 좀 달랐다. 내 키

17

만 한 거대한 뜀틀이 운동장 한가운데 떡하니 자리 잡고 있는 것 아닌가. 계단을 내려오던 나는 질색했다. 남자애들은 "와!" 하고 소리치며 뜀틀로 달려갔다. 선생님이 나타나기도 전에 먼저 번쩍번쩍 뜀틀을 넘는 애들도 있었다. 나는 멀찌감치에서 뜀틀을 바라보았다. 저 뜀틀을 왜 넘어야 하지? 저걸 넘는다고 뭐가 달라지지? 쟤는 뭘 위해 존재하는 거지? 별의별 잡생각이 머릿속을 스쳐 지나갈 때쯤 체육 선생님의 호루라기 소리가 들렸다. 삐이.

학급 번호 순서대로 줄을 서면 항상 남자애들이 여자애들보다 앞섰다. 그때 왜 내가 저 띨띨이보다 뒤에 서야 하나 짜증이 났던 거 같은데 체육 시간만은 달랐다. 내 번호가 뒤쪽에 자리했다는 게 얼마나 감사한 일인지. 남자애들은 우다다 달려가 뜀틀을 휙휙 넘었다. 머뭇거리는 애도 있었고, 넘다가 중간에 걸려 자빠지는 애도 있었고, 거의 다 넘어가서 앞으로 고꾸라지는 애도 있었다. 각양각색으로 뜀틀을 넘기 시작했고, 곧 내 차례가 다가왔다. 뜀틀을 볼 때부터 심장이 뛰기 시작했던 나는 내 앞의 친구가 달려갈 때 거의 울기 일보 직전이었다. 내 차례를 알리는 선생님의 호루라기 소리가 들렸지만 난 이러지도 저러지도 못한 상태로 발만 동동 굴렀다. 친구들이 "뛰어가!" "괜찮아!" "얼른 가!" 하고 한 마디씩 보탰지만 발이 떨어지지 않았다. 선생님이 호루라기를 한 번 더 삑 불었다. 나는 눈을 질끈 감고 달려갔다. 뜀틀에 손을 올린 순간, 나는 마치 자동차가 급정거하는 것처럼 그 자리에 멈춰 섰다. 뜀틀을 넘거나 중간에 걸리기는커녕 올라서지도 못한 것이다. 나는 뜀틀을 돌아 아이들이 앉아 있는 곳으로 달려갔다. 남자애들은 킥킥대고 여자애들은 괜찮다며 위로했다.

그날 이후로도 나는 뜀틀을 넘지 않고 뱅 돌아가는 걸 택했다. 새처럼 날아올라 시원하게 뜀틀을 넘는 친구들을 보고 있노라면 부러움과 두려움이 공존했다. 체육 시간이 있는 날이면 아침부터 기분이 안 좋았다. 얼른 뜀틀 넘는 시간이 지나갔으면 바라고 바랐으나 선생님은 늘 모든 아이들이 뜀틀을 넘을 때까지 멈추지 않을 것 같은 비장한 모습으로 나타났다. 이대로 포기할 수는 없었다. 뜀틀을 넘는 것도 중요했지만, 뜀틀을 넘어야 받을 수 있는 점수도 중요했다. 나는 아빠에게 고민을 털어놓았다. 아빠는 우하하 웃으며 나를 아무도 없는 운동장으로 데리고 갔다. 뜀틀은 늘 운동장 구석에 있었으므로 언제든가서 연습할 수 있었다. 아빠는 내 앞에서 휙 하고 뜀틀을 넘었다. 지금 자기가 얼마나 뜀틀을 잘 넘는지 자랑하려고 날 데리고 온 건가 하는 생각이 들 정도로 계속 뜀틀을 넘었다. 나는 입이 잔뜩 나와 발끝으로 흙먼지만 풀풀 만들어냈다.

"이제 뛰어봐." 아빠는 나더러 갑자기 뛰어보라고 했다. "아, 못 넘는다고!" 난 짜증을 냈다. 아빠는 나더러 뜀틀 위에 앉아보라고 했다. 난 툴툴거리면서도 뜀틀 위에 올라가 앉았다. 아빠는 그 상태에서 내려와보라고 했다. 나는 폴짝 뛰어 뜀틀에서 내려왔다. 아빠는 뜀틀 위에 올라서보라고 했다. 나는 아빠가 시키는 대로 했다. "저만치에서 달려와서 손만 탁 하고 올려봐." 난 저만치에서 달려와 뜀틀 위로 손만 탁 올렸다. "달려와서 요 앞에서 점프만 해봐." 나는 달려와서 뜀틀 앞에서 점프만 했다. "달려와서 손을 올리고 점프해서 올라타봐." 나는 달려와서 뜀틀을 짚고 점프했지만 뜀틀 위로 올라서진 못했다. 너무 무서웠다. "손이 꺾일 거 같단 말이야. 앞으로 자빠질 거 같단 말이야. 옆으로 쓰러질 거 같아!" 못 할 것 같은 이유를 엉엉 울며 말했다. 땟국물이 눈물과 함께 줄줄 흘렀다.

"뜀틀이 왜 무서워?" "그냥 무서워."
"왜?" "넘어질 거 같단 말이야."
"넘어질 수도 있지." "넘어져서 손목이 꺾이면 어떡해."
"그러면 깁스해야지. 깁스하고 싶어 했잖아. 멋져 보인다고."
"넘어지면 애들이 놀릴 거야." "놀리면 어때, 놀리라고 해."
"놀림 받는 거 싫어." "그러면 뛰어넘을 수밖에 없어."

아빠는 날 바라보며 계속해서 이야기했다. "뜀틀 저건 아무것도 아니야. 한 번에 넘는 사람은 없다고. 잘 넘는 애들이 있을 수도 있어. 근데 그건 걔가 그냥 뜀틀을 잘 넘는 애라서야. 넌 피아노를 잘 치잖아. 노래만 듣고도 반주를 칠 수 있는 것처럼 누군가에겐 노력을 이만큼 해야 얻어지는 게 있고, 누군가에겐 노력을 요만큼 해도 얻어지는 게 있어. 네가 뜀틀을 넘으려면 그 이만큼의 노력이 필요한 거야." 아빠는 이만큼이라는 말을 하며 팔을 크게 벌렸다. 나는 아빠가 사준 아이스크림을 먹으면서도 계속 심드렁했다.

다음 날 아빠 없이 혼자 운동장으로 향했다. 뜀틀 시험이 얼마 남지 않아 더 이상 미룰 수 없었다. 난 아빠가 해준 말을 떠올렸다. "처음 몇 번은 어차피 넘어질 거야. 어차피 자빠질 건데 그냥 넘어보자 하는 생각으로 뛰어!" 난 우다다 달렸다. 아빠의 조언만으로는 두려움이 사라질 수는 없는 노릇이라 처음엔 뜀틀 근처에 가서 다시 뱅 돌아오기만 했다. 그러다 에라 모르겠는 심정으로 달려 뜀틀에 손을 짚었다. 그리고 점프!

몇 번을 반복하자 뜀틀 중간에 걸터앉을 정도가 됐다. 뜀틀에 대한 두려움도 조금씩 사라지는 듯했고, 뱃속에서부터 자신감이 스멀스멀 올라오기 시작했다. 별거 아니잖아? 해가 질 때까지 몇 번을 달렸지만 완벽하게 뜀틀을 넘지는 못했다. 그래도 자신감을 얻었으니 됐다 싶었다.

대망의 시험 날, 첫날처럼 어떤 애는 쉽게, 어떤 애는 넘어지고, 어떤 애는 포기했다. 내 차례가 되었다. 늘 뜀틀을 뱅 돌아가는 것으로 대신했기 때문에 아이들은 내 순서에 별다른 관심을 보이지 않았다. 선생님도 마찬가지인 듯했다. 나는 올림픽 뜀틀 대표 선수처럼 심호흡을 했다. 삐. 체육 선생님의 호루라기 소리가 울렸다. 나는 우다다 달렸다. "넘을 수 있어. 자빠지면 깁스하면 돼. 깁스는 멋지니까!" 아빠의 목소리가 머릿속에서 댕댕 울렸다. 힘차게 땅을 차고 뜀틀 중간에 손을 짚었다. 그리고 점프! 엉덩이가 뜀틀 끝에 살짝 걸리긴 했지만, 착지가 대표 선수처럼 멋지진 않았지만 처음이었다. 드디어, 뜀틀을 넘은 거다. 선생님이 호루라기를 삐삐, 불었다. 뒤 순서인 아이들이 와! 하고 소리쳤다. 나는 벌떡 일어나 뒤를 바라보았다. 내가 넘은 뜀틀이 그곳에 있었다.

그날 이후 뜀틀보다 더한 일들이 나를 기다리고 있었다. 두렵다고 피해도 피할 수 없는 일들이 많았다. 모두 처음 겪는 일들이었다. 순간순간의 삶 속에서 내가 홀로 시작하고 도전해야 하는 일들이었다. 겁 많은 나는 모든 일이 두려웠지만 마음속에서 내일의 나를 떠올렸다. 발표 전날엔 발표를 잘 마치고 박수를 받는 나, 비행기 안에서는 여행을 잘 마치고 돌아와 친구들에게 사진을 보여주는 나를 떠올렸다.

누군가는 시작이 반이라고 말한다. 나는 시작을, 도전을 내 삶의 아주 작은 점으로 여긴다. 내가 시작하고 잘 마친 일이 검은 점으로 남고, 이 순간을 이겨내면 다른 점이 나타나는 것이다. 그 점들은 이어져 선이 될 것이다. 선은 이어져 내 안의 세계를 만들어낸다. 시작과 도전으로 이루어진 많은 점들 속에 내가 서 있는 것이다.

나는 곧 새로운 도시로 이사한다. 낯선 도시에서 잘 살아내기 위해서는 운동장을 뛰었던 것처럼 몇 가지 연습이 필요할 것이다. 새로운 점 하나를 내 세계 안에 찍기 위해서, 나는 오늘도 멋지게 삶의 뜀틀을 넘어설 준비를 한다.

곽진영
@leafmomfly

내 삶이 리듬을 타기
시작한 순간

"연아 엄마, 혹시 기타 배우러 갈래?" "와, 저 진짜 배우고 싶어요!" 마을 언니의 말이 끝나기도 전에 나는 눈을 반짝 빛내며 말했다. 오래전부터 꿈꿨던 일이었다. 어린 시절 유독 음악을 듣는 것과 노래를 부르는 것을 좋아했지만, 나는 용기가 없어도 너무 없는 아이였다. 부끄러움이 많아 수업 시간에 손 한 번 들고 발표하는 것도 주저했고, 부모님에게조차 내 이야기를 꺼내지 못했다. 그저 하라는 공부를 하고 다니라는 학원에 다니며 마음속으로만 두근대는 비트를 품고 살았다.

　잠깐의 설렘도 잠시, "배우고는 싶은데요. 애들은 어떡해요. 하하…" 나는 세 아이의 엄마이고, 막둥이는 이제 태어난 지 6개월이 되었다. 그렇게 또 현실을 핑계로 숨었다. 숨으려고 했다. 그런데 내 의도와는 달리 설레는 마음은 쉬이 가라앉지 않았다. 수시로 가슴이 두근두근 떨렸다. 고민의 시간만 3개월. '내가 배울 수 있을까?' 나도 모르게 고개를 끄덕였다. '그래, 여태 못 하는 이유만 잔뜩 만들어서 결국 아무것도 하지 않았잖아. 이번엔 달라.' 나는 콩닥거리는 마음에 두 손을 들었다. 2018년 10월, 양어깨에 기타와 보행기를 걸치고 아기까지 번쩍 안고는 기타 동아리의 문을 두드렸다.

"똑똑." "어머, 진짜 왔어!" "아니 이걸 무겁게 다 들고 왔어?" 낯선 사람들, 낯선 공간, 아이까지 데리고 가는 민망하고 어려운 자리였지만 기타를 배울 수 있다는 즐거움으로 나는 모든 민폐를 무릅쓰고 그곳에 갔다.

세 아이의 육아를 하는 동안 사회에서 도태되고 있다는 불안함이 컸다. 밤마다 온라인 강의를 듣고 시험을 보면서 자격증을 따는 데 몰두했다. 언젠가 사회에 나갔을 때 일할 수 있는 자격을 갖추기 위해서였다. 경력 단절의 두려움을 감추기 위해 애를 썼다. 아이를 키우면서 밤새워 공부했던 그 시간들이 의미가 없었다고는 할 수 없지만, 기타를 배우면서 비로소 진짜 좋아하는 것을 할 때의 기분을 알게 되었다.

전과는 완전히 다른 방식으로 몰입하고 있었다. '해야만 하는 것'에서 벗어나 '너무 하고 싶은 것'을 하는 즐거움은 없던 시간도 만들었다. 한 번도 느껴보지 못한 짜릿함이었다. '돈'이 목적이 아닌 '나' 자체가 목적이 되는 순간이었다. 기타 줄 하나도 제대로 퉁기지 못하지만 이미 기타리스트라도 된 기분이었다. 서른여섯이 되어서야 겨우 가슴에 품은 욕망 하나를 세상에 꺼냈다. 정적이던 내 삶은 리듬을 타기 시작했다.

나의 노래는 어린 시절 수줍은 소녀의 꿈이자, 어른이 된 여자의 '자유' 그 자체였다. 혼자 방구석에서 기타를 치며 흥얼흥얼 부르는 노래가 그 어떤 것보다 내 삶에 위로와 기쁨이 되었다. 누구에게 보여주기 위해서가 아니었다. 정말 제 흥에 겨워 부르는 노래였다. 그런 슬기로운 생활이 돌연 주위 사람들에게 주목을 받은 것은 밤늦게 무심코 찍어 올린 동영상 때문이었다. 내가 참여하고 있는 독서 모임의 리더가 그 동영상을 보고는 강연회에서 노래를 불러달라고 제의를 했다.

'나한테 지금, 노래를 부르라는 거야? 그것도 사람들 앞에서?' 짧은 통화 속에서 수많은 생각이 들었다 사라졌다. 들어볼 것도 없이 거절이었다. 안 하는 게 아니라 못 하는 거였다. 그런데 나는 "하고 싶어요. 할래요."라고 말했다. 전화를 끊은 후에야 화들짝 놀랐다. '내가 무슨 짓을 한 거지?'

《내 모든 습관은 여행에서 만들어졌다》의 지은이 김민식 피디의 소규모 강연회였다. 소규모라지만 30명 넘는 사람들이 모이는 곳이었다. 아직도 떠올리면 오싹할 만큼 소름이 돋는 그 시간, 나는 손이 찢어지도록 연습하고 또 연습했다. 두렵고 포기하고 싶고 미쳤다고 자책하며 보낸 일주일이었다.

〈바람이 불어오는 곳〉의 첫 소절을 읊조릴 때마다 그날의 기억이 떠오른다. 심장이 터질 듯 뛰고 손가락은 떨리다 못해 저렸던. 악보가 보이지 않을 만큼 눈앞이 캄캄하던 그 순간. 사람들의 노랫소리가 들렸다. 함께 불러주는 작은 속삭임이 들렸다. 흐뭇하게 바라봐주는 눈빛들이 보였다. 생애 첫 용기를 낸 순간, 따뜻한 눈으로 나를 바라봐주는 사람들이 있었다.

바로 그때가 나에겐 시작의 순간이다. 즐거워 부르는 나의 노래가, 나의 진심이 누군가의 마음에 닿는 굉장한 경험. 그래서 계속 걸어가고 싶은 나의 길이다. 서툴고 어설픈 내 노래에 위로가 되었다고 말해주는 사람들이 있어서 나는 오늘도 계속 수줍은 나의 노래를 부른다.

여하정
@blanca

느지막이 처음

"선생님, 또 실이 잘 안 들어가요."

어설픈 제자인 나보다 족히 스무 살은 어려 보이는 강사는 바늘귀에 실 꿰는 일조차 서툰 나를 귀찮아하는 기색 없이 인내심을 가지고 차근차근 설명하고 도와준다. 초보자가 무지 광목 손수건 한 귀퉁이에 자그마한 꽃 한 송이를 수놓는 일은 두 시간 안에 도저히 불가능한 일이었다. 잎사귀, 줄기, 꽃잎 몇 송이만 삐뚤빼뚤 윤곽을 드러내고 일일 강습은 아쉽게 막을 내렸다. 열세 살, 막 사춘기 초입에 들어선 딸의 개교기념일, 나란히 시간을 보내고자 고민하다 대학로의 자수 공방에 신청한 나의 첫 프랑스 자수 수업이었다. 20대 단골 데이트 코스였던 대학로는 이제 데이트의 설렘이나 젊음의 열기 대신 조금은 색다른 첫 시도의 출항지로 자리매김했다. 5월의 바람은 여전히 그때만큼 달짝지근했고 나는 이제 다른 의미에서 새로운 사랑을 알아가는 중이었다. 손재주라고는 없고 미적인 감각도 부족한 나에게 한 땀 한 땀 평면의 도안을 실물로 옮기는 이 단순해 보이는 작업은 지금까지 전혀 경험한 적도 없고 기대한 것과는 다른 생경한 희열을 안겨줄 터였다.

일일 강습을 아쉽게 마치고 나서 이제 21세기 최첨단 멘토인 유튜브를 통한 독학을 시작하기로 했다. 인터넷으로 주문해 도착한 자수 키트는 QR 코드 스캐너를 이용해서 기본 자수의 스티치를 단계별로 배워가며 하나의 작품을 완성할 수 있도록 만들어져 있었다. 처음에는 이름도 현란한 각종 생소한 스티치의 도안을 보는 것만으로 아찔했다. 단추 하나 제대로 달지 못하는 내가 언감생심 이 지난한 과정을 잘 따라가서 스티치북을 완성할 수 있을까? 솔직히 불가능해 보였다. 섣불리 키트를 주문한 것을 후회도 해보고 색색의 실타래를 보면 아득해지고 부담스러워 절로 고개를 돌려 외면하게 됐다. 대체 무슨 바람이 들어 나답지 않은 일을 시작했을까? 아이들은 평소에도 바느질과 멀어 보이는 엄마의 선택을 조금 희극적으로 받아들이는 분위기였다.

　"엄마, 진짜 할 거야? 엄마가 정말 이걸 완성할 수 있을까?"
"그럼, 두고 봐."라고 했던가? 그랬다면 그건 거짓말이다. 반포기 심정이 되어 이제는 아무도 치지 않아 장식장이 되어버린

디지털피아노 위에 자수 용품 상자를 버려두다시피 하며 가끔 노려보았다. 프렌치 너트 스티치? 더블 레이지 데이지 스티치? 아유, 머리 아파. 고개가 절로 절레절레 저어졌다.

평소에 아이들의 숙제를 봐주며 근처에서 책을 읽거나 스마트폰을 하곤 했다. 그날도 그런 날 중 하나였다. 무슨 바람이 들었는지 슬며시 광목천을 수틀에 팽팽하게 끼었다. 비교적 단순한 새틴 스티치 QR 코드를 스마트폰으로 찍고 동영상을 시청하며 바늘에 실을 꿰었다. 생각보다 어렵지 않게 완성한 꽃과 꽃잎은 기대 이상으로 괜찮았다. 그렇게 한 칸을 완성하고 연이어 대학로 강습에서 배운 레이지 데이지 스티치로 또 다른 꽃송이들을 완성했다. 다음 날 놀랍게도 그것은 습자지에 먹이 스미듯 나의 일상과 루틴으로 스며들어왔다. 아이는 숙제를 하고 나는 석봉의 어머니처럼 떡을 써는 칼 대신 바늘과 수틀을 들고 한 땀 한 땀 수를 놓았다. 새로운 스티치를 설명하는 동영상을 시청하고 그 스티치를 실현하는 일은 이 세상에는 없던 무언가를 창조하는 행위만큼은 아니었지만 그것에 버금가는 환희와 희열이 있었다. 고개도 아프고 눈도 침침하고 어깨도 시큰했지만 다음 날 나는 여지없이 새로운 스티치를 독학으로 익혔다.

시간은 잘도 갔다. 아이는 숙제를 마치고 뒤돌아 엄마의 숙제 확인을 하듯 자수의 성과를 확인하곤 했다. 아이도 크고 나도 성장하고 있었다. 점점 새로운 스티치를 익히는 시간이 단

축되고 바느질 속도도 나기 시작했다. 시간은 그냥 가는 것이 아니었다. 그 안에 어떤 축적, 진전, 성장이 파고들면서 나는 신이 나던 예전의 시간들을 다시 선물받았다. 이미 지나가버리고 소진했다고 생각했던 어제보다 나은 오늘, 오늘보다 나은 내일이 다시 돌아오는 느낌은 말로 댈 것이 아니었다.

스티치 북은 난이도별로 차곡차곡 구성되어 점점 더 고난도의 스티치를 활용하여 각종 곤충, 식물, 꽃, 바구니 등을 만들도록 이끌었다. 자연스럽게 프랑스 자수의 각종 기법을 습득할 수 있어서 완성에 가까워질수록 실제 자수 실력도 초급에서 중급 정도로 발전하는 듯했다. 이제는 도안만 있으면 내가 아는 자수 기법을 활용하여 어느 정도 수를 놓을 수 있게 되었다. 밋밋한 캔버스백에 서툴게나마 비둘기를 수놓으니 포인트가 되어 괜히 어깨가 으쓱했다.

중년에 시작한 이 사랑스러운 취미의 가장 치명적인 단점은 바로 쉴 새 없이 바늘에 찔려 덧나는 손가락이었다. 대수롭지 않게 여겼던 그 상처로 피부과를 다니며 항생제를 먹어야 했다. 계속해서 그러한 염증으로 고생하다 보니 점차 지치는 마음을 추스르기가 어려웠다. 즐겁고 행복해지려고 시작한 취미 생활이었다. 무언가를 만들어 세상에 내어놓는다는 그 소박한 자족의 마음에 생채기가 나려 했다. 도무지 아물지 않는 상처로 항생제까지 바꿔가며 복용하며 나는 자수 용품 상자를 어쩔 수 없이 닫아야만 했다. 그렇게 나의 뒤늦은 자수 사랑은 잠시 막을 내리게 되었다.

하지만 나는 아직도 그 상자를 물끄러미 바라본다. 잠시 쉬고 있는 막간, 처음의 설렘, 영영 잃어버린 줄만 알았던 초심자의 기대, 절절한 기다림, 작은 성취감, 아름다움을 향한 이끌림을 여전히 생생하게 기억한다. 그것은 청춘의 이성에 대한 사랑으로만 경험할 수 있는 것이 아니었다. 이 깨달음만으로도 충분히 나의 프랑스 자수 사랑은 보답을 받았다고 생각한다. 꼭 거창한 성취가 아니어도, 대단한 작품으로 사람들의 주목을 받지 않아도, 나 홀로 한 땀 한 땀 걸어갔던 그 길의 고적한 평화와 작은 행복들이 그 자리에 여전히 맴돌며 머물고 있다. 그러한 조우는 일회적인 것이 아니었다. 그렇다면 나는 또 한 번 그러한 만남과 그러한 감정들을 기대해도 좋을 것이다. 바늘귀에 실을 제대로 꿰지 못했던 시간들이 열어준 그 순간들은 여전히 형형하게 빛난다.

정힘찬
@david9383

말라위에
도서관 선물하기

나에겐 수많은 시작이 있었다. 시작이 있었으므로 당연히 성공도 실패도 있었다. 나는 성공과 실패를 논하기에 앞서, 무엇이 되었건 시작을 했다는 점에 스스로 후한 점수를 주곤 한다. 도전 자체는 늘 새로운 경험과 시각을 주었다.

2016년 8월 나는 세계 최빈국 중 하나인 아프리카의 말라위(Malawi)에서 일을 하고 있었다. 말라위는 심심한 나라였다. 수도인 릴롱궤(Lilongwe)에는 노래방도, 피시방도, 영화관도 존재하지 않았다. 흔해 빠진 맥도날드도 없었고 유명 체인점은 KFC가 유일했다. 이 심심한 나라에서 나는 자주 멍을 때렸다. 그날도 나는 KFC에서 치킨을 먹고 밖에 앉아 구름을 보며 멍을 때리고 있었다. 내 앞에는 평소 자주 보이던 홈리스 아이들이 빈 물통을 들고 돌아다녔다. 나는 한 아이에게 빈 물통으로 무엇을 할 거냐고 물었다. 아이는 하나의 물통을 팔면 100원을 벌 수 있다고 했다. 자기에게 세 개가 있으니 300원을 번다고 했다. 나는 그 돈으로 무엇을 하고 싶냐고 물었고, 그 아이는 옥수수를 가루로 내어 만든 주식인 시마를 사 먹는다고 했다. 아이는 오후 4시가 된 시점까지 종일 아무것도 먹지 않았다고 했다. 나는 KFC를 가리키며 저기 가본 적 있냐고 물었다. 아이는 고개를 절레절레 흔들었고, 나는 주변에 있던 아이 두 명을 데리고 안으로 들어갔다.

KFC 안에는 아이 또래가 많았다. 각자의 부모와 함께 닭 다리를 뜯고 있었다. 외국인이 홈리스 아이들과 함께 앉아 있으니 모든 사람의 시선이 우리에게로 향했다. 치킨이 나왔고 아이들은 치킨을 멀뚱멀뚱 보고만 있었다. 진짜 먹어도 되냐는 듯이. 나는 얼른 먹으라고 했고 아이들은 꼬질꼬질한 손으로 먹기 시작했다. 아이들의 이름은 조셉과 지악이었다.

나는 그때부터 매주 토요일이 되면 아이들을 불러 KFC를 갔다. 아이들은 두 명에서 다섯 명으로, 다섯 명에서 열 명으로 늘어났다. 때로 더 많은 아이가 몰려오기도 했지만 나이가 많은 아이들은 치킨 파티에서 제외했다. 아이들은 영어를 할 줄 몰랐다. 나는 아이들에게 치킨을 먹인 후 영어를 가르치기 시작했다. 소문이 퍼져 다른 한국 NGO 단원들도 도와주기 시작했다. 그러나 이 방법에는 한계가 있다고 느꼈다. '우리가 떠나고 난 다음'이 없었다. 나는 아이들이 기숙학교에 가길 원했다. 주위 사람들에게 물어보니 말라위의 수도 릴롱궤에서 두세 시간 떨어진 곳에 기숙학교가 있었다. 총 세 곳을 돌아다녔고 교장 선생님들을 만나 아이들의 입학 가능 여부를 물었다.

두 곳은 터무니없이 많은 돈을 요구했다. 나머지 한 곳은 영국 선교사가 세운 학교로, 후원금을 받으며 운영되는 학교였다. 나는 내가 떠난 뒤에도 이 아이들이 교육을 받도록 하려면 내가 할 수 있는 일이 무엇이 있는지 물었다. 교장 선생님은 마을과 학교를 위해 도서관이 필요하다고 했다. 도서관을 설립해주면 성인이 될 때까지 아이들의 교육을 책임지겠다고 했다. 나는 망설여졌다. 도서관 설립이라니. 생각지도 못한 대답이었다. 생각해본 후 연락을 드리겠다고 했다.

집에 돌아와 곰곰이 생각을 해봤지만 아무런 결정을 할 수 없었다. 건축이라는 단어는 내게 케페이드 변광성의 변광 주기와도 같은 외계어였기 때문이다. 그리고 무엇보다 그럴만한 돈이 없었다. 나는 남미 볼리비아에서 학교를 짓고 운영하고 있던 형에게 도움을 요청했다.

"형, 어떻게 하는 게 좋을까요?"

"우선 해. 한다고 하고 후원 모집해. 모집 못 하면 나라도 도와줄 테니까 글 써서 올려."

"그래도… 어떻게 그렇게 해요? 아무것도 모르는데."

"아무 일도 하지 않으면 아무 일도 일어나지 않아. 지금까지 네가 해온 활동들이 있잖아. 조금 더 나아가는 것뿐이야."

나는 용기를 얻었지만 망설여지긴 매한가지였다. 내가 뭐라고 도서관을 건축해? 돈이 모이기나 할까? 괜히 후원 모집을 했다가 아무 일도 안 일어나면 어떡하지? 다른 사람이 힘들게 번 돈을 후원이라는 이름으로 받는다는 게 뭔가 죄스러웠다. 그래서 더 두렵고 떨렸다. 3일 밤낮을 고민한 후 조심스레 글을 써서 게시판에 올렸다. 마음이 어지러워 저녁에 글을 올리자마자 잠을 청했다. 다음 날 아침 일찍부터 눈이 떠지고 가슴은 쿵쾅대기 시작했다. 몇 명이나 후원금을 보내줬을까? 떨리는 마음으로 계좌를 확인했다. 65만 원이 들어와 있었다. 건축에 필요한 비용은 총 400만 원이었다. 부족했지만 이 정도면 시작은 할 수 있었다.

다음 날부터 무척이나 바빠졌다. 교장 선생님을 만나 계약서를 작성했다. 학교에 매일 갔고, 필요한 건축 자재와 관리 감독, 인부를 고용했다. 무엇보다 중요한 건 사람을 고용하고 관리하는 일이었다. 감사히 받은 돈을 쓸데없는 곳에 나가지 않게 하려면 사람을 잘 만나야 했고, 내가 이 분야에 대해 조금이라도 알아야 했다. 밤낮 시간이 나는 대로 공부하고 현장으로 갔다. 잘 모르는 풋내기가 이래라저래라 하는 건 일하시는 분들에겐 불편할 수 있었겠지만 감사하게도 좋은 분들을 만나 일을 진행할 수 있었다.

후원자가 볼 수 있게 공사 진행 상황을 게시판에 계속 업로드했다. 감사하게도 9일 만에 582만 원의 후원금이 채워졌다. 당초 필요했던 400만 원보다 무려 182만 원을 더 후원받았고,

초과 비용으로 무엇을 할 수 있을지 몇몇 후원자분과 이야기를 나눴다. 그 돈은 학교 도서관에 채워 넣을 책과 축구 골대, 축구공, 축구 유니폼 등에 사용하기로 했다.

도서관을 짓는 약 한 달 동안 왕복 네 시간의 거리를 일주일에 서너 번씩 왔다 갔다 하는 건 정말 힘들었다. 말라위에서의 편도 두 시간은 한국에서의 두 시간과 다르다. 말라위 국민 버스인 봉고차는 정원 열두 명이 꽉 차지 않으면 출발하지 않는다. 30도가 넘는 뜨거운 봉고차 안에서 인원이 차기까지 한두 시간 기다리는 건 기본이었고, 가끔은 정원을 한참 넘긴 스무 명까지 탄 적도 있었다. 어느 남자가 내 무릎 위에 떡하니 앉는 경우도 있었다. 설상가상으로 도서관이 완공되기 한 주 전에는 말라리아에 걸려 죽을 뻔하기도 했다.

이렇게 학교에 가는 것 자체만으로도 힘이 들었고, 말라리아로 생사를 오가기도 했지만 결국 도서관은 완공되었다. 도서관을 설립하는 날, 마을 사람 모두가 나와 축제를 열었다. 축구 골대와 축구공, 유니폼을 받는 학교와 마을 아이들은 무척이나 기뻐했고 후원자분들과 내가 학교에 보낸 조셉, 루카스, 파이손, 렉손 네 명은 매트리스, 이불, 옷, 신발, 세면도구 등을 가지고 기숙학교에 들어갔다.

두려움에 빠져 있었다면 결코 하지 못했을 일을 우선 '시작'하고 보니 이뤄졌다. 그 일 안에서 벌어지는 모든 인내와 고통, 혼란은 온전히 감내해야 하지만 그런 다음 자신은 한층 더 성장한다. 그 성취에서 오는 기쁨과 뿌듯함은 이루 말할 수 없다. 누군가는 여전히 말한다. 네가 그걸 한다고? 네가 할 수 있다고 생각해? 자기 자신에게 말하고 있을 수도 있다. 나 따위가 그걸 한다고? 내가 감히 도전한다고?

우리는 어떤 일을 시작하기 전에 너무나도 많은 세상의 기준을 생각한다. 그 기준에 맞지 않으면 무엇도 시작할 수 없다는 듯이 나를 묶어놓을 때가 많다. 하지만 기준이 정해져 있다고 해서 그 기준이 항상 맞는다는 법은 없다. 세상의 기준은 그 길을 걸어온 사람들이 만들어놓은 길일 뿐 밖으로 눈을 조금만 돌려보면 수많은 다양한 길과 나만의 기준을 만드는 방법이 있다. 그 여정을 만들어내는 첫 번째 행동은 바로 첫걸음을 내딛는 것이다. '시작'하고 '도전'하는 것. 도전하면 결과는 항상 있고, 그 결과는 성공 아니면 실패다. 그러나 실패는 실패가 아니다. 실패에서 나오는 경험은 우리가 다음 스텝을 밟는 데 충분한 자양분이 되어준다. 우리는 그 자양분으로 살아가게 된다. 자양분이 쌓이고 쌓여 더 큰 도전을, 더 큰 성취를 이뤄낼 수 있다.

어느 SNS에 이런 글귀가 있었다. "가슴 뚫릴 만큼 넓은 세상을 등지고 앉아 왜 손바닥만 한 네모 안의 작은 세상을 보는 거야?" 나도, 이 글을 읽는 그대도, 우리 다 같이 가슴 뚫릴 만큼 넓은 세상을 보았으면 좋겠다.

배정민
@jmbae

인생은 예순부터

엄마가 방에서 도통 나오질 않는다. 때아닌 인터넷 강의를 듣느라 열심이다. 저린 다리 한쪽을 주물러가며 몇 시간째 책상에 앉아 계신다.

코로나바이러스 때문에 입학식도 채 못 치렀다며 아쉬움을 삼키던 때도 벌써 두어 달 전이다. 처음에는 컴퓨터 전원을 켜는 것도 어색해하시던 분이 이제는 보고 싶은 강의를 스스로 켜서 듣고 있다. "아무리 들어도 하~나도 모르겠다야."라고 엄살을 부리시지만, 언뜻 어깨너머로 진도를 보니 과목별로 다 한 번씩은 돌려보신 것 같다.

나이 예순을 훌쩍 넘어 20학번 새내기 대학생이 된 엄마는 지금 오롯이 자신의 공부에 정진하고 있다. 태어나서 처음으로, 본인 말씀마따나 '눈에 불을 켜고' 말이다.

사회적 거리 두기 시국에도 해는 어김없이 뜨고 진다. 엄마가 재학 중인 한국방송통신대학교에서도 어느덧 중간 과제물이 나왔다. 태어나서 처음 대학교 리포트를 써야 하는 엄마는 걱정이 태산 같아서였는지 과제물 마련 시기임을 알면서도 짐짓 모른 체하던 아들에게 SOS를 쳤다. 대학교 신입생이 으레 듣기 마련인 교양과목 글쓰기 수업이었다. '내 인생의 통과의례'라는 주제로 두어 장 정도의 짧은 에세이를 써내는 것이 과제란다. "주제는 뭘로 하실 거예요?" 여쭈었더니 이미 정해두셨단다. '검정고시'라고.

아버지 장례를 치르고 나니 2월이었다. 넋 놓고 그저 멍하니 소파에 앉아만 있던 엄마를 바라보다가 중학교 검정고시 교재를 주문했다. 하루 종일 아버지 병간호 안 해도 되니 이제 엄마 하고 싶은 것 마음껏 하시라는 말을 덧붙이며.

사실 꼭 검정고시 책이 아니어도 괜찮았다. 엄마가 마음 붙일 수 있는 것이라면 뭐든 좋았다. 그저 뭐라도 붙잡고 있다 보면 떠난 남편 생각을 덜 하지 않을까 싶은 생각이었다. 우연히 그 순간에 엄마가 항상 초등학교까지밖에 마치지 못했던 것을 한스러워하던 게 떠올랐을 뿐이었다.

엄마는 생각 이상으로 열심이었다. (비록 턱걸이였지만) 그해 바로 중학교 검정고시를 통과했다. 그다음 해에는 고등학교 검정고시에 도전했고, 한 해를 넘겨 최종 합격했다. 만 2년 만에 중고교 과정을 마친 엄마는 '꿈에 그리던' 대학생이 되었다. 입시 요강을 보며 지원 학과를 고민하는 엄마에게 무슨 과로 지원하실 것이냐고 여쭤봤을 때 엄마는 결연함이 묻어나는 얼굴로 말했다. "법대 갈란다." 순간 귀를 의심했다. 하지만 자고로 학과는 본인의 선택이 가장 중요한 것이 아닌가.

여전히 컴퓨터에 익숙하지 않은 엄마는 글쓰기 수업 리포트를 노트에 손으로 써 내려가기 시작했다. 아마도 본인 인생에서 가장 길게 써본 글이었을 것이다. 소녀처럼 부끄러워하며 어떤지 한번 봐달라고 내민 글을 읽다가 순간 먹먹해졌다. 자신의 인생을 직접 쓰는 것에는 뭔가 다른 힘이 있었다. 글 속에는 한 번도 알 길 없었던 엄마의 오랜 기억 속 세상이 살포시 그려져 있었다.

"초등학교를 졸업하자마자 바로 오산에 있는 가발 공장에 일하러 갔다. 친구들이 부러웠다. 책가방 들고 가는 친구들을 길에서 만나면 가방을 만져보기도 했다. 하지만 돈을 많이 벌어서 동생들을 가르쳐야 한다는 마음으로 열심히 공장에서 일을 했다. 친구들은 정년 퇴임을 할 때, 나는 내 나이 예순세 살에 한국방송통신대학교에 진학하게 되었다."

공장 나가는 길, 책가방을 들고 중학교에 가던 친구들을 마주치곤 못내 부러워하던 열네 살 소녀가 글 속에서 숨 쉬고 있었다. 직접 글로 쓰지 않았다면 몰랐을 엄마의 마음속 한 장면을 들여다본 셈이 되었다. 늦게나마 엄마가 이렇게 60년 인생을 자기 목소리로, 자기 글로 재구성할 수 있는 시간을 갖게 된 것에 감사했다. '꿈에 그리던' 엄마의 대학 공부가 제 몫을 하긴 하는구나 싶었다.

어릴 적 툭하면 졸기 일쑤였던 나와 동생에게 엄마는 "지금 잠이 오냐? 나라면 눈에 불을 켜고 공부하겠다."라고 입버릇처럼 말하곤 했다. 그렇게 말은 씨가 되었고, 엄마는 환갑을 지나 정말 늦게까지 불을 켜놓고 공부에 몰입하며 하루하루를 보내고 있다. 힘들다, 어렵다, 괜히 시작했다, 이번 학기만 지나면 다 때려치우고 동네 아주머니들이랑 같이 놀러 다닐 거다, 하며 매일같이 푸념하고 있지만, 그게 다 엄살이라는 것쯤은 안다. 검정고시를 시작한 이후 벌써 세 해가 지났는데 가족들이라고 모를 리가.

　아빠는 옆에 없지만, 엄마는 지금 멋진 60대를 맞고 있다. 인생의 대부분을 다른 사람의 보호자로만 살아온 엄마가 난생처음으로 자기 자신을 위한 삶을 살기 시작했다. 뭐든 죽기 살기로 하는 분인 만큼, 남은 4년 대학 생활도 잘 해내실 거다. 나 역시, 엄마의 찬란할 학창 시절을 뒷바라지할 마음의 준비가 됐다. 그녀의 새로운 시작을 응원한다.

장애아의 엄마가
되기로 했다

내 인생은 정밀 초음파 검사 전과 후로 나뉘었다. 기다리던 둘째를 임신하고 입덧에 힘들어하던 어느 여름날, 갑작스런 하혈 때문에 다니던 산부인과로 달려갔다. 피만이 아니라 양수까지 새고 있어서 당장 입원해야 한다는 의사의 말에 눈물이 쏟아졌다. 유산 방지제 링거를 달고 절대안정을 취해야 한다는 당부를 들으며 누워 있었다. 산부인과 입원실을 조리원과 함께 쓰다 보니 옆방에서는 수시로 아기 울음소리가 들렸다. 둘째라 태동을 빨리 느끼기 시작했는데 배 속의 아이가 옆방의 신생아처럼 잘 자라서 앙앙 울 수 있을 때 세상에 나오기를 간절히 기도했다. 임신 12주였다.

다행히 일주일쯤 지나자 퇴원할 수 있었지만 앞으로 두 달간 꼼짝 말고 누워 있으라는 경고를 들었다. 퇴원하면서 기형아 1차 검사를 했고, 중간에 한 번 더 병원을 방문해 2차 검사도 진행했다. 결과는 다운증후군 고위험군이었다. 확률이 6분의 1이었던 걸로 기억한다. 매우 높은 확률이지만 양수가 샜던 전적이 있어 양막에 바늘을 꽂을 경우 태아를 지키지 못할 수도 있다며 담당의는 양수 검사를 권하지 않았다. 만 35세가 지난 노산이기에 수치가 높게 나올 수도 있다고 덧붙였다. 양수 검사를 하지 않기로 결정하면서 다운증후군을 가진 아이를 낳을 미래에 대해 생각해봤다. 어떤 경우라도 사랑해주겠다고 다짐했지만 정말 그럴 가능성이 크다고 믿지는 않았다.

누워만 지낸 지 두 달이 넘어 다시 경과를 보러 병원에 갔다. 20주가 되어 안정기에 접어들었고 아이와 내 몸 상태도 좋아졌으니 조금씩 일상생활을 해도 되겠다는 기쁜 소식을 들었다. 입덧도 다 끝났고 첫째와 놀이터에 나가기도 하며 조심스레 일상으로 돌아가고 있었다. 우리 세 식구, 배 속 아이까지 네 식구는 모처럼 평화롭고 행복했다.

22주에 정밀 초음파 검사를 하러 갔는데 의료진들이 굳은 표정으로 분주히 움직이기 시작했다. 의사는 태아에게 십이지장 폐쇄 소견이 보이고 코뼈도 낮아 보이며 심장에도 문제가 있는 것 같다고, 여러 징후를 종합해볼 때 다운증후군을 가진 아이일 가능성이 높다고 했다. 당장 의뢰서를 써줄 테니 3차 병원으로 가서 정밀 검사를 해보라고 말했다. 며칠 뒤 대학병원에서 뒤늦게 양수 검사를 하기 위해 배에 굵은 바늘을 꽂았다. 뻐근하고 불쾌하고 무엇보다 무서웠다. 결과가 나오기까지 며칠은 어떻게 지나갔는지 잘 기억이 나지 않는다. 돌이켜보면 정밀 초음파 검사실에 들어가기 전과 후의 우리 가족의 인생은 너무나 달라졌다. 아이에게 문제가 있다는 말을 들은 뒤, 다시는 이전의 삶으로 돌아갈 수 없게 되었다.

양수 검사 결과 99.7퍼센트의 정확도로 다운증후군 확진 판정을 받았다. 정밀 초음파에서 보이는 막힌 십이지장과 심장판막 구멍을 함께 고려하면 다운증후군이 아닐 가능성은 희박하다고 했다. 나를 포함해 가족들은 무거운 슬픔에 짓눌렸다. 눈물을 흘리지 않고는 한 마디도 주고받을 수가 없었다.

주변에서는 임신 중지를 이야기했다. 태동을 느낀 지 두 달이 넘어 아이와 이미 교감을 하고 있던, 그래서 얼굴도 모르는 배 속의 아이와 사랑에 빠진 나에게 아이를 포기하라는 것은 불가능한 요구였다. 첫째 때 열 달 동안 배 속에 품었다가 아이를 만나는 게 어떠한 경험인지를 느껴보았기에 내 품에서 발길질하는 아이가 생명이 아니라고 생각할 수는 없었다.

아이를 낳으려는 게 내 이기심이라는 말을 들었다. 아이는 장애를 가진 채 이 세상에 나오고 싶지 않을 거라고 말하는 사람도 있었다. 아픈 몸을 가진 아이를 하늘로 보내주지 않는 건 욕심이고 집착이라는 이야기도 들었다. 장애가 있는 아이를 이용해서 훌륭한 엄마라는 훈장을 달고 싶은 거냐는 비난도 들었다. 불과 며칠 전까지 유산 위험을 잘 이겨낸 장한 임신부였던 나는 갑자기 이기적이고, 아이를 이용하는 욕심쟁이 엄마가 되어버렸다.

인터넷 검색창에 다운증후군을 검색했다. 다운증후군 아이 육아기를 올린 '선배 맘'에게 쪽지를 보내 조언을 구하기도 하고 책도 찾아보았다. 다운증후군을 가진 아이를 키워본 엄마들은 힘들다고 말했다. 그렇지만 힘들기만 한 것은 아니라고도 했다. 비장애아인 건강한 첫째를 키우면서도 나는 힘들다는 말을 달고 살았다. 아이를 키운다는 것은 고되고 어려운 일이다. 누구에게나 그렇다. 고통만 있지 않다는 것 역시, 어느 부모에게나 마찬가지이다.

　장애 없이 건강한 아이만 이 세상에 태어날 권리가 있는 것일까. 태어나다가 의료사고로 혹은 건강히 살다가 사고로, 질병으로 장애를 갖게 되는 경우도 많은데 그럼 더 이상 살아갈 가치가 없는 목숨인가? 누구도 그렇게 말할 수 없을 것이다. 그런데 왜 배 속의 아이가 비장애아일 것으로 추정이 되면 축복을 하고, 장애아로 보이면 걸러내라고 강요하는 것일까. 그렇게 아이들을 걸러내서 이룩하려는 세상은 어떤 세상인가. 그곳에서 우리는 행복할까. 이 아이를 99.7퍼센트의 확률 때문에 포기하면, 나는 행복하게 살 수 있을까? 엄마 배를 끌어안고 매일 뽀뽀를 해주며 벌써부터 동생을 사랑하는 첫째에게 뭐라고 말할 것인가. 이 아이를 포기하고 나면 나는 첫째의 눈을 당당히 볼 수 있을까?

사랑하는 첫째가 장애를 가지게 된다고 해서 내 사랑을 철회하지 않듯, 나는 둘째에게도 똑같이 하기로 결정했다. 0.3퍼센트의 확률에 기대를 걸 수 없다면, 장애아의 엄마가 되어야만 한다면, 기꺼이 되겠다고 결심했다. 사실 장애아의 엄마가 되기로 결정했다는 말은 좀 이상하다. 선택할 수만 있다면 장애가 없는 아이를 택했을 것이다. 그러나 나는 선택권이 없었다. 염색체 하나가 더 있는 아이가 나에게 왔고, 첫째를 품었듯 그 아이를 품고, 첫째를 낳았듯 그 아이를 낳을 뿐이다.

장애아의 엄마가 되기란 쉽지 않은 일이었다. 의사는 아이의 십이지장이 막혀 있어서 양수를 삼키지 못하고, 배 속에서 배변 연습을 전혀 하지 못하고 세상에 나올 것이라고 했다. 태아가 양수를 삼키지 못하는 것을 모르는 내 몸은 계속 양수를 만들어냈고, 양수과다증으로 임신 후기를 괴롭게 보냈다. 앉아 있으면 다리에 피가 안 통하고 서 있어도 다리가 저렸으며 누워서도 숨이 찼다.

출생과 동시에 검사를 받고 십이지장 수술을 받아야 하는 상황이었기에 신생아 집중치료실에 자리가 났을 때 유도 분만으로 아이를 낳았다. 간호사는 감사하게도 아이를 검사실로 옮기기 전에 잠깐 안아볼 수 있게 해주었는데 아이가 너무도 예뻐 기적이 일어난 건 아닐까, 희망을 품기도 했다.

둘째가 태어난 후 염색체 검사를 했고 결과지에는 21번 자리에 세 개의 염색체가 선명히 보였다. 나는 정말로 장애아의

엄마가 되었다. 아이 키우기는 두 번째지만 장애를 가진 아이
는 처음인 초보 장애아 엄마가 되었다. 살면서 단 한 번도 내
미래일 것이라고 생각해보지 않은 그 길이 내 앞에 펼쳐졌다.
바라던 미래는 아니지만, 초보 장애아 엄마의 삶을 살기로 했
다. 기왕 택한 일, 나는 아주 열심히 해볼 참이다.

꿈공
@eurozine

낭독은 어떻게
기적이 될 수 있는지

2014년 겨울, 유난히 춥고 눈이 많이 내렸던 강원도 어떤 작은 마을에서 기적 같은 일이 일어났습니다. 당시 저는 과도한 업무에 몸과 마음이 지쳐, 오랫동안 다니던 회사 생활을 접고 새로운 삶을 준비해야 했습니다. 그때 저는 과장된 열기와 끝없는 욕망이 쏟아져 나오는 도시의 삶을 잠시 뒤로 하고, 오직 저 자신의 내면과 마주하며 소박한 기쁨을 누릴 수 있는 삶을 기획했습니다. 주변 사람들이 무모하다고 말렸지만 저는 회사를 그만두고 9급 공무원 시험에 도전해, 인구 3만이 채 안 되는 강원도의 어느 작은 마을에서 신규 공무원으로서 새 출발을 하려는 순간이었습니다.

비가 온 뒤 아침이면 그림 같은 운무가 한 폭의 동양화를 눈앞에 펼쳐 보이고, 투명한 햇살이 잘게 부서지던 동강이 구불구불 산허리를 휘돌아 나가던 마을, 그곳에서 저는 도회지 회사원의 화려했던(?) 삶을 과감히 던져버리고 선거관리위원회 공무원의 소박한(?) 삶을 시작했습니다. 낮이 짧아지는 한겨울에는 저녁 7시만 되어도 사방을 구분할 수 없는 칠흑 같은 어둠이 찾아왔습니다. 밤하늘을 올려다보면, 별들이 쏟아질 듯한 은하수의 궤적을 맨눈으로도 볼 수 있었습니다.

가족과 친구들도 멀리 있고 퇴근하면 딱히 만날 사람도 없던, 변변한 극장 하나 없는 산골 마을. 그곳에서 긴긴 겨울밤을 날 방법은 그다지 많지 않았습니다. 텔레비전도 인터넷도 없는 낡은 주공아파트에는 살림살이보다도 대학 시절부터 차곡차곡 모아 온 책 꾸러미가 많았습니다. 아직 정리되지 않은 이삿짐처럼 책들은 방구석마다 쌓여 있었습니다.

난방이 잘 되지 않아 두툼한 옷을 껴입고 담요를 두르고 있어도 한기가 가시지 않던 겨울밤이었습니다. 잠도 오지 않는 그 방에서 저는 무슨 소중한 보물이라도 되는 양 버리지 못하고 챙겨 왔던 책들을 손에 잡히는 대로 읽기 시작했습니다. 쿤데라의《참을 수 없는 존재의 가벼움》, 니체의《차라투스트라는 이렇게 말했다》, 하이데거의《존재와 시간》, 박웅현의《책은 도끼다》등등의 인문학 서적들과 최영미, 최승호, 윤대녕, 유하, 기형도, 김용택, 심호택 시인의 반짝이는 언어들….

낭독의 즐거움을 발견한 것은 바로 그때였습니다. 난방이 잘 안 되는 추운 방에서 책을 읽으려니 처음에는 몸이 떨리고 집중이 안 돼 책을 제대로 읽을 수가 없었습니다. 저는 추위도 이기고 졸음도 쫓을 겸, 눈으로만 읽기를 그만두고 소리 내어 책 읽기 즉, 낭독을 시작했습니다. 그렇게 한 20여 분 낭독을 이어나가자 기적과도 같은 일이 일어났습니다. 사방이 고즈넉한 새벽, 텅 빈 공간이 많은 방에, 제 목소리가 울려 퍼지면서 신비롭고 놀라운 세계가 펼쳐졌습니다. 처음에는 거칠게 들리던 목소리가 조금씩 안정을 찾고 방 안에 채워짐을 느낄 수 있게 되자, 말할 수 없는 평온함과 기쁨이 마음 깊은 곳에서부터 차올랐습니다. 그것은 영혼의 울림 같은 것이었고, 일찍이 맛볼 수 없었던 벅찬 감동이었습니다. 한마디로 그것은 낭독의 기적이었습니다.

저는 점점 제 목소리에 빠져들었고, 피곤함도 추위도 잊은 채, 긴긴 겨울밤 낭랑하게 울려 퍼지는 제 목소리에 귀를 기울이며 열심히 책을 소리 내어 읽었습니다. 저는 더 이상 혼자가 아니었습니다. 그렇게 《참을 수 없는 존재의 가벼움》 마지막 장을 떨리는 가슴으로 넘겼을 때, 창밖에는 어느덧 사물들이 부끄러운 듯 조심스레 자신들의 존재를 푸른 새벽빛 사이로 드러내고 있었습니다. 벅찬 마음에 문을 열고 나가보니 사방은 처음 내린 새하얀 눈으로 온통 뒤덮여 있었습니다. 아직 아무도 본 적 없고, 그 누구도 밟은 적 없는 눈길을 걸어 출근하며 저는 알 수 있었습니다. 저에게 어제의 세상과 오늘의 세상은 이미 완전히 달라져 있다는 것을. 마음의 정화란 바로 이런 상태임을. 제가 우연히 기적처럼 책을 읽는 새로운 방법, 즉 낭독의 즐거움을 발견했다는 것을.

저는 그렇게 낭독의 즐거움을 우연히 발견했고, 그 즐거움에 흠뻑 빠져들게 되었습니다. 그날 이후 저는 책을 눈으로만 읽는 것이 아니라 반드시 소리 내어 읽게 되었습니다. 예전에 읽었던 책도 이렇게 낭독해보니 더 생생하게 기억되고, 더 온전히 내 것으로 소화할 수 있었습니다. 그렇게 제가 가진 책들을 하나씩 낭독하며 스마트폰을 이용해 녹음하기 시작했습니다. 그렇게 녹음된 책들은 저만의 오디오 북, 저만의 팟캐스트가 되었습니다. 낭독을 계속할수록 목소리도 잘 가다듬게 되고, 호흡도 길게 내뱉게 되면서 자체 제작 오디오 북의 품질도 크게 좋아졌습니다. 그리고 알게 되었습니다. 낭독으로 책을 읽는다는 것은 단지 소리 내어 책을 읽는 것이 아니라 성대, 기관지, 복부 근육, 횡격막 등등 우리 몸의 많은 신체 기관과 근육을 함께 사용하는 책 읽기라는 것을. 낭독은 단순히 '소리 내어 책 읽기'가 아니라 '온몸으로 책 읽기'라는 것을요!

통상적인 책 읽기, 즉 묵독은 주로 우리 눈과 뇌를 사용하지만, 낭독으로서의 책 읽기는 이에 더해 거의 모든 신체 기관을 사용합니다. 영어로는 이 두 가지 책 읽기가 모두 '리딩(reading)'이어서 구분이 잘 되지 않지만, 추상적 사유와 논증에 강한 독일어로는 분명하게 구분됩니다. 독일어로 통상적인 책 읽기를 의미하는 동사는 '레젠(lesen)'이지만, 낭독으로서의 책 읽기는 '포어레젠(vorlesen)'입니다. 여기서 접두사 vor는 '~의 앞에서' 라는 의미가 있고 그 명사형인 die Vorlesung은 다수의 청중 앞에서 하는 강연을 의미합니다. 독일어로는 이렇듯 통상의 책 읽기와 낭독으로서의 책 읽기가 분명하게 분화되어 있습니다.

낭독은 사실 새로운 발명품이 아닙니다. 낭독은 동서양에서 오래 지속되었지만 속도가 강조되는 현대사회에 와서 단절된 책 읽기 방식입니다. 우리나라의 경우 교육기관이나 종교의식 그리고 가정에서 낭독은 전통적인 책 읽기 방식이었습니다. 유교 경전과 각종 서적 그리고 불경을 소리 내어 읽고 외우는 풍경은 낯설지 않았습니다. 서양에서도 유희로서의 낭독과 낭송은 사교 모임이나 가정에서 익숙한 풍경이었습니다. 낭독은 속도 경쟁의 중요성이 높아지고 청각 정보의 질적 다양성보다 시각 정보의 양적 풍부함이 더 중요해진 현대사회에서 그 명맥이 단절되어버린 '책 읽기'였던 것입니다.

기적처럼 낭독의 즐거움을 알게 된 이후 제 삶은 완전히 달라졌습니다. 어느덧 제가 소리 내어 읽은 책들이 한 권 두 권 쌓이기 시작해, 저만의 목소리로 녹음된 멋진 오디오 북 컬렉션이 완성되었습니다. 2015년 봄, 제가 낭독한 《참을 수 없는 존재의 가벼움》을 혼자 듣기 너무 아까워, 멀리 서울에 있는 직장 동료 P에게 조금씩 보내주기 시작했습니다. 그녀는 제가 녹음한 오디오 북을 무척 마음에 들어 했고, 멀리 떨어져 있어도 이렇게 제 목소리를 들을 수 있어 좋다고 말했습니다. 제 목소리가 듣기 좋다며 자꾸 책을 읽어달라던 그녀는 지금 저의 아내가 되었습니다.

저는 업무나 일을 위한 읽기는 전통적인 방식, 묵독으로 하지만 흥겨움이나 휴식을 위한 책 읽기는 이제 온몸으로 합니다. 몸으로 하는 책 읽기는 단지 소리만 내는 것이 아니라 책 속에 등장하는 인물과 내용에 따라 때로는 연기가 되기도 하고, 때로는 웅변이 되기도 합니다. 낭독을 통해 저는 책 한 권을 온전히 소화하고 즐기고 향유합니다. 작가의 마음과 생각, 책 속에 담긴 사유와 주제, 말의 리듬은 제 목소리를 타고 흘러들어 제 몸과 하나가 됩니다. 그렇게 저는 이제 빠져나오기 힘든 낭독의 즐거움에 중독되어버렸습니다.

장참미
@chammi

잠겨진 시간

새로운 달이 시작됐고 나는 수영을 시작한 지 4개월 차에 접어들었다. '진작 수영을 배워둘걸.' 내심 아쉬웠던 순간이 없었던 것은 아니지만 그렇다고 꼭 수영을 할 줄 알아야 한다고 생각하진 않았다. 수영은 하고 싶은 일이라기보다는 해두면 좋을 것 같은 일이었고 굳이 나눈다면 취미보다는 과업에 기우는 일이었다.

　나를 제외한 모든 이들이 '잘하는 것'까지는 아니더라도 대부분 적당히는 해내는 일, 그래서 더 쉽게 나를 주눅 들게 하는 일. 내겐 수영이 그랬다. 특별한 이유라고 할 것도 없지만 그렇다고 미룰 이유도 없었기에 지난가을, 찬 바람이 불던 그 계절에 나는 수영을 배우기 시작했다.

그간 수영을 접할 기회가 없었던 것은 아니다. 내가 초등학생이던 시절 엄마는 국내에서 가장 큰 중공업 회사의 식당에서 일했다. 그 식당 아래에는 직원 복지를 위한 수영장이 있었는데, 주로 직원이나 직원의 자녀가 이용하도록 마련된 곳이었다. 집 근처에 그 중공업 회사의 사원 아파트가 있었기 때문에 나는 학교가 끝난 후 몇몇 친구들과 함께 중공업 회사에서 제공하는 셔틀버스를 타고 수영장에 가곤 했다. 버스에 탄 아이들은 부모님이 그 회사에 소속된, 다시 말해 합법적으로 수영장을 이용하는 친구들이었다.

수영장에 갈 때면 친구들과 나의 입장 차이를 정확히 말로 설명하기 어렵지만 어렴풋이 느낄 수 있었다. 그러나 크게 괘념치 않았는데, 비록 엄마가 그 회사의 직원은 아니었다고는 하나 어쨌든 엄마는 그곳에 있었기 때문이다.

일하는 엄마를 기다리다 지루해지면 수영장으로 내려가 어린이용 풀에서 한참을 놀다 오곤 했다. 사내 수영장이라 매우 저렴해서 이용료를 포함해 2000원이면 수영복을 비롯한 모든 수영 용품을 빌릴 수 있었다.

노느라 고단한 몸을 이끌고 식당으로 돌아오면 더 고단한 얼굴을 한 엄마가 갈비탕이며 라면을 내어주곤 했다. 물놀이 후에 느끼는 허기 때문인지, 강습하는 친구들과 다른 곳에 있어야만 했던 외로움의 깊이 때문인지, 먹어도 먹어도 배가 고팠던 기억이 난다.

한 번은 어린이용 풀에서 혼자서 한참을 놀고 있었는데 멀리서 익숙한 얼굴을 마주쳤다. 같은 반 옆자리 짝꿍인 남학생이 여러 명의 친구들과 함께 수영장으로 들어선 것이다.

그 순간 나는 본능적으로 잠수를 했다. 그리고 그 친구가 반대편 강습 레인으로 사라지고 나서야 도망치듯 그곳을 뛰쳐나왔다. 잘못한 일이 없는데 이상하게 가슴이 빨리 뛰었다. 정의 내리기 어려운 감정들이었다.

나는 물속에 있는 동안 부끄러움과 죄책감, 그 비슷한 감정들 사이에 잠겨 있어야만 했다. 나는 그 이후 다시는 엄마를 보러 수영장에 가지 않았다.

서른이 넘은 나는 다시 물속에서 숨쉬기를 배우고 힘을 빼는 법을 배운다. 좋아한다는 사실을 발견하기도 전에 포기해버린 일들이 있다는 사실 또한 늦게나마 깨닫는 중이다.

여전히 수영장에 들어설 때면 서늘한 소독약 냄새와 함께 그때의 기억이 떠오르곤 한다. 30년 만에 물에 뜰 수 있게 되었단 사실에 신난 나를 보며 엄마는 수영이 그렇게 재밌냐고 물었다. 그러고는 묻지도 않았는데 엄마의 시골집 앞에도 작은 강이 있어 여름이면 친구들과 수영하며 놀았다고, 엄마는 가장 빨리 헤엄쳐 그 강을 건넜다고 했다.

엄마는 언제 다시 숨을 쉴 수 있을까. 나는 어딘지 모를 끝을 향해 나아간다. 비록 그 시절의 엄마와 나에게는 허락되지 않은 긴 레인이었을지 모르나 나는 이제 숨 가빠하지 않으며 그 끝에 닿을 수 있다.

이경섭
@supesae

난생처음
스콘을 구웠다

"빵의 일종. 스코틀랜드에서 기원한 영국식 소형 퀵 브레드로 보통 밀, 보리, 오트밀을 재료로 하여 베이킹파우더를 팽창제 삼아 만든다. 취향에 따라 견과류나 건포도 등을 섞기도 한다. 집에서 굽는 스콘은 삼각형, 원형, 입방체 등 다양한 모양이다. 판매하는 스콘은 일반적으로 둥근 모양이다. 집에서 스콘을 만들 때는 요리책을 보기보다 집안 고유의 방법을 따른다."

   —〈위키백과〉스콘 중에서

사람마다 다르겠지만 뭔가 몰두할 것이 필요할 때 하기 좋은 것이 요리다. 목공이나 뜨개질, 다트, 인형 눈 달기 등도 몰두할 거리로 괜찮긴 하다.

어릴 때 한동안 고모 댁에서 살았는데 고모가 부업으로 '오비'라는 것을 하셨다. 그 동네에서만 쓰는 말이었을까, 지금도 정확한 뜻은 모른다. 고모뿐 아니라 동네의 거의 모든 아주머니가 오비를 하였다. 오비는 자잘한 물방울무늬가 가득 프린트된 비단 천을 뾰족한 코바늘이 달린 틀에 걸고 실로 하염없이 치대어 감는 일이었다.

어디 멀리 수출된다는 것 말고 대체 그게 무엇에 소용되는지 알 수 없었지만, 고모와 아주머니들은 처마 밑 들마루에 앉아 매일같이 그 단순하고 지루한 부업에 몰두하였다. 실을 치감고 침 발라 모으고, 다시 실을 치감고 침 발라 모으고… 그러면서 조곤조곤 수다를 떨거나 가끔씩 박장대소를 터트리곤 했다. 1980년대 경상북도 김천시 황금동 골목의 풍경이다.

그러고 보면 우리 엄마들도 그랬다. 집에 마실을 와서는 밤늦게까지 고구마 줄기를 벗기거나 양말을 기우면서 도란도란 이야기를 나눴다. 나는 엄마와 엄마의 친구들이 그냥 앉아 무료히 이야기만 하는 걸 한 번도 보지 못했다.

그렇다. 속 시끄러울 땐 뭔가 몰두할 것이 필요하다. 글 쓰는 것도 좋고 산책도 좋고 숨이 턱에 찰 때까지 뛰는 것도 괜찮다. 그리고 빵을 굽는 것도 꽤 괜찮은 방법이다.

스콘 굽기에 도전했다. 왜 스콘이었냐면 집에 있는 오븐 사용 설명서에 나온 요리 중 가장 만만해 보이는 메뉴였기 때문이다. 재료도 간단했다. 중력분이나 박력분 같은 밀가루에 버터 약간, 베이킹파우더, 우유, 달걀만 있으면 충분했다.

밀가루는 체에 치면 좋고 소금과 설탕을 약간 넣고 버터를 조각내 밀가루와 주물러 섞는다. 밀가루가 노르스름하게 되면 잘 섞인 것이다. 여기에 달걀을 넣고 우유를 조금씩 부으면서 손으로 주물러 반죽을 만든다. 찰흙 놀이할 때보다 약간 되다 싶을 만큼 치대면 된다. 입맛에 따라 건포도나 견과류를 넣어도 되지만 고유의 풍미를 느끼려면 생략하는 것도 괜찮다.

그렇게 만든 반죽은 랩이나 비닐에 싸서 냉장고에 넣고 한 시간 정도 보관한다. 그다음 적당한 크기로 모양을 내서 표면에 달걀물 살짝 발라 오븐에 넣고 200도에 맞춘 뒤 20분 정도 구우면 끝이다. 오븐 안에서 고소한 냄새를 풍기며 노랗게 익어가는 스콘들을 보는 재미란 무엇에도 견줄 수 없다.

스콘은 오븐에서 막 꺼내 따끈할 때 딸기 잼과 같이 먹으면 최고다. 클로티드 크림이 있으면 좋겠지만, 없는데 굳이 찾을 필요는 없다. 조금 아는 척을 하자면, 클로티드 크림이란 뻑뻑하게 엉긴 크림이라는 뜻으로 영국 데본 지방에서 유래된, 스콘에 곁들여 먹는 크림이다. 저온 처리된 우유나 유지방 함량이 많은 생크림이 있다면 집에서도 만들 수 있다.

우유를 섭씨 80도 정도의 저온으로 오랫동안, 그러니까 열 시간 이상 가열하면 표면에 크림이 엉긴다. 그것을 걷어내 실온에서 식힌 다음, 냉장고에 넣고 여덟 시간 이상 완전히 식히면 표면이 꾸덕꾸덕한 크림을 얻을 수 있다. 유튜브에서 클로티드 크림 만드는 영상을 보다가 언제 이걸 하고 있나 싶어서 크림은 생략하고 스콘에 딸기 잼을 발라 커피랑 같이 먹었다.

이렇게 설명서를 보고 인터넷 검색도 하며 내 인생 첫 스콘 스무 개를 만들었다. 식구들 반응은 가히 폭발적이었다. 그러나 폭발적 반응에 비해 소비는 많이 일어나지 않아서 이틀간 나 혼자 열 개 정도 먹은 것 같다.

스콘은 식어도 맛있다. 심지어 혼자 자전거 타고 한강에 나가 맹물과 같이 먹어도 맛있다. 야외에서는 뭐든 맛있잖아, 하고 폄하할 게 아니라 정말로 맛있다. 자전거를 풀숲에 대충 뉘어 두고 벤치에 앉아 루어낚시 하는 사람들 뒷모습을 구경하면서 스콘을 먹는 맛은, 통김밥을 혼자 우적우적 씹는 것과는 차원이 다른 것이다.

스콘을 굽는 것처럼 무언가 새로운 요리를 하고 싶은 마음이 들 때 기억할 것이 있다. 무작정 뛰어들기보다 요리를 시작하기 전에 그 요리에 담긴 이야기를 찾아서 천천히 읽어보는 것이다. 이야기가 마음으로 들어온다면, 그때 만드는 요리는 인생의 음식이 될 수 있다. 이렇게 글을 한 편 쓸 수도 있다.

속 시끄러울 때, 당신에게 요리를 권한다. 개인 전담 마사지사나 승마장이 없다면 요리만큼 좋은 게 없다. 그중 처음이라면 당연히 스콘이다.

임하은
@mamood

나는 어떤 의미로
남고 싶은가

열심히는 살지 못해도 의미 있는 삶을 살고 싶다. 열심히 살아야지만 의미 있는 삶은 아니니까. 그런데 차라리 열심히 사는 게 의미 있는 삶을 사는 것보다 쉬운 것 같다. 의미 있는 삶, 그게 참 어렵다.

나는 지구력이 약하다. 무언가 꾸준히 그리고 열심히 하는 것에 매우 취약한 편이다. 한마디로 조금은 게으른 사람이랄까. 하지만 그런 것 치고는 한번 해야겠다고 마음먹는다면 참 열심히 한다. 그리고 생각보다 꾸준히 한다. 그 마음을 먹기까지 너무 오래 걸리고 십중팔구는 마음을 먹지 않는다는 게 문제이지만 말이다.

그런 내가 마음을 먹었다. 남들에게 보이는 것은 상관없지만 나 스스로에게 부끄럽다거나 부족한 사람이고 싶지 않았다. 완벽하게는 아니어도 어느 정도는 의미가 있는 삶을 살고, 또 그런 사람으로 남길 원하게 됐다. 그렇게 고민은 시작됐다. 어떤 의미로 남고 싶은지, 어떻게 하면 의미 있게 남을 수 있는지 생각하고 또 생각했다.

나는 우선 건강한 사람이 되고 싶었다. 몸도 마음도 튼튼한 사람이 되고 싶었다. 3년째 우울증을 앓으면서 불안, 불면, 식이장애에 시달린 결과 몸도 마음도 아주 엉망이었다. 약 부작용으로 살은 점점 쪘고 약을 바꾸었지만 살을 빼지 못하고 먹고 잠드는 일상이 반복되었다. 거기에 이제는 약도 먹기 귀찮아졌다. 약에 구속되는 듯한 기분을 느끼면서 약을 쳐다보기 싫어졌다. 나는 약을 먹지 않으면 날카롭게 날을 세우는 사람이 되었다는 걸 알면서도 약을 복용하지 않으려고 애를 썼다.

과거형으로 썼지만 사실은 현재 진행형인 몸과 마음의 상태이다. 그래서 나는 운동도 시작했고, 식단도 조절하며 건강한 생활 습관을 만들기로 결심했다. 약도 다시 잘 챙겨 먹으려고 노력 중이다. (방금도 약을 먹지 않은 게 생각이 나 잠시 글쓰는 것을 멈추고 약을 먹고 왔다. 아침 약을 점심이 한참 지난 후에야 먹다니, 아직 나아갈 길이 멀지만 그래도 이상한 반항심에 약을 먹지 않겠다고 고집을 부리는 것보다는 발전했으니, 앞으로의 가능성은 더욱 열려 있다고 생각하고 싶다.)

의미 있는 삶을 살고 의미 있는 사람이 되기 위해서 건강해지자고 마음 먹었으니 다음은 어떤 의미로서 나 스스로와 내가 사랑하는 당신들에게 남을 것인지 생각해보아야 했다.

아무리 생각해도 나는 그저 따뜻한 사람이 되고 싶었다. 불꽃보다는 풀꽃 같은 사람이 되고 싶었다. 여유롭고 친절함을 머금은, 그렇게 나 스스로에게도 당신에게도 위로가 될 수 있는 사람이 되고 싶었다. 따뜻한 미소의 뜻을 지닌 사람. 완연한 봄, 꽃잎과 바람이 하나 되어 흩날리는 호숫가를 창을 열고 드라이브할 때의 마음을 지닌 사람. 서두를 필요 없이, 은은하게 퍼지는 그런 꽃 내음이 나는 사람이 되고 싶다.

나는 아직 몸도 마음도 건강하지 못하고 따뜻함보다는 차가움에 가까운 사람일지도 모른다. 아니, 사실은 그렇다. 엉망진창에 차갑게 날이 서 있는 칼날이다. 하지만 한다면 하는 내가 마음을 먹었다. 그런 사람이 되기로. 나와 당신에게 따뜻한 바람과 꽃내음으로 위로를 건네줄 수 있는 그런 사람이 되기로. 나는 분명 할 수 있을 거라고 믿고 싶다. 꼭 그렇게 해낼 것이다. 그렇게 나와 당신에게 나는 위로가 되고 싶다.

나의 작지만 단호한 결심, 노력의 시작과 함께 당신에게도 묻고 싶다. 당신은 어떤 의미로 자신에게 그리고 당신이 사랑하는 이들에게 남고 싶은지. 당신이 무엇을 이야기하든지 나는 응원하고 싶다. 당신의 결심을, 당신이 다다르고 싶은 삶의 의미를. 그것이 무엇이든 나의 자리에서 고요하고 환한 빛으로 응원할 것이다.

동유진
@dnd

6만 자의
위로 문자를 쓰며

몇 개월간의 인턴 생활 끝에 퇴사했다. 좋은 평가를 받지 못했고 결국 정규직 전환에 실패했기 때문이다. 그렇게 비자발적으로 회사를 그만두고 나서, 한가로이 하루하루를 보냈다. 그러던 어느 날, 한 인턴 동기로부터 연락이 왔다. 그 동기는 나와 달리 정규직 전환에 성공하여 회사에 잘 다니는 중이었다. 그런 그에게 안부를 묻는 문자가 왔고 반가운 마음에 신나게 답장했다. 그렇게 몇 번 문자를 주고받았을까. 그는 이 네 글자로 대화의 마무리를 짓는 것이 아닌가.

"힘내세요."

순간 당황스러웠다. 무엇을? 왜? 나는 그에게 전혀 힘든 티를 내지 않았다. 오히려 퇴사가 속 시원하다는 듯이 말했는데, 그런 내게 힘내라니!

그의 위로를 제대로 못 알아들은 척, 나 역시 "님도 힘내요."라고 답했다. 그러고 나서는 조금 머쓱해졌다. 남들에게 내가 위로가 필요한 사람처럼 보이려나 싶었다. 그렇지 않은데. 나름 잘 살고 있는데. 회사를 그만두고 나서는 만성 소화불량이 나았고, 시간이 여유로워지면서 웃음도 늘어났다. 나중에 그를 만나게 되면 요즘 엄청 잘 살고 있다고 말해야지. 그런 실없는 생각까지 들었다.

그런데 며칠의 시간이 지나면서 나는 거짓말처럼 속이 부글부글 끓기 시작했다. 마치 뒤늦게 데워진 냄비처럼 말이다. 겉으로 봐서는 괜찮은데, 만지면 뜨거워서 화들짝 놀라고 마는 그런 냄비.

언제는 화가 치밀어, 자고 있다가 이불을 박차고 일어나기도 했다. 한참 씩씩거리다 다시 잠에 들었다. 그런 과정을 새벽에 몇 번이고 반복했다. 그렇게 울컥거리는 감정이 솟구칠 때, 나는 무언가에 홀린 듯이 컴퓨터 앞에 앉았다. 그리고 정신없이 타이핑하기 시작했다.

처음에는 내 이야기를 썼다. 그러다 더 쓰고 싶어져서 가족의 이야기를, 친구의 이야기를 그리고 잘 알지 못하는 이들의 이야기를 무작정 적어 내려갔다. 어느새 글은 픽션으로 변해갔고, 나는 곧 소설을 쓰기 시작했다.

손가락이 얼얼해질 정도로 타이핑했다. 글은 어느 틈에 50쪽을 넘겼다. 6만 자의 글자를 적어가며 나는 가보지 못한 곳을 상상했고, 말해본 적 없는 이와 대화했다. 1인칭 주인공 시점으로 쓰면서, 묘하게 나와 닮은 듯 닮지 않는 주인공을 탄생시켰다. 그는 유약했지만 용감했다. 고난을 두려워하지만, 모험은 두려워하지 않았다. 성장소설을 좋아하는 내 취향이 그대로 담겨 있는 캐릭터였다. 나는 그 주인공이 서서히 변해가는 스토리를 쓰면서, 극을 전개했다.

나는 나를 정규직으로 전환해주지 않은 회사에 화난 게 아니었다. 스스로에게 화가 났다. 지난날을 떠올리면서 자꾸만 자책하고 후회했다. '왜 그것밖에 못 했니.' 하고 말이다. 퇴사 직후에는 평온하게 일상을 보냈지만, 시간이 지나니 그것이 내 알량한 자존심이었다는 걸 깨달았다. 그렇게 허세로 감춰진 진심은 뒤늦게 터져 나와 내 일상을 세차게 흔들었다.

그래서 무작정 글을 써 내려갔다. 거칠고 정제되지 않은, 내 속에 담긴 것들을 모조리 꺼내고 정리하고 싶었다. 이 소설은 인턴 동기가 내게 보냈던 위로 문자 같은 거였다. 스스로에게 위로를 보내는, 6만 자에 달하는 장문의 문자였다.

시시한 이유로 시작한 '소설 쓰기'는 의외로 점점 효과를 발휘했다. 정말로 속이 편안해지기 시작한 것이다. 새벽에 이불을 박차고 깨어나게 되면, 그냥 그 시간에 글을 썼다. 스스로가 미워지면 그때도 그냥 글을 썼다. 정신없이 글에 매달렸더니 언제부터인가 내 마음속에 고요가 찾아왔다.

그리고 이 소설을 끝까지 써보고 싶단 욕심도 새로 생겼다. 고난을 두려워하면서도 결국 용감히 모험하는 주인공을 내 손으로 탄생시키지 않았는가. 나도 그런 주인공을 닮고 싶어졌다. 그래서 작가도 아니면서, 소설 완결을 내보겠다는 다소 미련한 모험을 떠나고 있다.

정말이지 시시한 시작과 미련한 도전이 아닐 수가 없다. 그럼에도 불구하고 묘한 기대감을 품어본다. 주인공의 마지막 스토리를 쓸 즈음에는 나 역시 그처럼 성장하지 않을까 하는, 그런 기대를.

남기산
@jdi37

그날의 음악실,
나의 마스터플랜

학교 4층에 있었던 음악실은 그리 크지 않았다. 의자들을 뒤로 밀어놓고, 앞뒤로 다섯 걸음 정도 움직일 수 있던 단상 옆에 앰프를 놓으니 제법 무대 같았다. 2001년 당시, 가장 잘나갔던 신촌의 힙합 클럽 '마스터플랜'은 가보지 않았지만 이런 느낌일 거라 생각했다.

끽끽거리는 얼굴과 무표정한 얼굴이 섞여 있는 아이들 사이에 우리 반 애들도 있었다. 수군대는 소리는 모스부호같이 띄엄띄엄 정적과 맞물리며 마이크 잡은 손을 더 떨리게 했다. 동아리 누나에게 고개를 끄덕여 신호를 보냈다. 파나소닉 시디 플레이어의 재생 버튼을 누르니 전설적인 래퍼 나스의 〈Nas Is Like〉 비트가 나오기 시작했다. 한 달 동안 이 순간을 준비했던

68

기억들이 스쳐 지나갔다. 나는 천천히 몸을 흔들면서 내가 썼던 가사의 첫마디를 생각했다.

왜였을까. 고등학교에 진학한 뒤 힙합 동아리에 들었던 정확한 이유는 생각나지 않는다. 딱히 힙합을 좋아한 것도 아니었으니까. 사실 중학교까지 관심사는 반에서 스타크래프트 1위를 쟁취하거나, 쟁취한 왕좌에 도전해오는 녀석들을 물리쳐 명예를 지키는 게 전부였다. 내게 중학교는 그런 시절이었다.

다만 고등학교에 가면서 부질없어 보이는 왕좌보다, '인기가 많아지고 싶다.'라는 생각이 가득해졌다. 머리도 기르고 엄마를 졸라 잠뱅이 청바지 같은 걸 사 입고 거울 앞에서 포즈도 취해보면서 입학을 준비했었다. 마치 데뷔를 앞둔 연습생의 마음으로 고등학교에 가서는 나도 '잘나가' 보고 싶었다.

아무튼 입학하고 하루하루 설레며 보냈던 3월, 친구들과 점심을 먹고 스타크래프트 이야기를 하고 있는데, 한 무리의 선배들이 칠판 앞에 섰다. 힙합 동아리라고 했다. 신입 부원을 모집할 건데, 래퍼와 비보이로 나눠 오디션을 본다고 했다. 나는 무조건 들어가야 된다고 생각했다.

나는 래퍼로 합격했다. 노래방에서 2배속으로 95점의 기록을 보유했던 필살기, 드렁큰타이거의 〈너희가 힙합을 아느냐〉로 당당히 합격했으나, 정통 본토 힙합을 추구하던 친구들은 기쁨에 들떠 있는 나를 언짢은 표정으로 보고 있었다. 그러거나 말거나, 나는 힙합 서바이벌 프로그램 〈쇼미더머니〉 파이널 우승자의 표정으로 교실에 돌아왔고, 여자애들은 "너 이제 래퍼야?"라고 물어봤다.

동아리에서 친해진 병곤이는 어릴 때부터 힙합을 좋아했고 지식도 해박했다. 나는 나스와 제이지, 맙딥과 우탱클랜 같이 힙합 역사에서 빠질 수 없는 뮤지션들의 음반을 빌려 들었다. 병곤이는 시디를 빌려주며 아티스트는 어떤 사람인지, 집중해서 들어봐야 할 트랙은 어떤 건지 등을 친절하게 알려줬다. 그게 시작이었다. 나는 원시적인 드럼 비트와 유려한 플로우의 랩으로 어우러진 흑인음악에 빠졌다. 인기를 얻고 싶은 불순한 의도로 들어갔던 힙합 동아리에서, 평생 떼어놓기 어려운 취향을 만나게 되었다. 흑인만의 솔뮤직, 그들의 음악! 나는 정말이지 래퍼가 되고 싶었다.

곧 기회가 왔다. 5월, 학교에서 공연을 하기로 했고 1학년에게도 얼마간의 무대가 주어졌다. 가슴이 쿵쾅 뛰었다. 친하게 지냈던 병곤, 성태와 3인조 팀을 만들었다. 동부 힙합을 이끌던 나스의 명곡 〈Nas Is Like〉 반주에 직접 가사를 쓰기로 했다. 딱히 내세울 거리가 없던 열일곱이어서, 주제는 앞으로의 포부와 꿈에 대해 쓰기로 했다. 이른바 '자기 계발 랩'.

평일에 가사를 쓰고 주말에는 공원에 모여 시디플레이어를 틀어놓고 연습을 했다. 벤치에 앉아 무말랭이무침 만드는 법에 대해 이야기하는 할머니들과 바람 빠진 축구공을 쫓아다니는 흙투성이 아이들 사이에서, 나는 뮤직비디오에서 본 래퍼의 손짓을 흉내 내며, 뉴욕에서 온 비트 위에 경기도 일산에 거주하는 고등학생의 포부를 담은 랩을 연습했다. 연습이 끝나면 우리는 편의점에 앉아 컵라면 국물을 앞에 두고, 에미넴과 닥터드레 이야기를 하며 보냈다. 공원에 불던 봄바람과 햇볕은 참 따뜻했다.

힙합은 갱 문화의 정수다. 나 역시 엄마가 준 급식비를 빼돌려 눈여겨왔던 힙합 체인 목걸이를 샀다. 싸구려 도금 때문인지 목걸이를 차고 나면 목에 쇳독이 올라 부어 있었다. 샤워할 때마다 따끔거렸지만 육체의 고통보다 힙합을 추구하는 정신력이 월등히 강했던 때라, 벌겋게 까진 목 따위는 아랑곳하지 않은 채 목걸이를 두르고 다녔다. 이 목걸이를 차고 바다 건너 미국 래퍼들처럼, 친구들 앞에서 내 랩을 보여주고 싶었다.

침대에 누우면 곧 있을 무대가 눈앞에 떠올랐다. 손에 쥔 마이크의 감촉, 나를 보고 있는 우리 반 애들의 얼굴, 옆에 선 병곤과 성태의 모습이 지나간 기억처럼 생생하게 보였다. 그리고 끊임없는 걱정과 의문들, 그러니까 가사를 까먹진 않을까, 좋아했던 진아가 공연을 보러 올까 같은 생각들이 떠오르다 사라졌다. H.O.T.의 명곡 〈캔디〉의 장우혁 역할로 초등학교 학예회 무대에 서본 이후, 사람들 앞에 나가는 건 처음이었다.

공연은 토요일이었다. 4교시가 끝나자 우리는 공연용 옷을 챙겨 4층 남자 화장실에 가서 떨리는 마음으로 갈아입었다. 음악실에는 동아리 사람들이 분주하게 공연을 준비하고 있었다. 곧 웅성거리는 소리와 함께 공연을 보러 아이들이 몰려왔다. 친하게 지냈던 우람이와 택현이는 보이지 않았다. 이 자식들은 분명 스타크래프트를 하러 피시방으로 간 게 분명했다. 나는 진정한 관심의 대상이었던 진아가 왔는지, 얼굴들을 찬찬히 헤아려봤다.

슬프지만 진아도 없었다. 진아에게 잘 보이고 싶은 마음이 공연을 준비한 원동력의 65퍼센트를 차지하고 있었던지라 맥이 탁 풀렸다. 어쨌든 35퍼센트 정도 되는 힙합에 대한 열정으로 마음을 추스르고 무대로 올라갔다. 이미 2학년 선배였던 민석이 형이 라킴의 명곡 〈When I B On Tha Mic〉에 작사한 곡으로 분위기를 띄워놓아 관객은 고조되어 있었다. 우리를 아는 친구들은 "잘생겼다!"라는 식의 조롱과 응원이 섞인 호응을 보내기도 하면서, 어설픈 빅 사이즈 힙합 옷을 입고 뻘쭘하게 서 있는 3인조를 반겼다.

지금 이 순간을 얼마나 많이 떠올리고 기다려왔나. 17년 인생에서 가장 많이 생각하고 기다려왔던 4분이었다. 마이크는 참 무거웠고 차가웠다. 소리가 제대로 나오는지 확인하려고 마이크에 "아아" 하고 소리를 내보았는데, 작은 음악실에 내 목소리가 숨길 곳도 없이 꽉 채워졌다. '가사 틀리면 바로 티 나겠구나…' 식은땀이 주룩 흐르면서 우리가 준비한 곡이 나오기 시작했다.

어설픈 첫 무대. 우리는 가사도 틀리고 박자도 많이 놓쳤다.

그럴 때마다 친구들은 더 큰 소리를 질러주며 민망함을 덮어 줬다. 신났다. 30평 남짓한 고등학교 음악실이었지만, 그 순간 만큼은 힙합의 성지 마스터플랜 무대에 선 느낌이었다. 흥분한 우리는 랩이라기보단 악에 가까운 샤우팅으로 가사를 질러 댔다. 힙합 신내림을 받은 우리에겐 한 달 동안 고대해온 기대감의 살풀이와 같은 시간이었다.

정확히 3분 55초. 우리의 무대가 끝났다. 온몸에 차곡차곡 쌓아놨던 기대와 긴장, 흥분과 설렘의 감정들이 둑이 터지듯 쏴 하고 다 빠져나갔다. 행복하고 뿌듯했다. 뒤풀이로 갔던 무한 리필 닭갈빗집에서 닭갈비를 우물우물 씹으면서 랩을 한다는 건 신나는 일이라고 생각했다. 추가로 시킨 쫄면 사리를 돌돌 말아 먹으면서도, 음악실에서의 3분 55초를 몇 번이고 생각했다. 나는 래퍼가 되기로 결정했다.

10년 후 마이크 대신 마우스를 잡는 직장인이 되었지만, 그날 이후 새롭게 만난 친구들과 팀을 만들고 몇 번 더 무대에 올랐다. 모두 나름의 기억과 에피소드가 있지만, 첫 무대의 느낌은 대체 불가한 경험이었다. 무말랭이 이야기를 들으면서 연습했던 공원과 봄바람 냄새, 내 무대를 보고 있던 우리 반 친구들의 모습, 급식비를 빼돌려 샀던 나의 토템이자 쇳독을 안겨주었던 체인 목걸이, 나무 무대의 삐걱거리는 소리와 숨이 탁 막히는 열기로 가득 찼던 그날의 음악실. 여전히 무엇으로도 대체 불가한 나의 첫 무대의 감촉들로 남아 있다.

김시연
@smileyplus

손수 제작의 즐거움

손으로 하는 작업을 좋아한다. 퀼트, 북바인딩, 도예, 손뜨개 등 꼼지락거리며 손으로 하는 작업들은 대부분 내 손을 거쳐 갔다. 한 우물만 팠다면 어떤 삶의 모습이었을지 모르겠지만, 나는 손으로 직접 해보고 싶은 것이 많았다. 손수 제작의 즐거 움을 알기 때문이다. 손작업이 주는 힘은 생각보다 그리 가볍 지 않아 나 자신을 구체적으로 표현하는 과정이 된다. 나는 어 디쯤 있는지, 어디로 가고 싶은지, 내면의 나와 만나는 시간이 다. 그 지점의 끝에는 만족감과 성취감까지 더해진다. 손작업 은 기록이고, 역사이며, 흔적이 고스란히 남는 기념물이 된다.

신혼 가구 만들기 도전

2008년, 결혼을 앞두고 가구를 보러 다녔다. 드디어 내 생애 가장 큰 목돈을 쓸 차례다. 얼마나 이 순간을 기다렸는지 모른다. 기회는 이때다 싶어, 갖고 싶었던 것을 마음껏 구매할 참이었다. 호기롭게 다녀봤지만 돈이 있어도 무언가를 구매하기가 쉽지 않았다. 워낙 인테리어에 관심이 많았기에 한 가지 스타일로 결정하기가 어려웠던 것이다.

신혼집을 클래식하게 꾸미고 싶다가도 자고 일어나면 프로방스 스타일로 마음이 바뀌었다. 또 어느 날에는 내추럴 스타일로 꾸미고 싶었다. 나도 모르는 사이 자료는 모이고 있었다. 집이 작으니 방마다 스타일을 달리할 수 있는 여건도 아니고, 변덕을 그만 부리는 수밖에 없었다.

인테리어 자료를 갈무리하며 드디어 신혼집 규모에 맞는 나만의 스타일을 정하고는, 오래전부터 도전해보고 싶었던 가구 공방을 찾았다. 신혼 가구를 직접 만들기로 한 것이다. 지금은 삶의 방식이 많이 다양해졌지만 그때만 하더라도 천편일률적인 구조와 방식이 많았기에, 신혼 가구를 직접 만든다는 말에 놀라지 않는 사람이 없었다. 이 작업이 가능했던 이유는 신혼집 안에 10자니 12자니 하는 대형 가구가 없었기 때문이었다. 가구를 자주 옮기며 수시로 변화를 즐기는 나이기에 소(小)가구 위주로 만들기로 했다.

첫 번째 가구는 장롱이다. 작은 방을 드레스 룸으로 꾸미고 침실에는 한 칸짜리 예쁜 장롱을 만들기로 했다. 잠옷이나 침

구류 수납용 그리고 손님이 올 때 지저분한 것들을 빠른 손놀림으로 감춰둘 수 있는 용도면 충분했다.

두 번째 가구는 오디오 수납장이다. 중학교 입학했을 때 아빠가 사주셨던 일체형 컴포넌트 오디오를 20대 초반까지 갖고 있다가, 직장 생활을 하며 거금을 주고 구입한 오디오와 LP를 수납하기 위해서였다.

세 번째 가구는 작은 서랍이 있는 선반장이다. 서랍에는 상비약과 잡동사니를 넣어두고 선반에는 내가 좋아하는 장식 소품을 진열하기 위해서였다.

이렇게 총 세 개를 신혼 가구로 만들기로 했다. 자료 조사를 한 후 필요한 치수에 맞게 디자인을 하고 도면을 그린 뒤 수종을 선택했다. 나무 재단은 공방장님이 해주셔서 위험할 것은 전혀 없었다. 원목이라 인체에 무해하기도 하고, 내 마음대로 나만의 가구를 제작하는 것이 여간 설레는 일이 아니었기에 시간 가는 줄 모르고 작업을 했다.

다양한 수작업을 해봤지만 이런 규모의 작업은 처음이라, 가구가 완성되는 과정이 그저 신기하고 뿌듯하기만 했다. 일반적인 10~12자짜리 장롱값보다 손수 제작한 가구가 더 비싼 걸 모르시는 시어머님은 옷장도 안 사 왔다고 한 말씀 하셨다. 하지만 내가 직접 만든 가구들은 계절에 따라 용도를 달리할 수 있고 이리저리 옮기기도 좋으니 내겐 안성맞춤이었다.

남편의 목공 도전

신혼집 주방에는 집의 크기에 비해 작은 싱크대가 있었다. 수납공간이 부족하기도 해서 그릇을 넣을 예쁜 장이 갖고 싶었다. 남편에게 말하니 남편은 그릇장을 직접 만들고 싶어 했다. 내가 공방에 다니며 가구 만드는 것을 보고 남편도 목공에 도전해보고 싶다는 것이었다. 그러던 중 나무 팰릿 새것을 여러 개 구하게 되었다. 일단 이것으로 재료 준비 완료!

나는 원하는 스타일로 디자인하고, 남편은 열심히 팰릿 분해 작업에 들어갔다. 남편은 꼼꼼 대마왕이라 가끔 속 터지는 경험도 하지만, 그 덕에 남편의 결과물은 신뢰도 100퍼센트다. 하지만 작업이 만만치 않았다. 나무를 분리하고 못을 제거하고 거친 면을 다듬는 과정은 재미도 없고 힘들기만 했다. 옷 만드는 것도 그러하다. 수선이 더 어렵다. 새 원단으로 만드는 것이 훨씬 수월하다. 집도 그렇다고 하지 않던가? 아무튼 어렵게 준비한 재료로 기초 수공구만을 이용해 살뜰히 만들어갔다.

지금은 제법 공구도 갖춰지고, "연습이 대가를 만든다."라는 말처럼 기술도 많이 향상되었다. 이제 다양한 가구를 만들 수 있으니 오래전 폐자재로 직접 만든 첫 그릇장을 용도 폐기하는 것이 어떻겠냐며 남편이 물었다. "좀 비뚤어지면 어때? 좀 부족한 부분이 있으면 어때? 유해물은 이미 다 날아갔을 거야."라고 말하며 나는 남편의 말에 동의하지 않았다.

재활용 나무는 수많은 고민을 거쳐 디자인과 색상을 결정해

가구로 만들어졌다. 이 가구가 장소를 옮겨가며 놓이기까지의 과정이 우리 가족에게 고스란히 남아 있다. 그것은 폐자재로 만든 가구가 아니라 애정이 듬뿍 담긴 '가치 있는 물건'이다. 아마도 일반 가구점에서 구매했다면 폐기 처분했을지도 모를 일이지만, 남편이 만든 첫 번째 가구는 지금도 냉장고 옆자리를 당당히 지키고 있다.

"손을 쓰지 않으면서 의존하는 인간이 되었다."라는 말이 있다. 손을 쓰며 무언가를 만드는 일은 더디지만 시간과 정성을 들이면 발전하는 것이 눈으로 보이니 만족감은 커지고 애정은 더해진다. 아직 도전해보지 않은 분이 있다면, 이제부터라도 손작업으로 삶을 풍요롭고 느긋하게 즐겨보면 어떨까?

신동화
@ehdghk8

아이를 낳고
책방을 열었다

2019년 11월 30일, 겨울의 문턱을 들어서던 늦가을, 강원도의 어느 외진 언덕길에 책 파는 작은 찻집을 열었다. 책도 팔고 한 달에 한 번은 음악회도 연다. 모두의 만류에도 불구하고, 꿋꿋하게 '느림의 미학'이라는 간판을 내걸며, '책과 음악과 낭만이 있는 찻집'이라는 부제도 써 붙였다.

그로부터 2년 전 7월, 아이를 낳았다. 세상에서 가장 고귀할 것만 같았던 출산과 육아는 현실이었고, 장렬히 전쟁에서 패한 나는 '산후 우울증'이라는 전리품을 얻었다. 매일 밤을 눈물로 지새우고, 아이와 씨름하며 하루를 그저 살아내기만 해도 모자란 시간이었다. 감사하게도 시간은 흘렀고, 정신과 치료도 무사히 잘 마쳐냈으며, 2년 동안 나 자신을 다시금 돌아보게 되었다. 아이를 어린이집에 보내며 시간적 여유를 가지게 되자, 미뤄두었던 나의 꿈들이 부쩍 떠오르곤 했다.

노래를 부르면 슬픔이 사라졌고, 책을 읽으면 힘든 현실이 잠시나마 잊혔다. 어릴 적부터 노래 부르는 걸 워낙 좋아했다. 좋아하는 것을 업으로 삼고 싶었지만 현실에 부딪혀 포기한 채 살아왔다. 내 인생을 되돌아보면 몇 번의 기회가 있었지만 끝내는 도전하지 못했다. 용기가 없었고 두려웠다. 항상 현실에 굴복하며 적당히 안정적인 직장과 미래를 선택해왔다. 그런데 아이를 낳고 보니 그게 너무나 후회가 됐다. 왜 그때 도전하지 못했을까, 나 자신이 사라져 가는 게 더욱 크게 느껴졌다. 이대로 아이 엄마라는 이름으로만 살게 되는 걸까, 사그라드는 나 자신을 안간힘을 쓰며 붙잡았다.

더 이상 미룰 수 없었다. 이제라도 뭔가를 시작해야 했다. 아이에게도 떳떳한 엄마가 되고 싶었다. 자기 일을 사랑하며 즐기는 엄마. 나만의 길을 개척해나가는 당당한 엄마의 모습을 보여주고 싶었다.

아이를 어린이집에 보내고는 항상 도서관에서 책을 빌려 근처 카페에 틀어박혀 내내 책을 읽었다. 산후 우울증으로 힘겨울 때도 책을 읽었다. 책을 펴면 그 속의 세상으로 빠져들어 현실을 잊을 수 있어서 좋았다. 책장을 열면 삶을 바쳐 알래스카를 사랑했던 모험가도 될 수 있었고, 작은 골목 안 카페 '책과 빵'

을 운영하는 멋진 작가도 될 수 있었다. 어느 순간부터 나는 작가를 동경하게 되었고, 다시 노래를 부르고 싶어졌다. 음악과 책은 내가 구렁텅이에 빠져 있을 때마다 나를 건져내 길을 안내하는 지팡이와 같았다.

하루는 동갑내기 아이를 키우는 언니가 내게 한 달에 한 번은 나 자신을 찾을 수 있는 시간을 갖자며 공연을 제안했고, 그렇게 한 달에 한 번씩 음악회를 열게 되었다. 용케도 몇몇 분이 찾아와주셨다. 그렇게 좋아하던 노래를 만들고 부르니, 모든 세포가 다시 살아나는 기분이었다. 매달 새로운 곡을 쓰고, 또 노래를 불렀다. 잊고 있던 내 안의 창작 본능이 마구 샘솟았다. 계절이 흘러가는 것을 보며 노래로 만들었고, 마음이 허전해질 때 노래를 만들었다. 비가 오는 것을 보면서, 봄바람이 불어올 때 노래를 만들었다.

그러던 중에 이용하던 공간이 만료되면서 음악회를 중단해야 하는 상황이 생겼다. 새로운 공간을 얻어야 했다. 이대로 멈출 순 없었다. 이제야 용기가 생겼는데 다시 제자리라니. 결국 내 인생의 마지막이 될지 모르는 새로운 도전을 하며 책방 문을 열었다. 모아둔 돈을 탈탈 털어서 인테리어를 하고 집기를 구비하고 하나부터 열까지 내 손을 거쳐 공간을 채워갔다.

'느리지만 꾸준히. 하고 싶은 것을 계속하는 힘을 기르자. 끝까지 가자. 좌절하지 말자. 미래로 미루지 말고 천천히 가더라도 현재에 집중하자. 이제부터 내가 진짜로 원하는 것을 하고 살자. 누가 알아주지 않더라도 내가 좋아하는 일을 하자.'

좋아하는 노래를 계속 부르고 싶다는 생각 그리고 지금이 아니면 앞으로 내 인생에 이런 기회가 없을 거란 생각에 문을 열었지만 막상 오픈을 하고 나니 자꾸 욕심이 생기며 조바심이 났다. 육아를 병행하며 운영을 하기에 내가 투자할 수 있는 최대치가 정해져 있음에도 자꾸만 마음이 조급해졌다. 매번 조급해하다가 포기했던 과거를 반복하려고 하고 있었다. '느림의 미학'이라는 이름을 지을 때에는 분명했던 다짐이 점차 흐려지면서 스스로를 옥죄었다.

잠도 못 자고 고민만 하며 며칠 밤을 새우고, 아이는 아이대로 새로운 환경에 적응하느라 힘들고, 안 쓰던 몸을 쓰니 육체적으로도 정신적으로도 고되고 힘들었다. 괜히 집에나 있을걸, 뭘 한다고 나서서 이리 고생을 하나 싶은 생각도 들었다.

특히 아침마다 헤어지지 않으려고 우는 아이를 떼어놓고 출근을 한 날이면 마음이 더 미어졌다. 게다가 엎친 데 덮친 격으로 코로나바이러스가 퍼지며 아이를 어린이집에 보낼 수 없는 상황이 되었다. 결국 오픈한 지 세 달여 만에 기약 없이 문을 닫아야 하는 상황이 되어버렸다.

쉬면서 많은 생각을 했다. '왜 나에게만 이런 일이 일어나는 걸까. 왜 하필 내가 가게를 연 다음에 이런 일이 일어나는 거지. 대체 왜…' 며칠을 좌절했고, 울기도 했다. 비로소 내가 원하는 삶을 살자는 용기가 생긴 직후라 더욱 마음이 쓰라렸다. 며칠 동안 집에서 보내며 우울감에 젖어 있었다. 다 내팽개치고 어디론가 숨고 싶었다.

책방 SNS에 속상하다는 글을 올렸다. 그런데 놀랍게도 수많은 분들이 내게 응원 메시지를 남겼다. 그걸 보니 원망의 마음이 사그라지며 하나의 깨달음을 얻게 되었다. '나뿐만 아니라 모두가 다 겪고 있는 건데 왜 나에게만 일어나는 일이라며 원망을 했던 걸까. 우리는 이렇게 또다시 살아가야 한다. 버려야 한다. 다시 시작해야 한다.'

책방을 다시 오픈한 지 한 달이 지났다. 오픈하자마자 모진 풍파를 겪은 느림의 미학호는 이제야 순항의 길에 접어든 듯하다. 앞으로 또 어떤 태풍이 몰아칠지 모르지만 물러서기보다는 맞서보기로 했다. 다음 달이면 벌써 반년이 된다. 매일매일 도를 닦는 심정으로 책방의 문을 연다. 오지 않는 손님을 기다리면서 빵을 굽고 창문을 광내며 닦는다.

무엇을 위해서 이 여정을 시작했을까 다시 곱씹어본다. 아이를 낳고서야 나는 온전한 나를 찾는 여정의 문을 삐걱 열었다. 내 안의 오물과 더러운 밑바닥을 다 드러내고 나서야 나는 이제 겨우 시작하는 중이다. 앞으로 몇 달, 아니 몇 년 뒤의 나는 얼마큼 성장해 있을까. 미래의 내 모습을 상상해보며 오늘 하루를 또 시작한다.

개고생은 아무나 하나

누구에게나 절대 잊지 못하는 순간이 있습니다. 서 있던 자리에서 한 걸음 내딛는 도약의 순간이죠. 보폭의 크기와 상관없이 그냥 움직였다는 사실 하나로 벅찬 것. 바로 무언가에 도전하는 순간입니다.

일상 속 도전은 자전거를 배운다거나, 면허를 딴다거나, 안 해본 운동을 시작하고, 먹지 않았던 음식을 먹어보고, 혼자서 길을 찾아보는 것들이죠. 크든 작든 대부분의 도전은 고민과 공포에서 시작해 기쁨과 성취감 그리고 평생에 남을 진한 경험치를 남기고는 합니다.

물론 개인에 따라 차이는 있죠. 혼자서 밥 먹는 일이 외발자전거를 타는 일보다 더 어려운 사람도 있을 테니까요.

고등학교를 졸업한 뒤 친구들이 대학에 가거나 재수를 결심할 때, 회사로 출근했던 스무 살 저의 하루들은 도전투성이었어요. 첫 면접, 첫 출근, 첫 회식, 첫 월급, 모든 게 안 올라가본 계단 같았습니다.

그렇게 한 계단씩 딛다가 1년 반쯤 지났을까요? 이 계단 말고 다른 게 오르고 싶어지더라고요. 그때가 인생에서 처음으로 가장 큰 뜀박질을 하려 했던 순간이라 생각합니다. 이전의 것들과는 달랐어요. 심장이 너무 빨리 뛰었거든요. 10년이 지난 지금도 뭔가 큰 도전을 앞두고 고민할 때면 똑같이 심장이 빠르게 뛴답니다. 그건 저만 아는 박자예요.

그 순간은 일종의 '도움닫기'입니다. 도움닫기 할 때 숨차고 심장이 방방 뛰잖아요. 잘 뛸 수 있을지 몰라 엄청 떨면서요.

사무실에서 야간대학교를 검색해보고 갈 수 있는 학교 리스트를 만들었어요. 학사 학위가 너무 갖고 싶었거든요. 대학교에 가지 못할 이유는 정말 많은데 가고 싶은 이유 한 개가 자꾸 이기는 거예요. 그래서 나름의 절충안을 찾은 게 야간대학교였어요. 낮에는 일하고 밤에는 공부를 하면 되겠구나! 고생길은 눈앞에 보이지 않았고 그때는 방법을 찾았다는 게 일단 무척 기뻤습니다.

도움닫기를 마치고 점프를 시작하자 이런 일상이 기다리고 있었습니다. 수업 시간(특히 시험이 있을 때)과 야근이 겹칠까 조마조마했던 날이 허다했고 수업을 마치고 집에 와 과제를 하느라 하루에 한두 시간씩 자게 됐죠.

퇴근하고는 학교까지 가는 버스를 놓치지 않기 위해 항상 뛰었어요. 출석 체크 놓치면 안 되니까. 쉬는 시간에는 샌드위치나 김밥을 입안에 허겁지겁 욱여넣었습니다. 지금 생각하면 이때부터 빨리 먹는 습관이 생긴 것 같아요.

수업이 있어 회식에 빠지는 날이면 회사 구성원의 눈치를 봤고 주말에는 조별 과제를 하러 조원들을 만났어요. 그러고 나서 월요일 아침 회의 자료를 미리 준비했습니다. 하루에 커피 네 잔을 마셔도 바닥에 머리만 닿으면 잠이 들었죠. 4년이란 시간은 그렇게 영원할 것 같더니 어떻게 지나긴 했습니다.

야근이 많던 회사에서 더는 버티기 어려워 3학년 때 결국 이직을 했습니다. 안정적으로 퇴근하게 되자 생활은 조금 나아졌죠. 시간이 흘러 졸업장 받던 날 진짜 행복했어요. 인생 첫 도전의 맛은 학사모와 함께 사진으로 영원히 남았습니다.

졸업과 동시에 퇴사를 했습니다. 이후에는 진짜 하고 싶었던 직무에 대졸자로서 발끝을 담글 수 있게 되었죠. 회사 하나만 다녀도 된다는 게 그렇게도 홀가분했습니다. 그냥 출근하고 퇴근만 하면 되는 평범한 일상이 소중해지고, 하고 싶은 일을 할 수 있게 된 건, 첫 번째 고민과 도전이 없었다면 불가능했을 일이라 생각합니다.

그래서 그 고생을 선택했던 게 항상 자랑스럽고 당당해요. 개고생 그거 진짜 돈 주고도 못 사는 건데.

누군가는 저의 주경야독 에피소드를 듣고 "와, 고생을 사서 하셨는데요."라는 말을 하기도 하는데요. 그 덕분에 이 주제를 보자마자 이런 글을 쓸 수 있는 게 아닐까요?

무언가를 시작하고 도전하기에 적절한 때는 없다고 생각합니다. 언제고 무릎을 굽혔다 뛰었던 사람, 도전했던 사람들의 후기만 남는 거죠. 앞으로도 저는 망설이긴 하겠지만 뛰어야 할 순간이 오면 일단 뛸 계획입니다. 지나고 보니 개고생 그거 아무나 하는 거 아니었어요. 용감한 사람들의 선택이었죠.

홍은
@toctalk-roja

그러니까
그게 시작이었네

내 이름 앞 어색한 수식어, 도예가

    .

"도예가예요?" 요즘 내가 답하기 가장 어려운 질문은 이것이다. 작은 작업실에서 도자기를 만들고, 도자기 수업을 하기도 하니 나는 도예가라고 말할 수도 있겠지만 선뜻 "네."라는 대답보다는 구구절절 설명이 더 길어진다. 기존의 '도예가'라는 단어로 나를 수식하기엔 어색한 무엇이 있기 때문일 것이다. 그 어색함은 '시작'의 모호함에서 기인한 것이기도 하다. 그러니까 나는 '도예가'가 되려고 무엇을 시작한 적은 없다.

  굳이 시작을 거슬러 찾아보자면 2001년 가을 광화문의 한 극장에서 본 다큐멘터리 영화 〈부에나 비스타 소셜 클럽〉이라고 말할 수 있겠다. 도자기와 영화? 게다가 남녀 주인공의 도자기 빚는 장면이 유명한 영화 〈사랑과 영혼〉이라면 모를까 뜬금없이 음악 다큐멘터리라니. 하지만 그랬다. 영화의 초반에 나오는 한 장면, 낡은 자동차가 쿠바 아바나의 해안 도로 말레콘을 넘어오는 파도를 가르며 유유히 달리는 모습에 나의 시선은 멈추었다. '저런 곳이라면 내 눈으로 꼭 보고 싶다.'

그로부터 3년 뒤 회사를 그만두고 쿠바 아바나를 보러 떠났다. 떠난 김에 남미의 다른 땅들도 만나보면 좋겠다 싶었다. 서른이 되어서야 시작한 첫 해외여행치고는 좀 세지 않느냐고 주변 사람들은 말했지만 별 상관이 없었다. 어차피 처음이란 다 센, 어떤 것이니까 말이다.

남미 페루의 마추픽추를 오르기 위해 3박 4일 잉카 트레킹을 할 때 같은 팀의 멤버는 베네수엘라, 콜롬비아, 아르헨티나, 스리랑카, 독일 친구들이었다. 그들 모두는 스페인어를 할 줄 알았다. 스페인어라고는 인사말밖에 모르던 나는 매일 밤 그들의 스페인어 수다에 끼어들 수가 없었다. 독일 친구가 영어로 가끔 통역을 해주었지만 소외감은 어쩔 수 없었다. 자존심이 꽤나 상했다. 알아들을 수 없는 무수한 스페인어 단어 중 가장 많이 들렸던 단어가 있었다.

"도대체 Por qué(뽀르께)가 뭐야?"
"'왜?'라는 뜻이야. 스페인어에서는 물을 때도 뽀르께(¿Por qué? 왜?), 대답할 때도 뽀르께(porque 왜냐하면)라고 해. 그래서 아마 많이 들릴 거야."

'그러니까 나는 왜(¿Por qué?) 지금까지 스페인어를 배우지 않았을까?' 인사말 다음으로 기억하는 첫 스페인어 단어가 만들어낸 이 질문은 한국에 돌아오자마자 스페인어 공부를 시작하게 했다. 딱히 무언가를 꿈꾸었던 것은 아니었다. 그렇게 5년 동안 스페인어를 배웠다. 30대 중반이 지나 문득 삶의 쉼표가 필요하다고 생각되었을 때 나의 이정표가 자연스럽게 스페인으로 향한 것은 그 때문이었다. 그렇게 스페인 세비야로, 길면 2년 정도의 쉼표를 생각하고 떠났다.

스페인 세비야에서의 시간이 익숙해질 즈음 우연히 '이민자를 위한 타일아트 수업' 전단지를 보았다. 시내에서 30분 정도 버스로 가야 하는 마을 문화센터에서 여는 무료교육이었다. 이민자는 아니지만 기회가 있을까 하여 메일을 보냈고, 선생님에게 수업을 들어도 된다는 답장을 받았다. 매주 토요일마다 남미에서 온 이민자 여성들과 함께 타일아트를 배웠다.

한 달 정도의 시간이 지났을 때 선생님이 자신이 참여하고 있는 동네 도예가 선생님의 수업을 같이 들을 생각이 있는지 물었다. 기왕 30분 버스 타고 간 김에 이것저것 하며 조금 더 머무는 것도 나쁘지 않을 듯해서 선뜻 초대에 응했다. 타일에 장식을 하는 것과는 달리 흙을 만지는 느낌이 참 좋았다. 이렇게 시작된 흙과의 첫 만남은 세비야예술학교의 세라믹아트과 2년, 물레과 2년이라는 총 4년간의 계획하지 않은 도자기 유학 생활로 이어졌다. 2년쯤 생각했던 쉼표는 '도자기'와 함께 5년 넘게 이어졌다.

다시 돌아온 서울, '정거장'이라는 이름의 작은 공간에서 흙과 스페인, 남미 문화로 이런저런 이야기를 만들고 있는 나를 발견할 때면 스스로도 종종 낯설다. 한 번도 계획해보지 않은, 그려보지 않은, 그럼에도 되어 있는 모습이기 때문이다.

어떤 시작은 '오늘의 자리'에서야 비로소 뒤늦게 가늠되기도 한다. 정해진 결과를 위한 한 번의 결의에 찬 시작이 아닌 몇 번의 선택들이 모여 하나의 시작이 되는 것이다.

나를 남미라는 땅으로 초대했던 선택, 스페인어로 초대했던 질문, 도자기를 삶으로 끌어들인 인연 중 '오늘의 나'와 상관없는 시작은 없다. 그리고 아직 오늘이 완성이 아니니 이 시간이 어떤 내일을 위한 시작일지는 또 한참이 지나서야 눈치채게 될 것이다.

"매일 이별하며 산다."라는 어느 노래 가사가 있다. 사실 우리는 매일 시작하며 사는 것이 아닐까.

조윤성
@feys514

아빠랑 10분
통화하기까지

30년이나 걸릴 줄은 몰랐지

아빠와 나의 악연은 철없던 열다섯에 신은 분홍 망사 스타킹에서 시작됐다. 때는 바야흐로 2005년, 섀기 커트와 요피로 대표되는 '닛폰' 스타일이 유행이었다. 패션 잡지 빌려 보기가 삶의 낙이었던 큰딸은 하루가 멀다 하고 이화여대 앞 일본 보세 매장에서 요란한 원피스며 형형색색의 액세서리를 사 모았다. 그리고 잡지에서 본 것처럼 원피스를 겹쳐 입는다거나 머리를 양 갈래로 묶고 손바닥만 한 귀걸이를 한다거나 아무튼 낯 뜨거운 스타일로 동네 산책하기를 좋아했다.

 아빠는 큰딸의 기행을 말로만 들었지 실제로 맞닥뜨린 적은 없었다. 아빠의 퇴근보다 나의 귀가 시간은 훨씬 늦었으며 집에 붙어 있을 때는 방문을 잠그고 접근 금지라는 날을 세웠기 때문이다. 그렇게 집안의 골칫덩이였던 딸아이의 실체를 평소보다 일찍 현관문을 열고 들어오던 아빠가 두 눈으로 확인한 때가 왔다. "너… 그게 뭐냐?" 아빠는 기가 차고 코가 찬다는 표정으로 분홍 망사 스타킹과 검정 미니스커트와 식빵만 한 굽을 가진 신발을 번갈아 보셨다. "그러고 나가겠다고?"

아빠는 도통 멋이라고는 하나도 모른다니까. 입을 삐죽이며 "몰라. 나 나가야 돼."라고 대충 내뱉은 나는 현관문을 밀쳤다. 아빠는 그 꼴로 한 발자국도 못 나간다고 내 팔을 잡았다. 나는 있는 힘껏 양팔을 휘젓고 온몸으로 발버둥을 쳤다. 곱게 땋았던 갈래머리는 산발이 되었고 귀걸이 한쪽은 날아갔다. 아빠 때문에 내 외출이 엉망이 됐다며 울면서 소리를 고래고래 지르고, 집을 나가겠다고 생난리를 치는 딸을 죄 없는 엄마가 달랬다. 그날부터 아빠와 눈도 마주치지 않았다.

한번은 아파트 상가에 있는 문구점에서 사탕인가를 사고 나오다가 맞은편 복도에서 걸어오는 아빠를 발견했다. 아빠는 아는 체를 하려고 하셨지만 나는 반대편으로 줄행랑을 쳤다. 분명 내가 잘못했는데, 내가 사과해야 하는데 그러기가 싫었다. 자존심이 상했다. 그 차가운 기류가 어떻게 풀렸던가는 잘 떠오르지 않는다. 자연스럽게 해결된 것으로 기억하지만 아빠의 기억은 또 어떠실지 모른다.

사춘기를 핑계로 아빠 마음에 대못을 박았음을 제대로 깨달은 것은 10년이 지난 스물다섯, 신입 사원 연수 막바지에 접어든 때였다. 하루는 가족들에게 감사 편지를 쓰는 시간이 있었는데 그간 지은 죄가 많아서인지 아빠 생각이 가장 먼저 났다. 처음에는 '아빠도 처음 회사 입사했을 때 이런 기분이셨겠지.'라고 가볍게 생각했는데 편지를 쓰다 보니 스물다섯 번의 어버이날 동안 이렇게 충분히 시간을 들여 편지를 쓴 적이 한 번도 없었다는 것을 깨달았다.

아빠가 철없는 딸의 사고와 실수를 어떤 마음으로 참아오셨는지에 대해 나는 한 번도 생각해보지 않았다. 첫째 딸보다 더했으면 더했지 결코 덜하지 않은 둘째와 셋째를 먹여 살리기 위해 가장으로서 감당했을 세상의 무게 역시, 한 번도 생각해보지 않았다. 아빠도 가끔은 쉬고 싶었을 텐데. 아빠도 아빠가 처음이라서 딸과 친해지는 법을 몰랐던 것뿐인데. 이해는 아빠 몫으로 남겨뒀던 내 이기심이 못 견디게 부끄러웠다. 항상 가족이 우선인 아빠의 듬직함이 가슴에 사무쳤다. 그래서 신입 사원 동기들 틈에서 얼굴이 새빨개지도록 엉엉 울었다.

편지를 전해드린 날, 아빠 얼굴에 번지는 잔잔한 미소를 보며 아빠 얼굴에 주름이 이렇게 많았나 생각했다. 아빠의 입가와 눈가에 내려앉은 세월의 흔적에 대해 나는 몰라도 너무 몰랐다. 아빠가 어떤 사람인지, 어떤 생각을 하며 어떤 하루를 보내시는지 자신 있게 말할 수 있는 부분이 하나도 없다는 게 참 슬펐다. 그래서 나는 작은 프로젝트를 시작했다. 바로 아빠랑 10분 통화하기.

그 시점까지 내가 아빠에게 전화한다는 것은 집에 들어오실 때 우유나 달걀을 사다달라는 엄마의 말을 전하는 경우뿐이었다. 아무 용건 없이 아빠에게 안부를 묻는다는 것은 처음 만난 사람과 5분 이상 대화하는 것보다 힘들었다. 몇 번을 망설이다가 겨우 용기를 내 처음 아빠에게 전화를 걸었을 때, 아빠는 못 걸려올 데서 온 전화라도 받으신 양 얼떨떨해하셨다.

"웬일이냐?" "그냥요." "응." "응." 대화라고 하기도 뭐한 말을 주고받고 전화를 끊었다. 30초도 채 안 되었는데 할 말이 없었다. 질문거리가 떠오르지 않았다. 아빠도 내가 뭘 하는지 잘 모르실 것 같았다. 그럼 내 일상을 이야기해볼까?

그다음 통화에서는 회사에서 있었던 일들을 이야기했다. 아빠는 딸의 수다에 당황스러워하셨지만 껄껄 웃으며 "그랬니." 하고 들으셨다. 문제는 맞받아치는 아빠의 말이 없다는 거였다. "힘들었겠네." "그래, 잘했다." 여기서 끝이니 3분 이상 대화가 이어질 수가 없었다. (나중에서야 이게 아빠의 대화법이라는 것을 알았지만 그때는 답답했다.)

일반적인 주제라도 있어야겠다고 생각했다. 아빠가 관심을 가지시는 게 뭘까? 머리를 굴려봐도 생각이 나지 않아서 신문에 있는 이야기를 했다. 오! 그랬더니 드디어 아빠의 생각을 들을 수 있었다. 신입 사원과 부장님의 대화 같아 서글프긴 했지만 그게 어디람.

간단한 일상과 뉴스와 신문에서 전하는 세상사를 주제로 몇 마디를 주고받기까지 몇 년이 걸렸다. 시간은 천천히, 또 성실하게 흘러서 전화 횟수가 늘수록 아빠와의 대화도 조금씩 편해졌다. 이제 7, 8분은 거뜬하다. 10분이 넘는 날은 동생들이나 할머니 그리고 아빠가 아는 내 친구의 이야기가 추가된 날일 것이다.

전화로 나눈 시시콜콜한 대화는 마주 앉아 나누는 대화도 수월하게 만들었다. 아빠와 눈 마주치기도 어려워하던 사춘기 소녀는 맥주 한 잔을 두고 아빠와 두세 시간 수다를 떠는 어른이 됐다. 아빠는 젊은 시절 겪었던 이야기를 들려주시기도 하고 내가 미처 몰랐던 가족사를 풀어놓으시기도 한다. (한 푼 두 푼 돈을 모아 기타를 사 왔는데 할아버지한테 죽도록 맞았다는 이야기라던가.) 아빠는 엄청나게 현실적인 조언을 주시는 편은 아니다. 그렇지만 편안한 친구처럼, 오래된 고목나무처럼 내 하소연을 하염없이 들어주신다. 무슨 이야기를 하건 "그랬니." "잘했구나." "힘들었겠네."로 끝나는 패턴은 여전하시지만. 이제는 많이 익숙해져서 그 똑같은 말에도 다른 비율로 섞이는 감탄과 걱정과 위로를 알아서 느낀다.

　아빠는 요즘 전화를 끊을 때쯤 "고맙다."라고 하신다. "고맙긴 뭐가 고마워, 아빠."라고 하면 아빠를 생각해주는 게 고맙다고 하신다. 아빠가 나를 생각하고 이해해준 시간만큼 쏟으려면 아직 한참 멀었는데. 오늘은 아빠에 대한 글을 썼다는 주제로 10분 통화를 해봐야겠다.

양영희
@yonycompany

5시를 두 번
만나는 사람

나에겐 아주 소중한 습관 하나가 있다. 바로 새벽 기상이다. 나는 새벽 5시에 일어난다. 평일에도 주말에도 말이다. 작년 가을까지만 해도 내가 새벽에 일어날 거라고 상상하지 못했다. 평생을 지각해온 나였다. 새벽 기상을 시작한 지 반년이 지난 지금, 이 소중한 습관 덕분에 새로운 시작을 꿈꾸고 있다.

어렸을 때부터 지각을 습관처럼 했다. 등교 시간이 9시라면 9시 정각에 도착할 때까지 잤다. 대학생, 직장인이 되어도 똑같았다. 아침잠이 좋았다. 밤은 더 좋았다. 밤의 감성이 좋았다. 밤에 조금이라도 나만의 시간을 더 가지고 싶었다. 지각은 일상이었고 그게 잘못된 건지도 모르고 살았다. 시간을 지키는 건 그렇게 중요하지 않다고 자기를 합리화하곤 했다.

변화의 계기는 책에서부터였다. 새벽 기상을 다짐한 것은 팀 페리스의 《타이탄의 도구들》을 읽고 나서였다. 작년 가을, 부자가 되고 싶어 책을 미친 듯이 읽기 시작했는데, 그때 만난 한 권이었다. 성공을 위해서는 매일 본인만의 작은 루틴을 지키며, 고도의 집중력을 발휘해서 많은 시간을 투자하는 것이 중요하다고 했다. 그런데 그 시간을 언제 만들 수 있을까? 바로 새벽이었다.

책에서 나온 방법, '미라클 모닝'을 따라 시험 삼아 30분 일찍 일어나봤다. 일찍 일어난 아침은 그리 나쁘지 않았다. 아니, 확실히 좋았다. 저녁에 보내는 시간과 질이 달랐다. 없었던 시간이 나에게만 새로 생긴 느낌이었다. 30분 일찍 일어나는 것이 한 시간으로 늘어났고, 올해 초부터 새벽 5시에 일어나기 시작했다. 그리고 지금도 꾸준히 같은 시간에 일어난다. 내 삶에서 가장 극적인 변화가 일어나고 있는 것이다.

미라클 모닝을 하면 좋은 점이 세 가지 있다. 먼저, 하루에 에너지 넘치는 시간을 나에게 먼저 투자할 수 있다. 사람들은 내게 5시에 일어나 뭘 하느냐고 물어본다. 단순하다. 책을 읽고 운동을 하고 글을 쓴다. 새벽은 오롯이 나의 미래를 위해 투자하는 시간이다. 일찍 일어난다는 것이 보통 일이 아니라는 건 안다. 하지만 사실 이는 잠을 줄이거나 나를 혹사하는 일이 아니다. 새벽에 일어난다는 건 일찍 잔다는 것을 뜻한다. 10시에 자고 5시에 일어난다. 수면 시간 일곱 시간. 예전과 똑같다. 우리는 저녁에 퇴근을 하면 항상 지친다. 아무것도 하기 싫어지고 침대나 소파에 누워 있고 싶다. 우리 몸에서 나오는, 하루에 쓸 수 있는 에너지는 무한하지 않다. 그러니 가장 좋은 에너지를 새벽에 쓰는 거다. 새벽 독서는 저녁 독서보다 훨씬 몰입이 잘 된다.

둘째, 성취감으로 하루를 시작할 수 있다. 하루 중 아침에 일어나는 것처럼 힘든 일은 별로 없다. 그런데 자신만의 시간을 위해서 일부러 새벽에 일어난다는 건 대부분의 사람들이 하지 않은 일이다. 성취감을 가지고 하루를 시작할 수 있다.

짐킴홀딩스 김승호 회장이 지은 《생각의 비밀》에는 이런 말이 나온다. "제너럴 모터스 CEO 대니얼 애커슨은 4시 30분에 일어난다. 로버트 아이거 월트 디즈니 회장도 4시 30분에 일어난다. 하워드 슐츠 스타벅스 회장도 4시 30분이 기상 시간이다. 티모시 팀 쿡 애플 CEO 역시 4시 30분에 일어난다. 트위터 공동 창업자 잭 도시는 5시 30분에 일어난다. 토리버치 사장 토리 버치와 버진 그룹 회장 리처드 브랜슨은 5시 45분에 일어난다."

CEO니까 일이 많아서 어쩔 수 없이 일찍 일어나야 하는 걸까? 새벽 기상을 해보니 전혀 그런 생각이 들지 않았다. 분명 CEO가 되기 전부터 그들은 새벽 기상을 하고 있었고, 그것이 CEO가 된 결정적인 이유라고 생각한다. 그들은 시간을 다루는 법을 배운 것이다.

셋째, 기존 삶과 전혀 다른 삶을 사는 것 같다. 저녁에 텔레비전 보고 스마트폰 만지고 술 마시던 두세 시간을 이제 책 읽고 글을 쓰는 시간으로 바꾸었다. 시간이 매일 축적되다 보니 전혀 다른 사람이 된 것 같다. 그렇게 좋아하던 술 모임을 부담스러워하게 되었다니 그 자체로 이미 다른 삶이다.

익숙해지다 보니 이보다 더 좋은 습관은 아직까지 없는 것 같다. 나는 월요병이 없어졌고, 나만의 일상 루틴을 가지게 되었다. 늦잠을 더 자고 싶은 마음도 없다. 앞으로도 쭉 이 습관을 유지하고 성장할 나 자신이 기대된다. 분명 새벽에 일어나는 내일은 오늘보다 더 빛나는 삶일 것이다.

이수영
@lsy9983

나의 시작,
그대들의 시작

아이 둘을 데리고 동네 공원에서 자전거를 탔다. 아들이 다섯 살 때 샀던 자전거가 타기에 작아져서 아들에게 새 자전거를 장만해주었다. 아들이 타던 자전거에 보조 바퀴를 달아서 딸에게 주었다. 아들과 딸의 나이 차가 다섯 살이 나다 보니 이럴 때 좋은 점이 있다.

아들내미는 새로 사준 자전거가 아직 좀 커서 혼자서 출발을 잘 하지 못하고 낑낑댄다. 그래도 어찌어찌 출발하고 나면 원래 타던 자전거보다 훨씬 빨라진 속도에 신이 나는지 안장에서 내려올 줄을 모른다. 아직 어려 보조 바퀴를 달았다 해도 잘 탈 수 있을까 걱정되었던 딸내미는 웬걸 별로 가르쳐주지도 않는데 자전거에 앉자마자 본능적으로 발을 놀리더니 핸들도 척척 조작하고 혼자 알아서 잘 탄다. 오빠랑 다르게 겁이 없다. 언제 저렇게 컸나 싶다.

자전거 보조 바퀴를 처음 떼던 날이 떠오른다. 햇볕이 따가운 초여름 날이었다. 이 정도 탈 수 있으면 됐다고, 이제 너도 충분히 컸다고, 보조 바퀴를 떼고 제대로 된 두발자전거를 한번 타보자고 아들과 함께 호기롭게 나섰지만 현실은 그리 호락호락하지 않았다. 겁이 많은 아들은 아빠가 잘 잡고 있는지 확인하느라 미처 페달을 밟을 겨를조차 없었고, 나는 자전거 꽁무니를 붙잡고 따라다닌 지 5분 만에 온몸이 땀으로 범벅이 되었다. 페달을 계속 밟고 핸들을 살짝살짝 움직여가며 균형을 잡아야 한다고 누누이 설명해보지만 그게 어디 말로 설명해서 될 일인가. 조금만 더 하면 될 것도 같아 허리가 끊어질 것 같은 통증을 참고 한 시간을 버티다가 결국 내가 먼저 포기를 선언했다. 비록 성공하지는 못했지만 아들은 기특하게도 수십 번 넘어지면서도 못하겠다는 말은 기어코 하지 않았다. 아들이 혼자서 자전거를 탈 수 있기까지는 그 후로도 몇 번의 연습이 더 필요했다. 이처럼 무엇이든지 시작이 가장 어렵다.

드라마 〈슬기로운 의사생활〉에서 3년 차 신경외과 전공의가 첫 집도를 하다가 스스로 마무리 짓지 못하고 교수에게 수술을 넘기는 장면이 나왔다. 의사들은 이럴 때 야구 용어를 따서 '강판되다'라고 한다. 첫 집도라 공부도 많이 하고 마음의 준비도 하고 들어갔는데 결국 강판되어버리고 좌절에 휩싸인 전공의 3년 차의 축 처진 어깨. 술 한 잔으로 툭 털어버리고 싶지만 당직이라 그마저도 못하고 병원을 지켜야 하는 안타까운 현실. 잠깐 지나간 에피소드였고 비중이 적은 조연의 이야기였지만 나는 그 장면 하나하나가 그렇게도 공감이 되었다. 제힘으로 해결하지 못하고 구원투수에게 공을 넘기는 심정은 아는 사람만 안다. 외과 의사라면 누구나 한 번쯤은 경험해보았을 이야기이다.

아무것도 할 줄 아는 게 없던 전공의 1년 차 시절이었다. 내가 수술을 집도해볼 수 있으리라고는 꿈에도 생각하지 못하고 있던 어느 날 기회는 갑작스럽게 찾아왔다. 맹장염 수술 준비를 끝내고 조수 자리에서 대기하고 있던 내게 치프 선생님께서 느닷없이 말씀하셨다.

"네가 한번 해볼래?"
"제, 제가요?" "왜, 싫어?"
"아, 아니오. 그게 아니라 너무 갑작스러워서….
"싫으면 말고." "아닙니다. 해보겠습니다."

호기롭게 말은 했지만 사실은 자신이 없었다. 수술을 보조하는 것과 수술을 집도하는 것은 하늘과 땅만큼의 차이가 있었다. 오퍼레이터 자리에 서니 그동안 수없이 보았던 맹장염 수

술 장면은 다 어디로 가버리고 머릿속이 새하얘졌다. 아무 생각도 나지 않았다. 메스를 쥔 오른손이 떨려왔다. 과연 내가 할 수 있을까.

긴장으로 허둥대느라 수술을 원활히 진행하지 못하고 있는 나를 보며 치프 선생님께서 말씀하셨다. "오늘은 안 되겠다. 다음에 다시 하자." 나는 얼굴이 빨개진 채 조수 자리로 돌아갈 수밖에 없었다. 치프 선생님께서 한숨을 쉬며 말씀하셨다.

"항상 준비되어 있어야 해. 준비하는 자에게 기회가 온다."

수술이 끝나고 당직실에 틀어박혀 좌절과 부끄러움에 떨던 그날 밤을, 나는 아직도 또렷이 기억한다. 세월은 흘러 흘러 나는 아버지가 되었고 교수가 되었다. 10여 년 사이에 배우는 입장에서 가르치는 입장으로 처지가 완전히 뒤바뀐 것이다. 가르치는 것은 배우는 것보다 훨씬 어렵다. 걸음마부터 시작해서 말하는 것, 밥 먹는 것, 옷 입는 것, 자전거 타는 것까지 세상 모든 것이 처음인 아이. 배를 열고 닫는 것부터 시작해서 앞으로 배워나가야 할 수술들이 전부 '첫 집도'일 수밖에 없는 전공의들. 무엇이든지 시작이 가장 어렵고, 나는 아버지로서 또 교수로서 그들의 어려움을 함께해야 한다.

자전거 연습을 다녀온 밤마다 끊어질 듯한 허리를 부여잡고 신음해야 했던 아빠의 과거를 비웃듯, 오늘 24인치 자전거를 쭉쭉 밀고 나가는 아들의 모습을 보며 시작이 반이라는 말을 새삼 실감했다. 아직 서툴기 짝이 없는 우리 전공의 선생님들도 하다 보면 차츰 나아져 언젠가는 수술의 달인이 되겠지. 교수로서 나의 가장 중요한 역할은 인내심을 가지고 지켜보는 것일 테다. 강판의 유혹을 이겨내고.

그래, 그대들은 무엇이든 할 수 있다.
시작의 어려움을 두려워하지만 않는다면.

이유현
@goodyoohyun

행복이 꽃피는 베란다

오전 10시, 알람이 울리면 부스스 자리에서 일어난다. 터덜터덜 화장실로 들어가 칫솔에 치약을 쭉 짜고 걸어 나와 침대 끄트머리에 걸터앉는다. 평소라면 그 상태로 스마트폰을 들여다보며 양치를 하겠지만, 스마트폰은 자리에 두고 대신 베란다로 이어진 창문을 활짝 연다. 아직은 쌀쌀한 봄바람과 함께 여러 향이 섞인 꽃 내음이 방 안으로 훅 들어온다. 오늘은 얼마나 더 자랐나. 허름한 나무 수납장 위에 일렬로 선 채 저마다 매력을 뽐내고 있는 식물들을 살펴본다. 너무 넋 놓고 구경했는지 양치 거품이 바닥으로 뚝 떨어진다. 그제야 고개를 들어 화장실로 뛰어 들어간다. 요즘 나의 '모닝 루틴'이다.

지난 연말, 나는 텔레비전에서 나오는 제야의 종소리를 들으며 다가올 한 해가 내 인생의 변곡점이 되길 빌었다. 2020년에는 부디 지금과 달라져 있기를, 어디 가서 '직업이 뭐예요?'라는 질문을 들으면 직장인이라는 답을 할 수 있는 날이 오기를. 나의 바람이 이뤄진 것은 불과 한 달도 채 되지 않아서였다. 다만 내가 아니라 세상이 달라졌을 뿐. 전 세계에 전염병이 퍼졌고, 모두에게 위기가 찾아왔다. 준비하고 있는 상반기 공채가 하반기로 미뤄질지도 모른다는 흉흉한 소문과 함께 기약 없는 백수 생활의 서막이 열렸다.

원래도 좁았지만 더 좁아진 취업문, 만나지 못한 지 100일이 다 되어가는 애인, 줄어든 아르바이트 월급, 전염병 속에서 맞이한 생일, 방 안의 한숨 섞인 답답한 공기. 약 3개월 동안의 시간을 합친 것의 이름은 우울이었다. 나는 끝없는 우울감에 시달렸다. 계속되는 무기력한 나날 속에 나를 바깥으로 이끈 것은 단 한 권의 책이었다. 임이랑 작가의 《조금 괴로운 당신에게 식물을 추천합니다》라는 그 책은 제목만으로 내 발길을 돌리기에 충분했다.

생전 식물에 관심도 없던 애가 꽃 시장은 무슨. 몇 주 전쯤 종로 꽃 시장으로 가는 길, 엄마는 뜬금없다는 듯 말했다. 그건 그래. 빠르게 인정했다. 아는 꽃이라고는 장미나 개나리같이 전 국민이 아는 꽃뿐이고, 아는 나무라고는 계절이 변할 때마다 찾아오는 벚나무나 단풍나무뿐인 한마디로 '꽃알못(꽃을 알지 못하는 사람)'인 내가 식물을 기른다는 것이 뜬금없긴 하니까. 그렇지만 뜬금없는 일이 매일같이 벌어지는 세상에서 이 정도 뜬금없는 일은 놀랄 것도 아니지 않은가.

꽃 시장에 도착하자마자 특유의 투박한 매력에 홀딱 빠진 나는 일단 눈에 들어오는 것들을 닥치는 대로 집어 들었다. 직접 키운 채소를 먹어보고 싶은 마음에 각종 쌈 채소와 대추토마토, 애호박 모종을 샀고, 기왕 여기까지 왔으니 눈요기할 꽃도 있으면 좋겠다 싶어 튤립, 해바라기, 패랭이를 구매했다. 정신을 차리고 보니 두 손이 묵직했다. 그제야 무슨 짓을 한 건가 싶어 헛웃음이 났다.

그래도 책임감은 있는 편이라 집에 돌아오자마자 새 식구들의 보금자리를 만들어줬다. 급한 대로 스티로폼에 구멍을 뻥뻥 뚫어 흙을 쏟아 넣고 식물들을 옮겨 심은 뒤 물도 듬뿍 줬다. 집에 굴러다니던 스티로폼 위에서도 활짝 핀 튤립을 보니 살짝 미안했다. 엄마가 돈 많이 벌어서 좋은 집으로 이사 가게 해줄게. 당장 해줄 수 있는 거라곤 빛이 잘 드는 자리에 놔주는 것뿐이라, 위치 선정에 꽤 많은 열을 올리고 나서야 베란다에서 나올 수 있었다. 딱히 한 건 없는데, 왠지 큰일을 한 기분이라 간만에 생기가 돌았다.

백수의 '부캐(원래 캐릭터가 아닌 부 캐릭터)'인 가드너의 삶을 시작한 지 한 달도 안 됐지만, 그동안 새로 들어온 식구들은 나의 많은 점을 바꿔놓았다. 식물들의 상태를 계속해서 살펴야 하기 때문에 부지런해질 수밖에 없었고, 반드시 꽃을 피우겠다는 이상한 도전 의식도 생겼다. 그렇지만 그중에서도 아침이 기다려진다는 것이 가장 큰 변화였다.

꽃 시장에 다녀온 지 사흘쯤 되는 날이었을 것이다. 꽃들에 물을 주려고 창문을 열었는데, 두 송이였던 패랭이가 세 송이로 늘어나 있는 것을 발견했다. 입을 굳게 다물고 있던 꽃봉오리 하나가 밤이 지나는 동안 피어난 것이다. 으레 당연한 사실이 나는 왜 이리도 신기한지 동네방네 자랑하고 싶은 마음을 꾹 참아야 했다.

다음 날부터는 눈을 뜨면 베란다 창문부터 열어젖혔다. 찬 바람이 들어오는 것도 잊은 채 허리를 굽혀 화분을 살폈다. 그러면 그 작은 생명들은 기대에 부응하겠다는 듯 밤사이 쑥쑥 자란 모습으로 주인을 반겼다. 세 송이였던 패랭이는 어느덧 일곱 송이로 화분을 꽉 채웠고, 호박잎은 점점 커져 내 손바닥 크기를 훌쩍 뛰어넘었다. 싱그러운 아침이 몇 주간 이어지자 마음속에 기생하던 우울감은 힘없이 지고, 그 자리에 기쁨과 행복이 피어나기 시작했다.

이쯤 되니 왜 임이랑 작가가 괴로운 이들에게 식물을 추천했는지 알 것도 같았다. 평생 봉오리 속에 꼭꼭 숨어 있을 것만 같던 꽃송이가 활짝 피어난 것처럼 나도 언젠가 피어날 수 있다는 걸 말해주고 싶던 게 아닐까. 설령 작가의 의도가 그런 게 아니었더라도, 나는 패랭이로부터 그런 위안을 얻었다.

오늘은 대추토마토 이파리 사이에서 고개를 내민 노란 꽃송이를 발견했다. 이렇게 또 위로를 얻는다. 열매가 열릴 때까지 얼마나 더 기다려야 할지는 모르겠지만, 이제는 보다 활기찬 마음으로 내일을 맞이할 수 있다. 그러니 베란다 친구들도 건강하게 자라주길. 나도 힘내서 다시 시작해볼게.

나의 실패, 나의 두려움

실패해본 경험이 없는 사람이 있을까요? 누구에게나 두려움은 있겠지요.

잘 될 거라고 기대했는데 계획대로 풀리지 않은 일, 앞이 보이지 않는

상황, 포기하고 싶거나 이미 포기해버린 일, 행동을 주저하게 만드는

마음속 목소리…. 여러분이 그리는 실패와 두려움은 어떤 모습인가요.

있는 그대로의 솔직한 이야기를 들려주세요. 그러다 다시 일어나게 된

계기를 들려주셔도 좋습니다.

장유연
@hyvalife

달리기와 레깅스의
상관관계

나는 달리는 사람이 아니었다. 지난 30년간 뛰는 게 세상에서 제일 싫었다. 운동을 꽤 좋아하는 편임에도 이상하게 달리기만큼은 두려웠다. 하지만 이런 나에게도 더 이상 달리기를 외면할 수 없는 순간이 찾아왔다.

올해 초, 강변북로 한복판에서 한 SUV 차가 내 차 뒤를 들이받았다. 다행히 뼈나 디스크에 문제는 없었지만 앉아 있기 힘들 정도로 허리가 아팠다. 회사에 2주 병가를 내고 최대한 누워 있었다. 원치 않게 보름을 누워 있으니 스키니진에 몸을 구겨 넣은 듯 꽉 끼고 답답했다. 온 우주가 원망스러웠다. 우울하다 보니 계속 먹기만 했다. 당연히 몸은 무거워졌고 그 때문인지 허리도 낫는 둥 마는 둥 했다. 여기에 또 스트레스를 받아 더 먹었다. 그렇게 구렁텅이에 빠져들고 있었다. 규칙적으로 운동하던 원래의 생활 패턴을 간절히 되찾고 싶었다. 그래서 의사 선생님께 조심스럽게 여쭤보았다.

"저 평소에 필라테스 하는데 이제 해도 될까요?"
"아니요. 무리하지 않는 게 나을 것 같아요."
"그럼 할 수 있는 게 뭐가 있을까요?"
"조깅 정도는 괜찮아요."

그렇다. 이제 달리기 두려움 극복은 선택이 아닌 필수가 된 것이다. 그런데 막상 달리려고 하니 옷을 어떻게 입어야 하는지 감이 오지 않았다. 밖에서 조깅을 해본 적이 없었기 때문이다. 한 시간 넘게 옷장 앞에서 서성였다. 그냥 나가서 달리는 건데, 복장이 이렇게까지 고민할 문제인가? 갑자기 나 자신이 이해가 가지 않았다. 눈을 질끈 감고 필라테스 할 때 입었던 익숙한 옷을 집어 들었다. 그렇게 내 첫 달리기가 시작되었다. 딱 붙는 레깅스를 입고.

어색했다. 걷는 건지 뛰는 건지 애매한 그쯤 어딘가의 속도로 달리기 시작했다. 좀 도움이 될까 싶어 켜놓은 애플리케이션 속 트레이너는 자꾸만 집중하라고 외쳤다. 집중이 안 됐다. 내 옷차림이 신경 쓰였다. 사람들이 자꾸 쳐다보는 것 같아 애꿎은 상의만 계속 밑으로 끌어내렸다. 그렇게 내 첫 달리기는 사람들 눈치를 보다 흐지부지 끝나버렸다. 역시 달리기는 아닌 건가. 체력도 아닌 옷 때문에 못 뛰다니. 생각지도 못했던 장애물이었다. 레깅스는 필라테스 할 때 많이 입어왔다. 하지만 실내에서 몇 명과 운동하는 것과 달리 밖에서 뛰는 건 차원이 다른 부담감이 있었다. 만천하에 내 콤플렉스를 드러내는 격이니까. 게다가 출렁거리는 거대한 엉덩이까지…. 사실 나는 레깅스가 아니라 엉덩이 때문에 달리지 못했던 것이다.

언제부터 내 소중한 엉덩이는 천덕꾸러기가 되었을까. 어찌나 잊으려 노력했는지 지금은 흐릿한 기억을 애써 떠올려봤다. 한참 예민한 고등학교 2학년 때 어떤 청소년 토론 대회에 나갔던 적이 있다. 대회 당일 이미 알고 있던 몇 명의 친구들과 함께 대회 장소로 이동하고 있었다. 그러다 계단을 오르게 되었는데 뒤따라오던 두 친구가 아래에서 낄낄거리더니 "엉덩이가 대단해!" 하며 나에게 엄지를 추켜세웠다. 어떤 의미로 대단하다고 한 건지 당연히 난 알고 있었다. 씩씩한 척 "그럼, 대단하지." 하며 애써 웃었다. 수치스러웠다. 역시 그날 받은 충격은 흐릿하지 않은가 보다. 지금까지 마음에 자국이 남아 있는 걸 보면.

며칠 뒤 좀 펑퍼짐한 바지를 입고 달리기에 재도전했다. 몸은 근질근질한데 달리 할 수 있는 운동이 없었기 때문이다. 덕분에 엉덩이는 신경 쓰이지 않았다. 하지만 이번 역시 달리기를 끝마치지 못했다. 허벅지 사이가 너무 쓰라렸기 때문이다. 뛰다 보니 허벅지 사이가 쓸렸고 거기다가 땀까지 나니 더욱 아려왔다. 오기로라도 달려보려 엉거주춤한 자세로 뛰어봤지만 결국 멈춰 설 수밖에 없었다.

내 마음도 쓰라렸다. 그 흔한 달리기 한번 해보겠다는데 엉덩이가 신경 쓰여 레깅스도 못 입고, 그래서 갈아입었더니 허벅지는 쓰라리고…. 사방이 막힌 기분이었다. 벌게진 허벅지는 이틀 정도 되니까 나아졌지만 내 속은 그렇게 빨리 나아지지 못했나 보다. 세 번째 달리기는 2주 후에나 한 걸 보면 말이다. 아프면 아예 달릴 수가 없으니 어쩔 수 없이 레깅스를 입고 나갔다. 가상 트레이너의 목소리라도 들어야 시작할 수 있을 것 같아 조깅 애플리케이션을 켜고 이어폰을 귀에 꽂았다. 그렇게 한강에서 조깅하는 사람들 틈에 쭈뼛거리며 들어갔다.

한 10분쯤 지났을까. 막상 달리다 보니 생각보다 나를 쳐다보는 사람이 없다는 걸 깨달았다. 놀라울 만큼 사람들은 나에게 관심이 없었다. 다들 본인의 달리기에 집중하고 있었다. 저녁을 먹고 산책하는 가족들, 속도를 맞춰 함께 뛰는 연인들 그리고 나처럼 혼자 이어폰을 꽂고 조깅하는 사람들. 각자 저마다의 페이스로 조깅에 몰입한 사람들이 너무나도 많았다. 그 순간 마음이 가벼워졌다. 해외에 나와 있는 듯한 해방감이 들었다. 점점 주위 사람들이 흐릿해지면서 내 앞에 놓인 길이 또렷해졌다. 달릴수록 상쾌한 바람이 피부에 닿았다. 숨찬 내 호흡이 느껴졌다. 들숨에선 향긋한 나무 냄새가 났고 날숨에선 뜨거운 두려움이 나갔다. 그렇게 내 오감의 무게 중심이 사람들에게서 내 안으로 돌아오고 있었다.

"사람들은 저마다의 과제가 있다." 내가 좋아하는 말이다. 고민 없는 사람은 없다. SNS에서 마냥 행복해 보이는 사람도 막상 이야기해보면 크든 작든 고민이 있었다. 그 고민은 치우지 않은 방처럼, 다른 사람들이 들었을 때 고민거리에 달하지 않는다고 생각할 수 있다. 본인마저 고민의 근원을 아직 정확히 모를 수도 있다. 하지만 누구나 외면하고 싶은 마음속 두려움이 있다. 그 두려움은 피할 수는 있어도 자연히 해결되지는 않는다. 방이 저절로 깨끗해질 순 없지 않은가. 그래서 어제는 그 두려움에서 도망쳤을지 몰라도 오늘은 결국 다시 맞닥뜨리게 된다. 스스로를 사랑하는 마음이 역설적이게도 그 두려움을 스포트라이트처럼 잘 보이게 비추기 때문이다. 날 포기하지 않는 한 과제를 마주할 수밖에 없다. 그럼 그때부터 어제보다 더 나은 오늘의 내가 되기 위한 여정을 떠나게 된다. 여기서 "저마다의 과제가 있다."라는 말은 나 혼자만 이 길을 걷는 게 아니라는 위로를 해준다. 짐을 한가득 메고 고독하게 걷는 순롓길에서 다른 순례자를 만나면 이런 기분일까. 그래서 난 이 말을 좋아한다.

레깅스는 내 두려움이었다. '그 두려움을 입고 달리는 날 사랑하기'가 나의 과제였던 것이다. 어디 가서 말하기도 민망한 두려움이었다. 그래서 밖에서 달리는 건 나에게 맞지 않는 운동이라며 선을 그어왔다. 하지만 느리더라도 포기하지 않고 계속 두려움을 마주했다. 그 덕분에 이미 그 길을 걷고 있는 사람들에게서 용기를 얻었다. 아예 문밖으로 나가지도 않았다면 어떻게 그 사람들에게 위로받을 수 있었을까. 처음에 내가 레깅스를 입고 밖에서 달리지 못했던 이유가 바로 그 사람들이라는 점을 상기하면 실로 놀라운 변화이다.

밖에서 달리기를 한 지 반년이 다 되어간다. 1분도 못 뛰었던 내가 지금은 30분을 쉬지 않고 뛸 수 있다. 동네 맛집보다 뛰기 좋은 동네 둘레길을 더 빠삭하게 안다. 하지만 레깅스 차림으로 엘리베이터에서 이웃이라도 만나면 그렇게 민망할 수가 없다. 아직 두려움은 여전한 것이다. 그렇지만 반년 전의 나와는 다르다. 두려움을 이기고 나가서 달리면 난 성장한다는 것을 알기 때문이다. 사람들을 의식하지 않고 몰입해서 열심히 달린다. 그 사람들 사이에 자연스럽게 섞여 한 흐름이 된다. 즐겁다. 한 명 한 명이 나에게 영감을 주고 뛸 수 있는 원동력이 되어준다. 결국 나와 달려가야 할 길만이 남는다.

앞으로도 나만의 과제를 메고 아름다운 길을 뛰어나갈 것이다. 평생이 걸릴지 몰라도 달리는 내 모습 자체를 사랑할 때까지. 내 두려움 극복기는 진행 중이다. 딱 붙는 레깅스를 입고.

이용석
@figtree1980

용석 씨는 다음 주 월요일에
출근 안 해도 돼요

예나 지금이나 취업이 힘들다고 하는데 나는 2004년 2월, 대학을 졸업하면서 운 좋게 바로 평화 단체 전쟁없는세상에서 일하기 시작했다. 부모님은 딱히 반대하지는 않으셨지만, 이 일을 자원봉사 정도로 여겼지 제대로 된 직업이라고 생각하지는 않으셨다. 부모님의 그런 생각을 알고 있었기에 나는 절대로 부모님께 경제적인 도움을 받지 않아야겠다고 다짐했다.

당시 전쟁없는세상은 활동가에게 생계비를 지급할 능력이 안 되기도 했고, 활동가들 또한 돈에 얽매이지 않고 하고 싶은 활동을 자유롭게 하기를 바랐다. 우리가 만들어가는 단체라고 생각해서 고용된 입장이기보다는 자영업자 같은 느낌이 강했고, 다들 젊었기 때문에 가능했다. 아르바이트를 하면서 생계비를 벌어야 했는데 시간을 빼앗기지 않으면서 돈을 벌 수 있는 일이 많지 않았다. 가장 손쉽게 찾을 수 있는 일이 논술 학원의 첨삭 아르바이트였다.

1600자 논술 한 장을 첨삭하면 받는 돈이 1만 원이었는데, 주말에만 일해도 한 달에 100만 원은 벌 수 있었다. 맥주 500시시 한 잔이 2000원 남짓하던 시절이니 제법 큰돈이었다. 쉽게 돈을 벌었지만 마음은 점점 무거워졌다. 평화운동을 하겠다고 나섰는데, 한국 사회의 가장 큰 병폐 가운데 하나인 학벌 사회를 더 공고하게 만드는 데 일조하는 게 아닌가 싶었기 때문이었다. 결국 나는 학원에 더 이상 일하지 않겠다고 말했다.

아침형 인간인 나는 주로 아침에 하는 일을 찾아봤다. 새벽에 전단지 돌리는 일을 했는데, 시간당 급여는 쏠쏠했지만 총급여가 적어서 그만뒀다. 그러고 나서 찾은 일이 대형 식당 보조 일이었다. 아침에 출근해 점심 식사를 만든 다음 뒷정리하고 퇴근하면 남는 시간은 활동에 매진할 수 있겠다 싶었다.

보건소에서 필요한 서류를 떼어 면접을 보러 갔다. 주방장은 이력서를 보더니 의아해했다. 좋은 대학 나와서 왜 경력도 안 되는 일을 하려고 하냐고 물었다. 당황했지만 대충 둘러댔고, 어쨌든 면접을 통과해 다음 주부터 출근하기로 했다.

식당은 종로5가역에서 이화동 방면으로 걸어서 5분 정도 거리에 있었다. 제법 고층 빌딩이었고, 빌딩에서 일하는 사람이 얼마나 많은지 매일 1300인분의 점심 식사를 준비해야 하는 큰 식당이었다. 과연 1300인분은 어마어마했다. 샐러드드레싱을 만들 때면 전기밥솥 크기만 한 깡통에 든 마요네즈가 여러 통 필요했고, 튀김 요리가 있는 날은 약수터 물통만 한 기름통을 몇 통씩 써야 했다.

가장 힘든 일은 새벽에 배달 온 재료를 주방으로 나르는 일과 음식 쓰레기를 버리는 일이었다. 이런 식당은 속도가 생명이기 때문에 일사불란하게 톱니바퀴처럼 세팅된 시스템이 딱딱 맞아떨어져야 했다. 재료를 이동식 수레에 가득 쌓아서 빠르게 운반해야 했는데 나는 그 무게를 이기지 못해 수레를 여러 차례 벽에 갖다 박았다. 워낙 겁이 많은 성격이라 천천히 움직였기 때문에 재료가 상하지는 않았지만, 나 때문에 전체 시스템이 어그러지자 주방장은 짜증을 부리기 시작했다.

음식 쓰레기를 버리는 일은 더 힘들었다. 내 허리 높이의 음식 쓰레기통이 날마다 세 통씩 가득 채워져 나왔다. 그걸 음식물 수거통에 버려야 했다. 음식 쓰레기통을 한 번에 번쩍 들어 올리지 않으면 실패하기 마련이었다. 고된 식당 일의 마지막 코스였던지라 내게는 내 몸 크기의 절반이나 되는 음식 쓰레기통을 들어 올릴 힘이 남아 있지 않았다. 그래도 이것만 버리면 퇴근이라는 생각에 없는 힘까지 짜내 통을 들어 올렸다가 이러다 허리 나가겠다 싶어서 내려놓기를 수차례 반복하면서 겨우겨우 하루 일을 마무리했다.

육체노동에 익숙하지 않은 나에게는 무척 버거운 일이었다.

점심 식사 준비를 마치고 사람들이 점심 먹으러 내려오기 전 30분 정도 쉬는 시간이 있었다. 말이 쉬는 시간이지 그때가 식당 직원의 식사 시간이었는데, 나는 밥을 먹을 기운도 없어 휴식 공간에서 쓰러져 코를 골며 잤다. 다른 분들은 내 코 고는 소리를 반찬 삼아 허겁지겁 식사를 해치웠다.

그렇게 일주일을 겨우겨우 버텼다. 몸살이 나지 않은 게 신기할 정도였다. 금요일 마지막 음식 쓰레기통을 버리고 홀가분한 마음으로 탈의실에서 옷을 갈아입었다. 모두에게 인사를 하고 나가는데 주방장이 나를 갑자기 불러 세웠다.

"용석 씨는 다음 주 월요일에 출근 안 해도 돼요."

무슨 의미인지 의아할 여유도 없이 난, 주말에 쉴 생각에 들떠서 대답했다.

"네! 그러면 화요일 날 출근할게요."

그제야 주방장은 난감한 표정을 지으며 머뭇머뭇 말을 이어갔다. "아뇨, 화요일도 안 나와도 돼요…. 용석 씨는 이 일과는 안 어울리는 사람 같아요."

해고였다. 덩치도 작고 힘도 세지 않은 데다 요령까지 없으니 나는 그곳에서 쓸모없는 사람이었던 거다. 아니 쓸모없는 정도가 아니라 오히려 방해되는 사람이었던 것이다. 나는 미처 상상하지 못한 주방장의 이야기에 아무 대답도 하지 못하고 건물 밖으로 나왔다. 쓸모없는 사람으로 존재해본 경험이 없던 난 어찌해야 할지 몰랐다. 당장 급한 건 돈벌이였다. 결국 나는 바로 학원에 전화를 걸어서 아직 자리가 있는지 확인하고 다시 일을 하겠다고 말했다. 그날 비가 왔던가. 아니면 내 기분이 비 오는 날 같았나. 낭패감이 밀려왔다.

낭패감을 극복할 수 있었던 건 홍세화 선생님 말씀 덕분이었다. 2000년대 초반만 해도 병역거부에 대한 사회적 반감이 굉장히 심했던지라 우리에겐 버팀목이 필요했고, 홍세화 선생님께서는 기꺼이 단체 후원회장을 맡아주셨다. 연초에 선생님께 인사드리러 갔다가 입시 사교육 시장에서 돈을 벌어 평화운동을 한다는 것에 대한 고민을 털어놓았다. 선생님은 그때 학벌없는사회라는 단체에서도 중요한 직책을 맡고 계셨던 터라 마치 고해성사 같은 분위기가 연출되었다.

　홍세화 선생님은 잠시 생각에 잠기시더니 이내 신중한 목소리로 말씀하셨다. 프랑스에서 오랜 망명 생활 끝에 한국에 돌아온 지 얼마 안 되었을 때인데, 한국에 와서 놀란 것이 있다고 하셨다. 한국의 대학생 활동가 대다수가 100퍼센트로 올바른 삶을 살아가는 것에 놀랐고, 졸업한 뒤 그들 중 많은 수가 100퍼센트로 올바르게 살 수 없게 되면 올바른 삶을 살려는 노력을 완전히 포기하고 0퍼센트의 삶을 사는 것에 더 크게 놀랐다고 하셨다. 중요한 건 지금 당장의 위치가 아니라 어떤 방향으로 살아갈 건지라고 하셨다. 본디 가진 게 없는 사람들의 삶은 0퍼센트와 가까운 쪽에서 시작할 수밖에 없다면서,

조금씩 0퍼센트에서 멀어지고 100퍼센트 쪽으로 다가가는 것이 중요하니 너무 자책하지 말라는 말씀을 덧붙여주셨다.

젊고 또 젊었던 당시의 나는 뭐든 할 수 있을 것만 같았고 도전하고 싶었는지 모른다. 삶의 모든 영역에서 완벽하게 나무랄 데 없는 활동가가 되고 싶었고, 알량한 내 학벌이나 학력을 이용해먹지 않고 솔직한 몸의 노동으로 생계를 유지하고 싶었다. 결국 나의 도전은 능력 부족으로 실패했고, 실패할 수밖에 없었는지도 모른다. 실패가 상처가 되지 않을 수 있었던 것은 홍세화 선생님의 말씀 덕분이었다. 딱히 위로하려고 하신 말씀은 아니었겠지만 그 말씀 덕분에 나는 나의 실패를 부끄럽지 않게 여길 수 있었고, 실패에 좌절하지 않고 다른 도전을 이어갈 수 있었다.

15년 전보다는 가진 게 많은 삶이 되었으니 지금의 난 0퍼센트에서는 조금 멀어지지 않았나 싶다. 그렇지만 홍세화 선생님이 말씀하신 것처럼 중요한 건 지금 당장의 위치가 아니라 어떤 방향으로 살아가느냐다. 오늘도 난 어제보다 한 발짝 더 100퍼센트에 가까운 쪽으로 다가가기 위해 노력하며 산다.

김민지
@crystal4735

사랑하는 이가
눈물짓는 것이 두렵다

실패에 대해 생각하면 정말 많은 것들이 쏟아진다. 내 직업은 콘텐츠 기획자로 그 누구보다 일상적인 실패를 무더기로 경험하는 사람 중 하나다. 가장 가까운 실패를 떠올리라 하면 누군가는 순간적으로 일대기를 되뇌겠지만, 나는 바로 '어제 조회수 400을 기록한 식중독 관련 콘텐츠'라고 대답할 수 있을 만큼 실패와 동고동락하는 삶을 살고 있다. 거기다 거시적인 관점에서 보더라도 어느 것 하나 특별할 것 없이 평범한 가정에서 평범한 실패를 반복하며 살아온 인생이기에 실패에 대해서, 실패의 두려움에 대해서는 이제 어느 정도 무뎌져간달까.

옛날이면 '이거 이번에도 망하면 어떡하지?' 하며 잠을 설쳤을만한 것들도 '휴, 어차피 계속 쓸 거 매일 잘되란 법 있냐.' 하며 쉽게 잠에 든다. 실패가 불안하지 않은 것은 아니지만 동년배 직장인들과 비슷하게 나는 현실을 마주하고 그곳에 익숙해져 간다. 두려움이 무섭다가도 어차피 막상 발을 담그면 생각했던 두려움의 크기와는 다를 것을 조금은 알기에 바들바들 떨진 않는다. 그럼에도 불구하고 나에겐 아직 바퀴벌레, 귀신, 좀비, 그 어느 공포보다 두려운 것이 있다.

이런 실패 전문가에게 가장 큰 실패가 무엇이었냐 물어본다면 때는 2016년으로 거슬러 올라간다. 당시 교육 콘텐츠 기획자였던 나는 격무에 시달리며 일에 대한 스트레스가 매일 최고치를 경신했고, 관계에 대한 회의감도 짙어져 아침마다 "죽고 싶다."라는 말을 내뱉으며 몸을 일으키곤 했다. 거기다 설상가상으로 조직을 이끌던 책임자들이 바뀌면서 신고하면 100퍼센트 벌금 처분받을 수준의 부당한 요구가 이어졌다. 결과적으로 공사장 주변을 지나면 벽돌이 내 머리 위로 떨어질 것 같고, 지나가던 사람이 갑자기 달려들어 나를 찌를 것만 같은 불안 장애 초기 증상이 나타나 회사를 그만두게 되었다.

부모님께는 한 달을 출근한 척했다. 침대에만 누워 있던 어느 날, 그날도 어김없이 엄마와 통화하는 시간이 찾아왔다. 그날따라 억지로 밖에 있는 척하는 것이 너무 힘겨웠던 나머지 나지막이 "엄마, 나 퇴사했어."라고 고백해버렸다. 그 말을 내뱉음과 동시에 미안함과 부끄러움으로 인해 머리 위로 얼음물을 부은 듯 나는 차갑게 축축해졌다. 축축해지고 축축해져서는 그대로 젖은 빨래처럼 땅바닥에 들러붙었다. 더 이상 월세도 감당할 수 없었다. 그래서 그날로 귀향을 결심했다.

부모님은 내가 처음 상경을 결심했던 순간부터 끊임없이 상경을 반대하셨기에 숨기고 숨겼던 말이었다. 공무원 시험을 쳐 고향에 머물면 좋을 것을 꿈이랍시고 마케팅을 하겠다며 연고도 없는 곳으로 떠나는 매정한 딸을 보며 부모님의 마음은 한없이 착잡하셨으리라. 마지막 날까지 소주잔을 기울이며 나를 설득하던 아빠의 눈빛이 아직도 생생했다. 결국 나는 실패했고 일을 다시 할 수 있을지 없을지 모르는 몰골을 하고서는 통영에 도착했다. 늘 그랬듯 제멋대로 사는 딸을 부모님은 따뜻하게 맞아주셨고 나는 조금씩 엄마 밥을 먹으며 회복했다. 걷기도 힘들었던 몸은 운동으로 다시 활력을 찾았고 우습게도 귀향한 지 반년 만에 다시 상경할 계획을 세웠다.

당연하게도 엄마의 반대가 심했다. 그냥 통영에 살면 안 되겠냐고, 적당히 취업해서 가까이 살면 안 되겠냐고 말렸다. 그래도 가야 했다. 아픔이 가니 아쉬움이 몰려왔기 때문이다.

"아쉬워서 그래. 일을 하기로 한 이상, 이번에는 제대로 한 번 해보고 싶어. 여긴 할 것도 없고."

"뭐가 할 게 없어. 시험을 치면 되잖아. 그냥 편하게 공무원이나 돼서 곁에 사는 게 어렵니?"

"공무원은 뭐 아무나 되는 거야? 이번에는 진짜 실망시키지 않을게."

마지막 말을 끝낸 순간 팽팽하게 지속되던 줄다리기의 줄이 끊어졌다. 엄마의 눈에서 눈물이 툭 떨어졌기 때문이다.

"난 네가 실망스러워서 이런 말을 하는 것도 아니고, 자랑스러운 딸이 되라고 그러는 것도 아니야. 그저 엄마는 네가 행복하고 건강했으면 좋겠어. 어떻게 너는 실망시키지 않겠다는 생각만 할 수가 있니. 나는 너한테 실망한 적 없어."

엄마의 말이 끝난 순간 우리는 함께 울었다. 가슴 깊숙한 곳에서 죄책감과 미안한 감정이 스멀스멀 올라오기 시작했다. 나는 정말 이기적인 사람이었구나. 실패가 두렵지 않다며 부린 객기에 나는 성장이라는 이름을 붙였지만 나의 사랑하는 이에게는 상처가 되어 남았구나. 그 순간 실패에 대한 또 다른 가치관이 생겨났다. 실패는 아무렇지 않지만 나의 실패로 사랑하는 이가 눈물짓는 것은 두렵다고. 엄마는 나의 실패에 대해 슬퍼하는 것이 아니었다. 실패하지 않겠다며 스스로를 돌보지 않고 악만 쓰는 나의 태도에 슬퍼하는 것이었다.

결국 나는 다시 고향을 떠나 상경해 있다. 그것도 1년 8개월째 무사히. 얼마 전에는 전셋집으로 옮겼고 그 덕에 동생과 함께 살 수 있게 되었다. 아침은 꼭 챙겨 먹으며, 업무에도 과한 욕심을 부리지 않고 서로 신뢰할 수 있는 동료들과 일하고 있다. 늦어도 7시에는 퇴근해서 저녁을 먹는다. 그 시절 스트레스를 핑계로 이틀에 한 번은 먹던 불닭볶음면은 반년에 한 번 먹을까 말까 한 특식이 되었다. 좋아하는 음악을 들으며 글을 적어 내리는 것으로 그날 하루의 스트레스는 그날 풀어버린다. 매일 저녁 9시, 내가 세상에서 가장 사랑하는 이, 엄마에게 전화를 건다. "뭐해? 또 드라마 봐?"

매일 하는 안부. 매일 같은 말들. 오롯이 서로의 건강만을 바라며 건네는 말들 안에서 나는 그날의 다짐을 되뇐다. 나는 아마도 죽을 때까지 크고 작은 실패를 하겠지만 더 이상 무너질 일은 없을 것이다. 나의 안녕이 사랑하는 이의 안녕이라는 사실이 내게 닿은 그 순간부터.

김진태
@all-round86

망해서 다행이다

타카 타카. 타카 타카. 유난히 걷고 싶어서 집을 나선 어느 날, 타카 심 박는 소리가 고막을 때렸다. 사색의 시간을 방해받은 마음에 불만스러운 듯 고개를 꺾어 소리의 근원지를 바라보았다. 마른 근육질 체구에 정리되지 않은 수염을 가진 아저씨가 네다섯 평 남짓의 작은 상가 하나를 짓고 있었다. 건물을 보니 완성도 한참 남은 것 같은데 벌써 '임대' 종이가 붙어 있다.

그곳은 경암동 철길마을이라 부르는 폐철도 길 중간쯤이었다. 철길과 오래된 집들은 닿을 듯 말 듯 아슬아슬하다. 그 때문에 기차가 이곳을 지날 때면 10킬로미터 이하로 달렸다지. 기이하고 운치 있는 광경이 좋아 가끔 이 길을 걷곤 했다.

꿈을 좇겠다며 호기롭게 대학원에 입학했었다. 조금만 더 공부하면 삶이 분명 나아질 것 같았다. 하지만 졸업을 앞두고도 미세먼지 가득한 날처럼 앞날이 희미했다. 누가 봐도 실패자의 구부정한 자세로 땅을 걷고 있던 날이었다.

'임대' 종이에 붙은 번호로 전화를 걸었다. 이것저것 물어보니 건물은 한 달 뒤면 완성될 것이고 임대료는 연세 200만 원이라고 했다. 철길의 가치를 알고 있는 나에겐 반가운 금액이었다. 그 자리에서 구두계약을 했다.

그렇게 한 줄기 희망을 창업에 걸었다. 그런데 이를 어쩌나. 200만 원도 없고 장사를 혼자 감당할 자신도 없었다. 그때 친구 한 놈이 생각났다. 초등학교 때부터 영혼의 동반자였던 그 친구는 얼마 전 다니던 회사에 학을 떼고 퇴직한 후 백수 신세였다. 월급이 최고라고 생각하고 있던 친구를 설득하는 데에만 보름이 걸렸다. 마침내 그 친구의 퇴직금과 나의 대출로 필요한 금액을 만들어 최종 계약을 했고 우린 동업자가 되었다. 그렇게 '땅콩역'이라 이름 붙인 땅콩만 한 땅콩 아이스크림 가게가 탄생했다.

기대와는 달리 사람들이 많이 다녀도 사 먹는 사람이 없다. 망한 기운이 파리 두 마리와 함께 가게 안팎을 맴돌았다. 한 달 뒤 결산해보니 마이너스 15만 원. 수고를 토닥여줄 급여 한 푼 받지 못했다. 제대로 실패했다. 변화가 필요했다. 레몬보다 비타민C가 30배 많다는 신의 열매 칼라만시를 주력으로 음료 장사에 나섰다. 거의 만병통치약 수준으로 호객을 했고 꽤 잘

팔렸다. 게다가 아이스크림보다 만들기 수월했고 마진이 좋았다. 우린 생각했다. 아이스크림이 망해서 진짜 다행이다.

우리 인생에도 한 줌 햇볕이 쬐는 듯했다. 우리는 곧 칼라만시 퓌레의 가격이 대폭 오른다는 수입원의 소리를 듣고 100만 원어치 퓌레를 구입했다. 그런데 시청에서 단속이 나왔다. 이곳에서 음식 판매는 불법이며 계속 영업을 할 경우 처벌받을 수 있다고 했다. 첫 실패는 실패의 시작에 불과했다. 우리는 모든 기계와 식자재를 헐값에 팔아치우고 구부정한 등짝을 한 채 이제 무얼 먹고 사나 궁리하기 시작했다.

나는 순간 예전에 즐겨 하던 뽑기가 생각났다. 스테이플러가 박힌 종이를 뜯어 펼치면 안에 등수가 쓰여 있고 그에 맞는 상품을 주는 것이다. 우리는 추억의 뽑기 판을 주문했고 추억의 장난감도 사들였다. 황금 설탕 엿도 만들었다. 설탕과 물과 물엿의 최고 배합을 찾기까지 한 달이나 걸렸다.

'땅콩역' 간판은 내리고 나무판자에 '우리 문방구'라고 큼지막하게 써 붙인 후 새 출발을 했다. 그리고 하루 만에 대박이 났다. 우리 둘로는 부족할 정도로 바빴으며 순이익도 껑충 뛰었다. 우린 또 말했다. 음료 장사 망해서 진짜 다행이다.

그러던 어느 날 출근을 하니 계도장이 가게 문 앞에 떡 하니 붙어 있었다. 이 건물은 국유지에 지은 불법 건축물로 기한 내에 철거하지 않으면 강제 철거를 집행하겠다는 무시무시한 내용이었다. 무식이 죄였다. 등기부 등본이라는 단어를 알지도 못하던 때였다. 당장 건물주에게 찾아가 따지니 겁만 주는 것이니 호들갑 떨지 말라고 했다. 그렇게 몇 번 더 계도장이 붙었고 우린 하루하루 불안의 시간 속에 살고 있었다.

2015년 12월, 차 유리에 영롱히 떨어지는 첫 눈송이를 바라보며 가게에 도착할 무렵 몇 대의 중장비가 보였다. 싸한 느낌으로 가게에 다다르니 가게를 둘러싼 사람들이 보였다. 예감이 맞았다. 담당 공무원은 단호한 어조로 짐 뺄 시간은 주겠다고 했다. 눈물을 틀어막으며 하나하나 짐을 뺐다. 이내 포클레인은 인정사정없이 건물을 눌러 내렸고 조립식 가게는 내 마음처럼 힘없이 바닥에 주저앉았다. 첫눈도 내렸던 흔적만 남기고 사라졌다. 우린 또 망했다.

자주 가던 분식집에서 김밥과 쫄면에 얼굴을 박고 우리는 실패자의 표정을 감췄다. 다음 날, 재고를 없애기 위해 접이식 테이블을 펼쳐 철거된 자리에서 노점상을 시작했다. 날씨까지 혹독했다. 철길 양옆으로 둘러싼 집과 집 사이를 스켈레톤하듯 타고 온 냉기는 피부를 베어내고 뼛속까지 파고들었다. 우리의 행색은 마치 구걸하는 모습과 같았을 것이다. 누군가는 이 정도가 겨우 '실패'냐고 하겠지만 제 손톱 밑 가시가 남의 부러진 다리보다 아프다는 말도 있지 않은가. 그렇게 우린 하루하루 부러진 모습으로 한겨울 노점상을 계속했다.

죽으라는 법은 없었다. 우릴 불쌍히 여기던 철길마을 이웃은 미리 보증금을 주면 본인 건물을 고쳐 가게를 만들어주겠다고 제안했고 우리는 영혼까지 끌어모아 500만 원의 보증금을 마련했다. 그로부터 한 달 뒤 다시 가게를 얻을 수 있었다. 어느 정도 이전 매출을 회복할 즈음 주변에 새로 생기는 가게들이 우리가 판매하고 있는 물건을 똑같은 방법으로 판매하기 시작했다. 사업 아이템을 카피당한 것이다. 그때부터 우리는 사회적 기업이 되었다. 철길마을의 모든 가게가 우리의 수익을 나눠 먹기 시작했다.

하지만 이제 노련해졌다. 실패 냄새를 맡은 우리는 망하기 전에 새로운 사업 아이템을 찾았다. 답은 '사진'이었다. 영상을 전공한 친구가 촬영을 하거나 관광객의 스마트폰 속 사진을 편집해 특별한 기념품을 만들어주니 가게를 들르는 모든 분들이 행복해했다. 그러다 더 큰 공간이 필요해서 모든 이가 눈독들이던 건너편 빨간 창고로 이사했고 '사진고'라는 이름으로 성업 중이다.

나는 반복되는 실패와 성공 가운데 배웠다. 성공이 성공으로 끝나지 않는다는 것 그리고 실패가 실패로 끝나지 않는다는 것을 말이다. 실패 앞에서의 반응이 인생을 결정한다. 내 반응에 따라 성공이 실패로 끝날 수도 있고 실패가 성공으로 끝날 수도 있다. 또 망하는 날이 올지 모른다. 하지만 실패와 성공은 순환하고 그 끝은 승리의 노래를 부르는 모습일 것이다.

《이솝우화》에 나오는 〈우물에 빠진 당나귀〉 그림을 좋아한다. 농부가 기르던 나이 많은 당나귀가 빈 우물에 빠졌고 농부는 당나귀를 살릴 방법을 찾지 못했다. 농부는 애처롭게 우는 당나귀를 뒤로하고 이웃에게 도움을 요청했다. "내 당나귀는 나이도 많고 이제 일도 하지 않으니 죽어도 상관없소. 그런데 이 빈 우물도 위험하니 함께 흙으로 메워 없앱시다."

사람들은 빈 우물에 흙을 퍼 나르기 시작했다. 당나귀는 생매장당할 위기에 놓인다. 흙이 떨어지고 당나귀는 목 놓아 운다. 그런데 점점 당나귀의 울음소리가 들리지 않는다. 우물을 내려다본 사람들은 놀라지 않을 수가 없었다. 당나귀는 등에 떨어지는 흙을 털어 바닥에 떨구고, 발로 밟아 올라갈 기반을 다지고 있었던 것이다. 이를 본 사람들은 당나귀를 살리는 흙을 채우기 시작했다. 처음에는 죽이려 던진 흙이 당나귀의 포기를 모르는 반응으로 이내 살리는 흙이 된 것이다.

지금 나는 결혼을 하고 새로운 곳에 둥지를 터, 실패가 실패로 끝나지 않음을 믿고 매일 새로운 도전을 한다. 내 실패는 하마터면 트라우마로 남을 뻔했다. 하지만 나를 망하게 하기 위해 쏟아붓는 흙은 결국 나를 살리는 흙이라는 것을 알기 때문에 열심히 흙을 털고 발로 다져 오르고 있다.

실패로 여겨졌던 내 삶은 나만의 영웅담이 되어가고 있다. 돌아보니 모든 망함이 다행인 일이었다.

'사진고'는 철길마을에서 가장 잘나가는 가게 중 하나가 되었다. 그러니 사랑하는 친구야, 이제 내 돈 내놔!

김경림
@0701025

안녕 아가!

MBTI라는 성격 검사가 유행이죠. 저는 전형적인 ESTJ, 이 성격을 한마디로 정의하면 '목표가 이끄는 삶'이 아닐까 싶네요. 엄격한 관리자형인 저는 출산휴가 및 육아휴직에 들어가면서 바로 '해야 할 일 리스트'를 만들었습니다. 첫째, 영어 통번역 공부, 둘째, 일본어 마스터, 셋째, 일주일에 세 번 이상 운동, 넷째, 대학원 진학 준비, 마지막으로 책 출간. 사실 아기가 돌이 되기 전 엄마가 이 중 하나만이라도 제대로 하면 대단한 건데 이걸 다 하겠다니 저도 욕심 많지요.

지난 6월 26일로 딱 12개월이 지났습니다. 저는 몇 가지나 성공했을까요? 예상하셨겠지만 단 하나도 없습니다. 대학원 진학은커녕 전공책 하나 제대로 펴보지도 못했죠. 운동하러 갔다가 아기가 울어댄다고 계속 전화가 오는 통에 중간에 돌아간 적도 있습니다. 일본어요? 일본어로 게임은 좀 한 거 같네요. 출간은 오가는 얘기가 있었으나 출판사 방향에 맞춰가기가 버겁더라고요. 결국 먼저 포기 선언을 했습니다. 그래도 애 자는 시간에 짬짬이 공부해서 취득한 테솔(TESOL)이란 영어 교육 자격증이 훈장으로 남았네요.

출산 직후 많은 산모는 고된 육아와 경력 단절 등에 좌절합니다. 이것이 산후 우울증으로 오는데요. 증상이 가벼운 사람, 심한 사람 천차만별입니다. 저는 좀 심한 편이었어요. 아기 키우는 건 힘들 걸 각오했으니 괜찮은데 그동안 내가 쌓아온 모든 경력이 증발하는 것 같아서요. 특히 저처럼 인맥으로 먹고 사는 직업을 가진 사람은 관계로부터 고립이 남들보다 배로 절망적입니다. 생일날 수십 수백 통씩 오던 카카오톡 메시지가 가족과 친한 친구들이 보낸 것으로만 남게 됐을 때 오는 상실감이란 참 형언하기 어렵습니다.

그나마 그 상실감을 잊게 해주는 존재가 아기입니다. 힘들고 고되지만 천금을 갖다줘도 바꿀 수 없는 게 아기와 보내는 시간이거든요. 그 행복에 젖어 들면 역설적으로 사회 속의 나는 더욱 잊히게 되지만요.

지난 4월, 여기에 쐐기를 박는 사건이 생겼습니다. 바로 둘째 임신. 첫째와 17개월 차이로 태어날 예정이라고 합니다. 복직은 고사하고 휴직만 연장하게 생겼습니다. 2019년 7월에 휴직을 시작했는데 복직하면 2022년 3월이라고 하네요. 무려 3년의 업무 공백! 회사를 그만두지만 않았지 사실상 재입사와 다를 바 뭐가 있겠습니까. 둘째를 가진 기쁨보다는 내 인생 황금기 3년이 날아갔다는 불안과 우울함이 나를 집어삼켰습니다.

첫째 아기가 8개월일 때 만난 둘째는 처음부터 몸이 약한 듯했습니다. 기준 주 수보다 발달도 더디고 심장 소리도 희미하다고 합니다. 자궁에는 늘 피가 고여 있고요. 담당의는 첫째 육아를 좀 쉬엄쉬엄하고 최대한 많이 누워 있으라는데 그게 쉽나요. 이제 겨우 기어 다니는 아기를 어떻게 덜 신경 쓸 수 있겠습니까. 친정엄마를 동원해 최대한 쉰다고 쉬었는데도 산부인과는 야속하지요. 1, 2주 간격으로 병원에 방문할 때마다 "유산기가 있네요."라고 합니다.

첫째 보랴 둘째 태교하랴, '해야 할 일 리스트'는 잊힌 지 오래입니다. 첫째만 있을 때는 아기가 잠자는 시간을 이용해 공부라도 했지, 이제는 그렇게 했다간 몸에 무리가 갑니다. 자의 반 타의 반으로 내가 세운 목표들을 내려놓게 됩니다. 그래도 '12주 차 안정기가 되면 뭐라도 할 수 있겠지. 그때 해야 할 일을 다시 생각해보자.' 하며 새로운 계획을 짤 생각까지 했다니까요. 저란 사람, 너무나 MBTI 결과에 충실하죠.

대망의 안정기 첫 검진일이 되었습니다. 정밀 초음파로 본 둘째는 뭔가 첫째 때와 모습이 다르더군요. 미끈미끈한 몸뚱이에 짧은 팔다리. 이상한 부분이 있는지 담당 간호사는 30분 가까이 초음파를 봅니다. 결국 담당의까지 불러와서는 다시 봅니다. 초음파 검진 후 담당의가 구구절절 설명하는데 마지막 한마디가 아직도 아프네요. "아기가 생존하기 어렵습니다."

그 뒤로 찾은 병원의 원장님, 종합병원 교수님, 또 다른 산부인과 전문의, 소아과 선생님까지 이구동성으로 그리 말하더라고요. 살 수 없는 아기. 하늘나라로 엄마보다 먼저 간 아기. 둘째는 이 땅에서 100일도 지내지 못하고 자기가 있던 천국으로 돌아갔습니다.

먼저 보낸 자식. 남는 건 회한이 대부분이더라고요. 내 인생 3년이 날아갔다는 생각에 아기에게 사랑을 주지 못한 건 아닐까. 나의 이기적인 욕망이 사랑보다 컸던 건 아닐까. 여기에 '아니야.'라고 자신 있게 대답하지 못해서 더 마음이 찢어지네요. 그러게요. 뭣이 중헌디.

왜 저는 무엇이 중요한 것인지 알지 못했을까요. 아무리 의사들이 "산모님 잘못이 아닙니다."라고 말해도 심장을 저미는 아픔이 그치진 않네요. 정말 무엇이 중요한데 저는 지난 13주를 그렇게 보냈을까요. 아기가 주는 기쁨을 몰랐던 것도 아니면서 말이죠. 그 시간에 태아에게 사랑한다고 좀 더 속삭이고 누워서 좋은 생각을 하고 좋은 음악만 듣고 지낼 수는 없었을까요. 이제 와서 후회하고 아파해도 무얼 하겠습니까. 이미 아기는 엄마 배 속보다 훨씬 크고 밝고 행복한 천국에 갔는걸요. 위안이 되는 건 아기가 빛나고 아름다운 형체로 하늘나라에서

절 기다리고 있을 거라는 점이네요. 다시 만날 날까지 저는 좀 아프겠지만 아기는 행복하게 지내겠죠.

"안녕 아가!" 생명의 잉태로 시작한 제 육아휴직은 둘째에게 마지막 인사를 하고는 소강하고 있습니다. 1년 동안 아이의 생과 사를 모두 겪으며 깨달은 게 하나 있습니다. 지금 이 순간 내 옆에 존재하는, 나를 사랑해주는 존재 그리고 내가 사랑하는 존재보다 중요한 것은 없단 것이죠. 내 인생과 경력이 조금 뒤처지고 망가지면 뭐 어떻습니까. 내가 사랑하는 존재가 사라지면 그 삶이 더 무슨 의미가 있겠습니까. 천만금을 갖다줘도 마음은 휑하고 고칠 수 없는 아픔에 시달리겠죠.

육아휴직이 2개월 정도 남았습니다. 첫째와 보내는 1분 1초가 너무나 애틋하고 소중하네요. 외국어 공부, 경력 개발, 대학원 진학 준비…. 다 복직하면 할 수 있는 일인데 지난 1년간 왜 그걸 못해서, 또 못 한다고 우울해했는지 모르겠습니다.

사회의 눈으로 바라본 지금의 저는 실패자겠죠. 목표했던 바는 하나도 제대로 이루지 못하고 돌아온 '감 떨어진 직원'일지도 모르겠습니다. 워킹맘은 대체로 회사에서 기피 대상이라고 하니 그 시선도 감당해야 할 겁니다. 그렇게 본다 한들 더는 여기에 휘둘릴 것 같지는 않습니다. 이제는 해야 할 일 리스트보다 더 중요한 가치가 무엇인지 알았거든요.

사랑. 이게 없다면 그 삶은 좋아도 좋아도 채워지지 않는 갈증에 시달리게 될 것입니다.

'해야 할 일 리스트'를 새로 만들었습니다. '사랑하는 이들 지키기' 그리고 '이들을 위해 내 삶에 최선을 다하기'입니다. 이 두 가지만 잘 해낸다면 꽤 성공한 삶 아닐까요. 성공한 모습으로 천국에 가서 둘째를 만나고 싶네요. 가서 꼭 안고 말해줘야죠. 사랑한다고. 덕분에 엄마는 이렇게 성장했다고. 아빠와 첫째는 이만큼 엄마 사랑받고 잘 지냈다고. 고맙다고 말이에요.

이동진
@jaol

옥에 티

첫 실패는 대학 입시였다. 공부를 끔찍이 싫어하여 재수는 생각하지 않았다. 미성년에서 탈출하면 망나니처럼 살기로 마음먹었다. 인정받는 망나니로 사느냐 죄인 된 망나니로 사느냐는 입시에 달려 있었다.

　무엇이 날 그리 만들었는지는 모르겠지만 나는 참 막연하게 잘될 거라는 믿음 같은 게 있다. 낙천을 넘어 낙관에 가까운 그 믿음은 지금도 날 괴롭히는 성향 중 하나다. 그래서 상향 지원을 했나 보다. 불합격했다는 메아리를 몇 번 듣고 나니 정신이 들었다. 추가 모집으로 들어간 지방 국공립 대학교에 입학하는 날. 나는 인생 첫 좌절을 느꼈다. 모든 게 낯설었고 사람도 장소도 친해지고 싶지 않았다. 꽃을 들고 있는 부모님께 어떤 표정을 지어야 할지 몰랐다. 그래서 학교생활에 적응하지 못하고 도망만 다녔다. 그 당시 난 정말 인정이란 걸 할 줄 모르는 아이였다. 다시 공부는 하기 싫고 그렇다고 원하지 않는 장소에서 공부하고 싶지도 않았다. 현실을 인정하고 학교라도 잘 다녔어야 했는데 다른 길을 찾았고 그 길로 도망갔다. 1년 동안 시원하게 놀고 군대를 다녀와 자퇴를 했다.

부모님의 만류에도 불구하고 자퇴 후 패션전문대학교에 들어갔다. 일단 옷을 좋아했고 다음으로는 겉보기에 괜찮지 않나 생각했다. 지나칠 정도로 남의 시선을 신경 쓰는 시기였다. 있어 보이고 싶었다. 그래도 하지 말라고 하는 걸 내 의지로 선택했으니 책임지고 싶었다. 부모님에게 다시는 좌절하는 표정을 짓고 싶지 않았다.

불손한 마음으로 시작한 공부라 그런지 생각한 것보다 너무 어려웠다. 의복은 오랜 역사를 가진 분야였고 대충하고 싶지 않은 마음에서 어려움이 왔다. 옷을 좋아하는 마음이 크니 어렵더라도 유지할 수 있는 힘이 생겼다. 여기서 큰 깨달음을 얻었다. 좋아하는 걸 하자. 학교생활을 하며 모델 일도 하고 성적도 잘 받았다.

정말 운 좋게 졸업과 동시에 중국 브랜드에서 일을 하게 되었다. 20대 중반 시절은 정말 좋았다. 차이나 붐이라고 해서 세계적으로 중국발 수요 성장이 큰 반향을 일으키는 시기였다. 월급이 대기업 직원들보다 많았으니 얼마나 들떴겠는가. 동기들의 부러운 시선, 노골적으로 친해지려고 들이대는 사람들, 나를 팔아 이익을 챙기는 친구들, 자랑스러워하시는 부모님. 이 시기에 관계에 대한 내 태도가 회의적으로 변하기 시작했던 것 같다. 내 뒤에 쓰인 조건들이 사라지는 순간 내 옆에 몇 명의 사람이 남아 있을까 하는 의문이 떠올랐다.

차이나 드림을 품고 첫 비행기에 몸을 실었던 순간이 아직도 기억에 생생하다. '멋진 중국인 친구들을 사귀어야지.' '여행을 좋아하니 주말이 되면 근교든 좀 멀리든 멋진 곳에 가서 사진을 남겨야겠다.' '시장조사 차원에서 멋지게 차려입고 대형 백화점에 가서 쇼핑을 하는 거야.' '더 많은 문화를 접하니까 지금보다 생각의 폭이 더 넓어지고 열린 사람이 될 거야.' '업종 특성에서라도 세련된 사람이 많겠지.'

기대가 크면 실망도 큰 법이라고 했다. 광저우에는 생각보다 낙후된 곳이 많았고 대형 기업이라고 해도 기업 문화가 부족하게 느껴졌다. 무엇보다 밤낮없이 바빴다. 처음에는 버티다 보면 분명 내가 원했던 삶을 살 수 있을 거라고 마음을 다잡았지만 1년이 가도록 나아지지 않았다. 체력전이 되었고 주말은 고사하고 일을 했다. 적은 인원으로 많은 일을 순식간에 치며 나갔다.

1년이 되던 해 성과를 내지 못하니 우리 팀은 한순간에 공중분해 되었다. 중국에 오기 전에 품었던 꿈들도 말이다. 정말 노력했는데 건강도 챙기지 못했다. 현실은 냉담했다. 돌아갈 날이 확정되고 나니 모든 게 싫어졌다. 빨갛고 노란 대형 간판도, 시끄러운 중국어도 어수선하게 느껴졌다. 깨끗하지 않은 모습만 눈에 들어왔다. 광저우의 우기가 끝나갈 무렵 한국으로 돌아왔다. 한 달 동안 아무것도 하지 않고 집에만 있었다. 내 의지와는 상관없이 찾아온 두 번째 실패가 믿기지 않았다.

인생은 정말 내 의지와는 다르게 흘러간다는 것을 깊게 느꼈던 시기였다. 이때 아빠의 삶을 많이 떠올리며 이해하기 시작했다. 회사에서 아빠는 어땠을까. 말도 못 하게 힘드셨겠지. 고졸 출신으로 부장을 다셨을 때 많은 유혹을 뿌리치고 지켜낸 건 무엇이었을까. 신만이 아는 아빠의 사건도 많겠지. 술만 드시면 승진 첫날 화환으로 온 방이 꽃밭이었다며 고졸 출신에게 희망의 상징이었다고 자랑스럽게 말씀하시는 걸 왜 귀찮게 들었을까. 회사에서는 그렇게 위엄 있으면서 집만 들어오면 가장 작은 존재가 되니 얼마나 애처로운 인생인가. 시골에서 들고 온 10만 원으로 가정을 이루셨으니 정말 치열하게 사셨구나. 그러니 자식을 대하는 방식이 서투실 수밖에. 배운 적 없으니 어느새 다 커버린 자식들에게 어떤 말과 행동을 건네어야 할지 모르시는 거다. 왜 알아드리지 못했을까.

　돈 만지는 일을 하셨던 아빠는 항상 공공칠가방을 들고 다니셨다. 한창 회사에 다니던 시절에는 그 가방에 신권 화폐가 빼곡히 채워져 있었다. 그 가방은 아빠의 자신감이었다. 아빠는 이 회사에 20년 넘게 근무하시고 퇴직하셨지만 지금도 일을 다니신다. 건강이 좋지 못함에도 일을 다니시는 이유를 지금의 나로서는 절대 알지 못한다. 그런 아빠에게 중국에서 들어와 빈둥거리던 다 큰 아들이 얼마나 한심해 보였을까. 나중에 아빠는, 그런 마음은 절대 가지지 않았다고, 너에게 어떻게 다가가야 할지 몰라서, 네가 스스로 일어나주기만을 기다렸다고, 그렇지 않으면 이 사회에서 살아갈 수 없다고 생각했다고 이야기하셨다. 마치 절벽에서 자식을 떨어뜨리고 그걸 지켜보는 어미 새의 마음으로.

굳게 닫힌 내 방문 너머로 식구들이 출근 준비로 전쟁을 치르고 있으면 그 소리가 나를 끝없이 괴롭힌다. 그러다 온 집이 쥐 죽은 듯 조용해지면 거실로 기어 나와 그 참혹한 현장을 하나둘 정리하기 시작한다. 주섬주섬 쓰임새에 맞게 사물을 제자리에 가져다 놓고 미처 다 먹지도 못한 잔반을 처리한다. 버려둔 옷가지를 세탁기에 넣고 청소기를 돌린다.

아빠 방을 들어가니 구석에 공공칠가방이 있다. 가방은 먼지 하나 없이 깨끗한 외관을 유지하고 있다. 호기심에 가방을 열어보니 빼곡했던 지폐는 더 이상 없다. 한지로 된 청첩장 더미와 수첩 그리고 카메라 외 잡동사니가 있다. 수첩을 펼치니 시와 문장과 사진이 빼곡하다. 날짜를 보니 전부 내가 태어나기 전이다. 특전사 출신이었던 아빠의 이미지. 가방 안에는 내가 모르는 아빠의 모습이 너무 많았다.

내가 오해를 하고 있었구나. 사람의 인생이란 정말이지 잔혹하게도 나 이외에는 아무도 알아줄 수 없는 거구나. 실패나 성공이나 진정한 의미는 결국 나만이 누리고 아파할 수 있다. 그렇게 생각하니 모든 게 편해졌다. 너무 체면을 차리고 살 필요는 없구나. 사회 속에서 살아가려면 분명 체면을 무시할 수는 없다. 하지만 나와 사회의 균형 잡기는 마음먹기에 따라서 편하게 해낼 수 있다고 생각하게 되었다.

시선을 조금 바꾸면 이 세상에 의미 없는 것은 없다. 여기서 의미는 타인 기준이 아닌, 내가 원하는 의미를 말한다. 이것이 불행한 인생에서 나가는 지름길이었다. 되고자 했던 모습을 포기함으로써 나는 편해졌다. 고뇌의 시간이 길고 깊었던 만큼 나를 지키는 방법도 확실해졌다. 속에서부터 썩어 밖으로 증상이 보인다면, 그 상처는 이미 손쓸 수 없는 지경일 경우가 많다. 그러니 먼저 속이 문드러지지 않도록 나의 마음을 살펴야 한다. 마음 관리에서 가장 필요한 덕목은 다른 누구에게 화살을 돌리지 않는 거다. 기준을 오로지 자신에게 두고 인정하는 거다. 사람은 죽지 못할 이유가 남아 있다면 어떻게든 살아간다. 내가 탓했던 모든 요소는 사실 내가 원했던 의미에서 온 불합리한 모습이었다. 그들은 그들인 모습으로 있었을 뿐인데 내가 멋대로 의미를 부여하고 그 모습에서 멀어지자 힘들어했던 것이다. 옥에 티는 나였는데 말이다.

정진아,
조지나를 만나다

부러움이 없다

40세 정진아를 대표하는 문장이다. 그녀는 딱히 부유한 집안에서 자란 것도, 뛰어난 머리로 영재 소리를 들은 것도, 누구나 한 번쯤 뒤돌아보게 하는 외모를 소유한 것도 아니다. 단지 어려운 환경 속에서도 사회적인 성취를 이뤄 존경받는 아버지와 친구들마저도 좋아하는 현명하고 친구 같은 어머니 밑에서 자존감이 탄탄한 성인으로 자랐을 뿐.

 넘치지는 않지만 부족하지도 않은 환경에서 적당히 누리고 대우받으며 살아왔기 때문에 무언가를 부러워하거나 갖지 못한 것에 대한 열망이 없다. 심지어 서로 관심이라곤 눈곱만큼도 없다는 주위의 남매들과 달리, 맥주잔을 부딪치며 고민과

번뇌를 나눌 수 있는 친구 같은 오빠마저도 부족함이 없다.

그렇게 살아온 정진아는 제법 베풀 줄도 안다. 작은 기부 활동을 하고, 위기를 겪는 친구가 있으면 새벽에도 한걸음에 찾아가 달래기도 한다. 집 앞 천변에 앉아 시답잖은 수다와 장난을 나누는 친구들은 일상의 스트레스를 날리는 행복의 요소다. 건강한 삶의 습관도 갖추었다. 6년 넘게 새벽바람을 맞으며 6킬로미터를 달려온 조깅은 부정적으로 흘러갈 수 있는 감정들을 식힌다. 육아와 일을 병행하느라 잠이 부족해도 일상을 버틸 수 있으며 늘 웃는 얼굴로 사람을 대면할 수 있는 삶의 위기관리 장치가 된다.

그녀에게 가장 자랑스러운 것은 가정이다. 여러 가지 면에서 부족함 없는 가정에서 사랑받으며 자라왔다는 사실이 그녀를 자존감이 높은 사람으로 만들었다는 것을 안다. 타인이 가진 것을 부러워하기보다 자신의 행복을 추구하는 데 몰입할 수 있는 사람으로 성장시켰다는 것을 안다. 지금의 정진아를 만든 고마운 것들을 잘 아는 그녀는, 자신이 속했던 그리고 자신이 이룬 가정이 매우 뿌듯하다.

다달이 은행에 월세를 내는 평범한 집, 매달 월급이 통장을 스쳐 간다는 남편, 뒤돌아서면 집 안의 모든 물건을 폭탄처럼 터트리는 두 아들, 매일 야근에 쪽잠을 청하는 직장. 넘칠 것도 부족할 것도 없는 가정이 그녀에겐 원동력이고 자부심이다.

주위의 많은 사람들이 그녀에게 부러움을 표현했다. 부엌에서 동선이 꼬이면 동시에 살바를 잡는 흉내를 내는, 죽이 잘 맞는 남편과 매사 짜증 없이 얼굴에 행복을 뿌리고 다니는 두 아들은 그 자체로 예쁜 그림이다. 그녀는 일상을 SNS에 남기며 소소한 행복을 기록하는 게 작은 취미이다. 행복한 표정은 거짓으로 만들어지기 힘들기 때문에 지인들의 반응도 좋다. 그녀의 남편은 매번 입버릇처럼 말한다. 지금 삶이 너무 완벽하다고. 곧 죽어도 여한이 없을 것 같다고. 그래서 그녀는 행복하다. 그녀를 행복하게 하는 가족과 그녀로 인해 행복한 가족이 있으므로. 그러던 어느 날 그녀는 조지나를 만난다.

모든 것이 부럽다

41세 조지나를 대표하는 문장이다. 조지나는 남편을 잃었다. 림프종 판정을 받고 투병하던 남편을 지켜보며 정신은 피폐해졌고 건강을 돌보지 않았다. 하루하루 처리해야 할 명의변경부터 세무와 은행 업무까지 한 가지를 마무리하면 세 가지가 쌓이는 느낌이다. 아이들은 학교에 입학해 낯선 환경에 적응하고 있다. 그녀의 전화기는 쉼 없이 울린다. 입맛을 잃은 지 오래된 그녀는 끼니를 준비하는 중에도 흘러나오는 음식 냄새가 괴롭다. 아빠의 부재를 느끼게 하고 싶지 않았던 그녀는 일선으로의 복귀를 포기하고 혼자서도 육아와 일을 병행할 수 있는 미래를 그리며 자격증을 준비한다. 수면제 없이는 잠을 이룰 수 없는 외상 후 스트레스 장애를 겪는 그녀에게 외부와 차단된 수험이라는 환경은 그녀를 더욱 어두운 나락으로 끌어내리는, 소위 말해 환자에겐 최악의 선택이었다.

그래도 그녀에겐 고마움을 넘치게 표현해도 부족할 친구들이 있다. 친구들은 홀로 지내는 그녀를 위해 같이 여행을 가주고 집 앞에 찾아와 맛있는 음식들을 먹인다. 직장의 고뇌와 남편의 게으름을 투덜거리는 평소와 다를 게 없는 대화 속에서도 그녀는 부러움에 서러움마저 느낀다. 귀찮다고 불평하면서도 챙기는 부부의 기념일이 부럽고, 건강검진을 따라가주는 남편의 운전이 부럽고, 아이를 맡기고 나올 수 있는 이 시간의 여유가 부럽고, 무엇보다도 오늘 아이의 어처구니없던 대화나 유난히 예뻤던 모습을 담은 사진을 내 마음처럼 나눌 수 있는 누군가가 있다는 사실이 가장 부럽다.

혼자 보기 아까운 두 아이의 예쁜 사진을 어디에 보내야 하나 매번 그녀의 손은 민망하다. 약속이라도 잡으려면 두 아이를 챙겨줄 누군가를 찾는 게 번거로워 이내 포기한다. 건강검진을 하던 날은 마취에 취해 운전할 수가 없어 병원 의자에 한참을 기대앉아 풀이 죽은 어깨를 지고 운전을 한다. 바라보는 모든 것들이 부러워 그녀는 매사 고개를 숙인다.

부족하다. 앞으론 더 부족하겠지. 실패한 인생 같다. 남들은 당연히 가지고 있는 것들을 그녀는 가지고 있지 않은 것만 같다. 혼자 아무리 발버둥질해도 아이들이 늘 부족할까 두렵고 그런 두려움은 매일 그녀를 잠 못 들게 하고 아프게 한다.

정진아는 이런 조지나가 찾아오는 것이 몹시도 싫다. 늘 예기치 않은 순간에 불쑥 나타나 자존감을 끌어내리는 그녀를 만나는 게 무엇보다도 싫다. 하지만 조지나는 아무리 싫다고 해도 늘 찾아왔고 본인의 이야기를 하고 싶어 한다. 그래서 이제는 그 이야기에 귀를 기울여보기로 결심한다.

어쩌면 너도 나일 테니

안녕? 난 정진아라고 해. 반가워. 우리 시작은 별로였지만 아무래도 너의 이야기를 듣고 너를 마주해야 할 것 같은 느낌이 들어. 어쩌면 너도 나일 테니. 어쩌면 처음부터 너도 나였을 테니. 이제 와서 만나게 된 네가 아니라 아마도 태어나던 순간부터 너도 나였을 테니.

가장 두려운 얘기를 먼저 해보자. 무엇이 가장 두려워? 조지나는 덤덤히 이야기를 시작한다. 눈감는 순간에 내가 혼자일까 두려워. 아이들에게 나는 너무 부족한 엄마 같아. 이제 준비하는 인생이 너무 늦은 건 아닐까? 가족의 도움이 있어도 쉽지 않은 준비인데 내가 혼자 할 수 있을지 모르겠어. 난 이미 실패한 사람 같아. 매일 울고 매일 힘들다며 징징거려. 내가 아플 때 아이들을 보살필 수 없을까 봐 무섭고 친구들의 호의마저도 가끔은 화가 나. 모두 가진 자들의 투정 같아서 호의를 호의로 받지 못하는 나의 작은 마음에도 화가 나. 더 열심히 살 걸 그랬어. 그땐 그 정도만 해도 충분하다고 믿었거든. 지금의 난 하루하루 살아가는 것만도 너무 버거워. 난 아무것도 아니었나 봐. 나를 만든 건 내가 아니라 부모님과 남편이었나 봐. 내가 잘하는 것만 할 수 있게 해주었던 그들의 배려와 사랑으로 만들어졌나 봐.

이제 그만 울자. 아니지 울고 싶으면 울고 숨이 차면 숨이 차다고 하자. 일단은 병원에 가서 마음과 몸을 추스르고 집안일을 줄이는 방법을 찾고 공부할 수 있는 환경도 만들어보자. 몇 년 뒤로 간다고 앞으로 가는 게 늦어지는 것도 아니야. 너 좋아하는 글도 틈틈이 쓰고 조깅은 아니더라도 걷는 것부터 해보자. 이제는 같이 해보자.

그렇게 정진아는 조지나를 만난다. 어떤 날은 여러 번, 어떤 날은 만나는 것을 잊기도 하며 이제는 제법 친구처럼 만난다. 가끔은 떨떠름하게 가끔은 기다렸다는 듯이 반기기도 한다. 만나보니 그녀도 꽤 괜찮은 사람이다. 아니 가끔은 더 괜찮은 사람이다. 더 솔직하고 다른 사람의 마음도 잘 이해하는, 타인의 마음에 깊이 귀를 기울이는 사람이다. 조지나를 만나보니 자존감이 높았다고 생각했던 정진아는 어쩌면 조금은 이기적이고 타인에게 관심이 없는 사람이었던 것도 같다.

그리고 생각한다. 너를 만나서 조금은 다행이다. 어쩌면 만나지 않았어야 가장 좋은 인생이었을지도 모르지만 너를 만난 것이 나쁘지만은 않다. 이제는 인생의 가장 나빴던 순간도 가장 좋을 순간도 너와 같이하고 싶다. 너로 인해 알게 된 깊은 마음이 있으므로. 평범해 보이는 삶 속에 저마다 내재하는 고민과 슬픔을 함부로 재지 않는 너를 알게 되었으므로. 너를 만나야 진정한 나로 돌아갈 수 있으므로.

윤미송
@omeparkha

똘이 이야기

6년째 접어든 똘이와의 동거 생활이 한순간 끝난다면 어떨까, 텔레비전을 보다 불현듯 이런 생각을 한 적이 있다. 생활 속 보이는 똘이의 변화가 한몫했다. 이를테면 간식을 먹을 때 침 흘리는 양이 늘어났다거나 원하는 만큼 실컷 산책을 하고 돌 아왔는데 정작 흘러간 시간은 얼마 되지 않는다는 등이다. 아 마 하나둘 깨닫게 되는 세월의 흔적으로부터 두려움은 시작된 듯하다. 언제 닥칠지 모를 내 사랑하는 가족과의 이별을 모른 척할 수 없게 된 것이다.

집 근처 공터 중앙에는 키 큰 왕벚나무 한 그루가 서 있는데 그 아래 똘이 엄마가 살았다. 주인 할머니가 오며 가며 밥도 주고 물도 주면서 나름 돌보는 듯했지만 내 눈엔 그저 방치하는 듯한 느낌에 평소 마음이 쓰였던 녀석이었다. 그런 녀석이 아무도 모르게 새끼를 네 마리 낳았다. 새끼를 지키기 위해 오가는 사람들에게 예민하고 경계하던 눈빛을 숨기지 못했던 녀석은 유독 우리 가족에게는 마음을 열었다. 가끔 묶여 있던 낡은 줄이 끊어져 자유를 만끽할 때면 마치 제집인 양 나무 덱 위에 자리를 잡고 햇살을 느끼고 있는 모습을 자주 보여주었다. 지나다 눈이 마주치면 온몸이 흔들릴 정도로 격하게 꼬리를 흔들어대는 탓에 우리 가족은 녀석을 쫓아낼 수 없었다. 살갑게 구는 녀석이 싫지 않아 간식을 사두고 챙겨줄 정도였으니 말이다. 시간이 지나고 세 마리의 새끼가 좋은 주인을 만나 보금자리를 떠나갔다. 유난히 작고 힘없던 막내만이 못생겼다는 이유로 엄마 곁에 남아 있었다. 그 아이가 똘이라는 이름으로 우리 집에서 살게 되었다.

반질반질한 흰 털에 몸 군데군데 살짝 콩고물이 묻어 있는 진도 믹스견 똘이가 우리 집에 살게 된 것은 우연한 기회였다. "얘가 그 집 식구들을 따르니 남은 한 마리 데려가요. 엄마는 못 기를 테니 새끼 데려가서 키워. 보아하니 동물도 좋아하는 것 같고, 동물도 사람 따르면 말 다 했지!" 반려견을 기를 생각이 전혀 없었던 우리 가족은 주인 할머니의 지속적인 입양 권유에 넘어가 똘이를 식구로 맞이했다. 아직까지 할머니의 논리는 이해되지 않지만 한편으로 마음 쓰였던 녀석의 새끼가 어딜 가도 사랑받지 못한다면 차라리 우리가 키우자는 생각을 했던 것 같다. 나중에 알고 보니 부모님도 똑같은 생각을 하셨다고 한다. 사람이나 동물이나 된소리로 이름을 지으면 건강히 오래 산다는 소리를 어디서 주워들은 기억이 났다. 이름 때문인지는 모르겠지만 똘이는 아주 건강하고, 견생 6년 차임에도 꾸준히 남자아이로 오해를 받으며 잘 산다.

　똘이는 애교가 없다. 사람으로 치면 '애교 따윈 개나 줘버려.'라고 내뱉듯 목소리도 낮고 무뚝뚝하니 뻣뻣하기만 한 나 같다. 어쩜 개 딸이나 사람 딸이나 똑같은지 엄마는 혀를 찬다. 똘이 엄마는 무지개다리를 건너가서 더 이상 녀석의 똥꼬 발랄한 애교는 볼 수 없게 되었다. 우리가 기른 아이도 아닌데 먼 곳으로 떠났다는 말을 듣자마자 이유 모를 서운함과 슬픔이 몰려왔다. 하다못해 정든 이웃집 개의 죽음을 듣고도 알 수 없는 기분인데 살 비비고 지낸 반려견의 죽음을 어떻게 받아들일지 막막하기만 했다.

똘이를 가족으로 받아들이기까지 우리 가족에게는 두려움이 있었다. 내 인생 첫 반려견이었던 설이는 한겨울 눈 속에 파묻혀 숨만 겨우 붙어 있었던 열 살 추정의 소형 믹스견이었다. 초등학생이었던 나는 설이를 지나칠 수 없었고 차가워진 아이를 온몸으로 끌어안고 집으로 달렸다. 부모님과 함께 병원에 갔다. 설이는 평생 인슐린을 맞아야 살 수 있는 당뇨병을 앓고 있었다. 의사 선생님은 설이가 나이도 많아서 길어야 1, 2년이 최대라고 말했다. 설이는 의사 선생님의 말씀을 비웃듯 무려 5

년을 우리와 함께 건강히 보냈고 잠자듯 편안히 먼 길을 떠났다. 특별히 아프거나 사고가 나서 갑자기 떠난 것이 아님에도 인생 처음으로 이별을 경험한 나는 3일을 먹지도 않고 울기만 했다. 당시 죽음에 대해 체감하지 못했던 터라 설이에 대한 슬픔은 유난히 크게 다가왔다.

설이가 떠난 후 우연한 기회로 유기견 세 마리를 키우게 되었다. 길을 떠돌던 아이들이 집으로 들어와 자연스레 한 가족이 되었다. 그러다 동네에 유행한 홍역으로 3년 넘게 함께한 아이들을 모두 잃었다. 예상치 못한 이별이었다. 받아들여야 하는 일임에도 가족을 떠나보내는 일은 적응이 되지 않았다.

똘이와 살기 전까지 아이들을 떠나보낸 일이 실패라고 생각했다. '혹시 또 이런 일이 일어나면 어쩌지.' '내가 잘 돌보지 못해서 잘못되면 어떡하지.' '내가 잘 보내줄 수 있을까.' '상상도 되지 않는 슬픔의 무게를 감당할 수 있을까.' 뜻한 대로 되지 않는다는 실패의 뜻처럼 그동안의 이별은 두려움을 낳았고, 실패에 대한 두려움은 실제 일어나지 않은 상황에서도 미리부터 겁먹게 되는 부작용을 낳았다. 트라우마로 발현되어 마음가짐과는 다르게 어떤 시도조차 할 수 없게 된다.

나는 오지도 않은 일에 대한 두려움이 컸다. 그럼에도 불구하고 만약 두려움을 그대로 안고 살았다면 우리 가족은 똘이와 만날 수 있었을까. 똘이가 주는 행복을 느낄 수 있었을까. 변하지 않은 채로 살아갔다면 절대 알 수 없었을 감정의 소중함을 이제는 안다. 이 소중함을 가슴에 안은 채 나는 하루하루 지내고자 한다. 똘이가 떠나는 날 좋은 가족을 만나 편안히 살다 떠난다는 마음이 들 수 있도록 말이다. 켜켜이 쌓인 서로의 추억을 방패 삼아 먼 훗날 만나게 될 이별의 순간을 겸허히 받아들일 준비를 해야겠다.

이정은
@jungeun-lee

이혼은 비밀로 해

6개월 만에 대구에 있는 집에 갔다. 코로나바이러스 때문에 설날 이후로 집에 간 적이 없어서 부모님을 오랜만에 뵀다. 다행히 두 분 모두 건강해 보이셨다. 조카도 부쩍 자라 있어서 나를 보고 낯을 가리는 모습이 참 어색하면서 귀여웠다. 퇴사한 이야기와 법인을 설립한 이야기 같은 근황을 한참 나누는 도중에 엄마 스마트폰으로 전화가 왔다. 친척 언니였다. (친척 언니는 아빠의 이종사촌 동생으로 엄마는 아가씨라고 부르고 나는 아지매라고 부르지만 나랑 나이 차이가 크지 않아 편의상 친척 언니라고 쓰도록 하겠다.)

그 언니는 미국에 이민을 가서 살고 있었는데, 3년 전 내가 미국에 갈 때 엄마가 언니에게 내 이야기를 했던 모양이다. 언니는 이제 이민 후 자리를 잡고 내 생각이 나서 엄마에게 연락을 했다고 한다. 그 언니는 나를 보지 않은 지 오래되었는데 그동안 어떻게 살았는지 궁금하다고 엄마에게 물었다.

최근 3년 동안 나에게는 많은 일이 있었다. 어떻게 살았는지 한마디로 이야기하기엔 너무 정신없는 생활이었다. 나는 미국으로 생을 마감하러 떠났다가 힘든 시간을 견뎌내고 마음을 고쳐서 한국으로 돌아와 이혼을 하고 이별의 슬픔에 우울증 치료를 받으며 연애를 시작했고 회사에 복직한 다음 부서를 이동했다가 퇴사 후에 창업을 한 상태였다. 다시 봐도 한 문장으로 표현하기에는 무리가 있는 인생사이다.

그런데 엄마는 친척 언니에게 "정은이는 미국에 있다가 한국에 좋은 기회가 있어서 들어왔고, 회사에서 투자받아서 창업했어."라고, 아주 성공담만 추려서 한마디로 정리해버렸다. 자주 연락하는 사이도 아닌데 구태의연하게 이런저런 이야기를 하는 것이 피곤하셨나 보다. 나는 엄마의 요약 실력에 감탄하면서 조카와 이불 속에서 숨바꼭질을 하고 있었다. 엄마가 "아, 잠깐만! 정은이 바꿔줄게."라고 말하기 전까지는 정말 생각 없이 신나는 휴일을 보내고 있었는데, 순간적으로 즐거움이 싹 달아나버렸다. 엄마는 나에게 스마트폰을 넘기면서 "이혼은 비밀로 해."라고 말씀하셨다. 알겠다고 하면서 전화를 받았는데, 첫 문장부터 대답하기 어려운 말이 나왔다. "미국 올 때 결혼하고 남편분이랑 왔었지? 우리가 안 보긴 오래 안 봤나 보다. 결혼 축하해."

이혼한 지 2년이 지났는데 결혼을 축하받아야 마땅한지 모르겠지만, 엄마는 옆에서 시종일관 '비밀로 해!'라고 눈에서 레이저를 쏘고 계셨다. 나는 축하받을 일이 하나도 없었지만, 감사하다고 이야기하면서 상황을 넘길 수밖에 없었다. 언니는 친구 중에 스타트업으로 상당히 성공한 분이 있어서 그 이야기를 해주고 싶어서 나를 바꿔달라고 했단다. 참 좋은 이야기를 많이 해주셨는데도 불구하고 이상하게 뒤틀린 내 기분은 조금도 개선되지 않았다.

전화를 끊고 조카와 숨바꼭질하던 이불에 꼭꼭 숨어버렸다. 갑자기 속이 답답하고 울렁거렸다. 엄마에게는 생리통이 심하다고 둘러대었고, 엄마는 조카를 데리고 나가면서 배 위에 올려두는 작은 온열 매트를 꺼내주고 가셨다. 한숨 자고 일어나니 기분이 가라앉았다. 엄마한테 기분이 좋지 않았다는 이야기를 하려다가 괜한 말을 꺼내는 것 같아서 입을 다물고 다시 서울로 올라왔다.

이혼한 뒤로 2년이나 지난 지금도 나는 우울증을 이겨내기 위해 2주에 한 번씩 병원을 간다. 대구를 다녀온 며칠 뒤 병원에 갔는데, 여느 때처럼 의사 선생님께서 잘 지냈냐고 물어보셨다. 최근에는 거의 약을 끊을 정도로 잘 지내고 있었기 때문에 상담 시간이 길지 않았지만, 그날은 선생님께 하소연을 좀 했다. 엄마와 있었던 일을 털어놓으면서 엄마가 나를 부끄러워하는 것 같아서 속이 상한다는 이야기를 했다.

선생님께서는 "기분이 많이 나쁘셨나요, 참을만하셨나요?" 하고 물어보셨다. 나는 참을만했는데, 자꾸 생각이 난다고 대답했다. 선생님의 의견은 이러했다.

"우리나라에서 아무래도 60대 이상인 분들에게는 지금 상황을 다른 누군가에게 이야기하기 애매할 수 있어요. 어머니가 딸의 이혼 여부를 크게 중요하게 여기지 않는다고 해도, 주변 사람들이 계속 그 이야기를 하게 되면 대답해주기 힘들지 않겠어요? 딸은 옆에 있지 않으니 그 이야기를 한 번만 듣고 말겠지만 어머니는 계속 들을 수도 있잖아요. 나중에 새로운 사람을 만나서 가정을 꾸리게 되었을 때도 친척을 만나면 계속 불편하게 지내야 할까 봐 걱정된다고 말씀하셨죠? 그건 어머니와 이야기 한번 나눠보세요. 어머니께서 사위 될 사람한테 거북한 상황이 생길 때 직접 양해를 구해주면 좋겠다고요."

평소 선생님께서는 내 이야기를 주로 들어주시기만 했는데 이번에는 이례적으로 구체적인 의견을 주셨다. 병원에서 여러 환자를 만나지만, 이런 일들은 자주 있는 편이라고 말씀하셨다. 내 기분이 크게 나쁘지 않다면, 어머니가 나의 실패들을 비밀로 하는 데 협조하면 될 것이고, 그로 인해 생기는 난처한 상황은 어머니께서 직접 해결하는 것이 좋겠다고 말씀을 드려보라는 것이다. 그런데 만약 내가 정말 기분이 안 좋다면 어머니께 사실대로 이야기하는 편이 좋겠다고 하셨다.

생각해볼수록 참신한 방법이었다. 이혼한 것은 내 사정이지 엄마 사정이 아니다. 엄마의 인간관계에 나를 끌어들이는 것이 좋지 않다. 반면에 딸의 이혼을 숨기는 것은 엄마 사정이지 내 사정이 아니다. 엄마는 엄마의 사정이 있는 것이고 그로 인해 내가 불편한 점이 있다면 그것만 엄마가 해결해주면 되는 것이었다.

다음 날 엄마와 통화를 했다. 병원에서 선생님과 나눈 이야기를 말씀드렸다. 나는 엄마가 나를 부끄러워한다고 생각해서 기분이 나빴는데, 선생님 이야기를 들어보니 단순히 이런저런 설명을 하는 것이 의미 없다고 생각해서 그러셨을 수도 있겠다고 느꼈다면서, 엄마는 어떠신지 여쭤보았다.

엄마는 그날 나의 표정이 안 좋아지는 것을 보고 실수했구나 깨달았다고 했다. 정말 미안하다고 부끄러워서 그런 게 아니라고 사과하셨다. 엄마랑 이야기해보길 잘했다. 그러지 않았으면 마음속에 응어리가 계속 남아 있었을 거다.

내친김에 우리는 몇 달 뒤에 있을 동생 결혼식에 대한 이야기도 했다. 나는 누군가 물어보면 이혼했다고 솔직하게 말할 거라고 했다. 그리고 최대한 편하게 있고 싶으니 오랜만에 만난 친척들께 먼저 인사하지는 않을 작정이라고 말했다. 엄마는 전적으로 동의하셨다. 그때가 되어봐야겠지만 작전이 실패해서 약간의 부상이 생길지도 모른다. 하지만 모녀가 서로의 마음을 알았으니 큰 틀에서는 이미 성공한 것이 아닐까.

정지현
@cooljhjung

난 실패한 관리자였다

이직을 한 지 얼마 지나지 않아 팀에 도움이 될만한 일이 생겼다. 이직한 회사는 소프트웨어 보안 회사인데 나의 이전 경력과는 조금 차이가 있었다. 업무의 연관성이 전혀 없는 것은 아니지만 재직 중이던 구성원들의 경력과는 다를 수밖에 없었다. 난 외향적인 성격이라 회사에 적응을 잘하는 것처럼 보였지만 업무적으로는 섞이지 못해 부담이 컸던 때였다. 마침 회사에서 중요하게 생각하는 대형 사업을 수주하게 되었고, 해당 업무에 적격자로 내가 선택되었다.

수주한 사업은 재직 중이던 구성원들이 처리하던 업무와는 성격이 조금 달랐고, 내가 해왔던 업무와 연관이 있었다. 결정적으로 업무에 섞이지 못하는 나의 초조함이 남들이 꺼리던

이 업무를 선뜻 맡게 했다. 이렇게 반자발적으로 맡은 업무는 많은 고비도 있었지만, 6개월의 긴 여정을 마치고 무사히 프로젝트를 완수하는 의미 있는 성과를 거두었다. 이 사업 완수로 회사에서는 금융권 대형 프로젝트에 참여할 기회를 잡았고, 여러 차례의 대형 사업을 따내는 쾌거를 이뤘다.

회사는 중요한 사업을 잘 마친 나에게 우수 사원과 부서 내 최고 인사고과 등급의 포상을 줬고, 높은 연봉 인상률로 보답했다. 이렇게 기분 좋은 회사 생활이 이어질 때쯤 팀장이 이직을 결정하며 본부장의 고민이 깊어졌다. 본부장은 고민 끝에 나를 팀장 직책 적임자로 팀원들에게 제안했고, 팀에 가장 늦게 합류했지만 제일 연장자고, 어려운 사업 완수와 회사 기여도를 고려하여 선임급 팀원들은 제안을 따르기로 결정했다.

이직하고 2년도 채 안 되어서 일어난 일이었다. 팀장 직책 발령과 동시에 특별 승진으로 차장으로 진급도 하게 되었다. 한 명의 팀원으로 일하다가 열세 명이나 되는 조직을 맡게 된 현실이 처음에는 부담스러웠고 힘에 부쳤다. 하지만 시간이 지나며 업무는 익숙해져 갔고, 난 그렇게 관리자가 되어갔다. 하지만 준비된 관리자가 아닌 나는 다른 사람과 주변 분위기에 떠밀려 맡은 이 자리에 어울리지 않았다. 두 발로 뛰어다니며 일하는 것을 좋아했던 성향을 지닌 나조차도 관리자로서의 업무 때문에 나의 일이 없어지고, 설 자리가 좁아진다고 느꼈다. 이 불안감이 마음속에 가득 차 나를 끊임없이 괴롭혔다. 일주일에 한두 번 야근하면 될 일을, 일주일에 5일을 야근하게 되었고, 나의 중심이자 큰 축이었던 가정을 소홀히 하는 것이 나를 더 괴롭게 했다.

이런 고민을 한창 하던 내게 두 가지 중대한 사건이 일어났다. 첫 번째가 재정 상태가 어려워진 회사가 최종 구조 조정을 결정했고, 회사 내 큰 조직에 속했던 우리 부서에도 구조 조정 대상자 두 명을 결정하라는 인사팀의 통보가 있었다. 정말 하기 싫은 일이었고, 시간이 꽤 지난 일임에도 그때 내가 나가지 못한 것에 후회가 밀려든다. 대상자를 내 손으로 결정해야 했고, 난 내가 앉아 있는 자리에 대한 회의가 들었다.

두 번째가 나의 매니저인 본부장의 이직 통보였다. 가장 신뢰하고 믿었던 사람의 이직 통보로 난 회사에 등대 같은 분을 잃은 기분이었고, 더 이상 팀을 끌어갈 수 없을 것 같은 기분이 들며 자신감이 없어졌다. 여러 차례 면담을 거친 뒤 나의 거취에 대한 최종 결정이 내려졌다. 본부장의 이직과 동시에 난 타 본부의 새로운 팀을 맡게 되었고, 기존에 몸담고 있었던 부서의 팀원을 저버리고 다른 팀으로 몸을 빼냈다. 그때까지 따라줬던 팀원들에게 미안했고, 한편으로는 나보다 나의 후임이 더 잘할 거라는 기대를 품으며 스스로를 위로했다.

옮겨온 부서에서 8개월을 근무하다 회사의 조직 개편으로 원래 자리로 돌아갔다. 잠깐의 외도 같은 기분이었지만 어느새 다시 팀원들과 예전 같은 일상을 지냈고, 나도 안정을 찾아갔다. 하지만 회사의 재정 상태는 나아지지 않았고, 이를 극복하고자 회사는 중대한 결정을 했다. 회사의 일부 솔루션을 다른 회사에 매각하는 일이었다. 예상된 시나리오였지만, 안정을 되찾아가던 내 몸과 마음을 밀어내는 회사가 야속하고 미운 건 어쩔 수가 없었다. 5년을 몸담았던 회사를 떠날 때임을 직감했고, 때마침 좋은 제안이 와 이직을 결정했다.

이직을 회사에 통보했을 때 나는 또 하나의 받지 말아야 할 숙제를 받은 것 같은 기분이 들었다. 인수한 회사로 부서 전체와 개발 부서 일부가 가는 조건으로 계약을 했으니 부서원들이 흔들리지 않게 나의 이직 결정을 최종 퇴사일까지 얘기하지 말라는 회사의 경고성 부탁이 있었다. 난 이렇게 퇴사일을 얼마 남겨놓지 않는 날까지 부서원들에게 함께 갈 것같이 얘기했고, 또 한 번 부서원들을 저버리고 관리자로서의 소임을 다하지 못한 채 회사를 떠났다.

옮겨온 회사에서는 전 회사의 전철을 밟지 않기 위해 발로 뛸수 있는 작은 조직을 생각했고, 팀원이 몇 명 되지 않는 소조직을 만들어 직접 일하고 관리도 하는 매니저로서의 소임을 다했다. 5년 가까이 좋은 사람들과 하고 싶은 일을 하며 열심히 뛰었고, 웃었고, 땀을 흘렸다. 일하면서 후회는 없었고, 사람들과의 관계도 좋아서 전 직장에서의 좋지 않은 기억들은 어느 정도 잊으며 하루하루를 보냈다.

그러던 어느 날 예기치 않은 곳에서 나의 조직 생활은 흔들리기 시작했다. 여러 차례 바뀐 매니저 중에 가볍지만 뒤끝이 없다고 생각했던, 업무 능력은 부족하지만 성격은 좋다고 생각했던 매니저와 문제가 생기기 시작했다. 그 문제의 발단도 작은 곳에서 생겨났고, 잘해보자고 말했던 조언은 마치 그의 역린을 건드린 꼴이 되었다. 생각했던 것과는 달리 그는 뒤끝이 있었고, 좋지 않은 사람이었다. 그는 끊임없이 내 꼬투리를 잡기 시작했고, 맡고 있던 팀에 부서장으로서의 압력을 행사했다. 시간이 지나며 나에게도 이런 부서장에 대한 반감이 생겨났고, 더 이상 함께하기 어려운 지경이 되면서 서로 간의 감정의 골은 깊어져버렸다.

하지만 아직까지 대부분의 조직에서는 자신의 관리자와 싸워서 이기는 부서원은 흔하지 않았고, 아무리 내가 팀장이라는 직책을 갖고는 있어도 부서장과의 차이 나는 레벨은 극복하기 어려웠다. 억울함을 하소연할 창구를 찾기에는 난 조직에서 너무 힘이 없었다. 그렇다고 잘못하지도 않은 일에 머리를 숙이기에는 당시 난 아직 많이 부족했었다. 이렇게 인사위원회가 열렸고, 다윗과 골리앗의 싸움이 되어버린 그 싸움은 뻔하게 끝이 났다. 회사에서는 팀 해체와 보직 해임이라는 이례적인 인사 조치를 결정했고, 난 자발적이지는 않지만 이렇게 좋아했던 팀과 팀원을 하루아침에 잃게 되었다.

수년이 지난 지금도 여러 번 겪었던 결정의 순간을 후회하고 있다. 내가 관리자로서 조금 빠르고, 바른 판단을 했으면 어땠을까? 내가 조금 손해를 입더라도 여러 사람의 관리자로서 생각해봤으면 어땠을까? 좋았던 기억들은 아련하게 잊혀가지만 아쉬운 순간들은 시간이 지나면 지날수록 더 깊고, 진하게 머릿속 어딘가에 새겨지는 것 같다. 앞선 실패는 내가 다시 관리자로 설 수 있는 나만의 잣대에 엄격한 기준을 새로 세웠고, 그 책임과 부담을 나에게 지우는 게 이제는 싫어졌다.

난 지금 관리자가 아니다. 그렇다고 관리자의 지시를 받는 팀원도 아니다. 정확히 얘기하면 팀원은 팀원인데 혼자 하는 일을 전적으로 책임지고, 끌고 나가는 업무를 하고 있다. 업무에 만족도가 높은 것은 아니지만 관리자로서의 책임이나 부담은 없다. 또한 내 일만 하며 지내며 나의 가장 중심인 가정을 좀 더 챙길 수 있고, 좋아하는 글을 쓰고 책을 읽는 일상을 보내게 되었다. 난 나에게 선물 같은 시간을 주고, 후회 없는 일상을 보내는 것에 감사한다. 직장에서는 실패한 관리자지만, 나와 가족을 책임지고 보살피는 막중한 책임을 가진 가장으로서의 관리자 소임에는 만족하고 있다.

길을 돌아왔지만 난 나의 위치에서 사랑하고, 아끼고, 기뻐하며 행복하게 사는 지금이 좋다. 지금의 내 삶이 좋다.

최안나
@liveliketravel

오징어순대,
그 오동통하고 따뜻한 위로

2019년 7월, 4년간 살았던 도시에서의 생활과 직장을 정리하고 차로 다섯 시간 정도 떨어진 거리의 새 도시로 이사와 이직을 했어요. 직장 동료들은 인터뷰를 보러 버스로 열 시간 왔다 갔다 했던 저를 배려해줬고 진심 어린 축하를 보냈습니다. 늘 가족 이상으로 챙겨주는 친구들도 있었고요. 이런 동료와 친구들의 도움으로 익숙한 생활을 잘 마무리 짓고 괜찮은 직장과 정돈된 새집에서 바로 시작할 수 있었죠.

스물아홉이라는 조금 뒤늦은 나이에 여행용 가방 두 개와 첫 학비만 달랑 들고 홀로 한국을 떠나왔습니다. 몹시 추운 겨울날 시작된 유학 생활이었습니다. 매번 학비를 모으느라 빠듯하게 일했고, 쉬는 시간에 과제를 고쳐서 겨우겨우 내고, 직장에서 눈물 쏙 빠지게 혼날 때도 있었지만, 칭찬 한마디에 하루가 행복했던 시간이었습니다. 그 시간이 모여 좀 더 크고 나은 곳에서 생활할 수 있을 거라는 믿음이 있었어요. 한국에서 그 힘든 별별 직장도 버렸는데, 언제든 어디서든 못할 게 뭐가 있냐며 말이죠.

새 직장은 제 이력서에도 꽤 만족스러운 한 줄을 만들어주었어요. 좋아서 시작한 일이었고, 크고 괜찮은 직장이어서 주변에서 많이들 축하해주었죠. 두 시간쯤 걸리는 출근길이라 새벽 3, 4시에 기상해야 했지만 지각한 적은 없어요. 두 번이나 갈아타는 정류장에서 1분이 모자라 차를 놓치면 직장에 15분은 늦게 도착하게 되니 매번 헉헉거리면서 갈아타고 뛰어다녔어요. 그러다 보니 전날 밤 예쁘게 차곡차곡 싼 도시락은 강아지 밥같이 범벅이 되어서 속상할 때도 많았고요. 그래도 일할 수 있는 것에 감사했습니다. 도착하면 커피 한 잔을 내리며 숨을 고르고 동료들한테 인사하며 하루를 시작했어요.

그런데 말이죠. 정말 여기에도 별세계의 직장이 있더라고요. 반나절을 붙어 있는데도 절대 인사를 안 하는 사람, 제가 잘못한 일이 아닌데도 큰 소리로 저한테 "이렇게 하는 거 아니라고!" 하며 상사 앞에서 자기 잘못을 덮는 사람, 하나부터 열까지 꼬투리 잡는 사람, 제대로 알려주지 않고는 나중에 "깜박했어."라고 말하는 사람, 일하다가 잠깐 자리 비운 사이에 중요한 업무 자료가 사라지는 상황 등등. 다들 하기 싫어하고 귀찮아 하는 일에 제가 배정되기 시작했어요. 저와 일하는 것을 눈에 띄게 싫어하는 사람들도 많아졌고요. 수많은 사람이 돌이든 작은 쓰레기든 말이나 행동을 하나씩 돌아가면서 던져두는 것을 지켜만 봐도 그 긴 하루의 업무가 끝나더라고요.

저는 점점 일터에서 말수가 줄었고, 표정이 갈수록 우울해졌어요. 그러다 보니 상사들에게 불려 가 이런저런 말을 들을 때도 있었어요. 참다못해 면담을 해도 돌아오는 건 다른 동료들의 손가락질과 수군거림이었습니다. 점심시간 때 저는 정말 도시락 통에 코를 묻고 아무도 쳐다보지 않은 채 밥을 먹었어요. 어떤 이야기에도 저는 낄 수도 알 수도 없더라고요. 심지어 다른 부서의 눈치 빠른 사람들이 괜찮은지, 도와줄 거 없는지 물어볼 때는 웃으면서 "괜찮아. 고마워."라고 답했지만, 눈이 시큰거려서 혼났어요. 유난히 속이 타들어가는 갈증과 기운 빠짐이 계속되는 날에는 '오늘도 잘 버텼으니, 일 끝나면 직장 앞 펍에서 시원한 맥주 딱 한 잔 마시자.' 하고 자신을 다독이며 일을 했어요. '한국에서 그 직장 생활도 견뎠는데, 내가 부족해서 그래. 버티면 나아질 거야. 괜찮아질 거야.'

어느 날, 사상 최악의 호주 산불이 집 근처까지 퍼졌어요. 숨을 조이는 듯한 매캐한 연기 때문에 새벽에 자다가 깨서 긴급 신고 전화를 눌렀고, 아침에 일어나서도 산불 지역을 표시해 주는 애플리케이션을 계속 체크하다가 젖은 수건을 집 안 곳곳에 걸어두고 여권과 비상금을 챙겨 출근했어요. 직장에 도착하니, 몇몇 사람들이 너희 집 근처는 괜찮냐고 물어보길래 대답을 하고 있었는데 한 상사가 웃으면서 말하더라고요. "Are you still alive?(너 아직 살아있네?)"

순간 제가 잘못 들었나 싶더라고요. 당황스러웠어요. '이게 농담이라고? 어떻게 이런 말을 농담이라고 던지지?' 깔깔 웃는 직장 상사에게 정색하며 대답할 수는 없었어요. 가뜩이나 저를 좋아하지 않는 사람인데. "걱정해줘서 고마워. 사실 지금도 집에 있을 고양이들이 걱정되기는 해. 그래도 나는 잘 출근했으니 감사한 일이지." 이렇게 말하면서 생각했죠. '여긴 정말 아닌 것 같아. 이건 일이 힘들거나 사람이 안 맞는 정도가 아니야.' 그날 밤, 통장에 있던 돈을 다 털어서 한국행 비행기표를 끊었어요. '딱 이날까지만 일하자. 한국 가서 오징어순대도 먹고 친구들도 만나고 엄마도 보면 다시 힘이 날 거야.'

비행기표를 끊어놓고 하루하루 버티던 어느 날, 직장 안 좁은 공간에서 이리저리 움직이면서 일을 하는데 허리 부분에 싸늘한 느낌이 들더라고요. 그리고 순간 발을 내딛기 어려울 정도의 아찔한 통증이 몰려왔어요. 통증으로 눈앞이 깜깜해지는데, 정신을 단단히 부여잡고 천천히 몸을 가누었어요. 잠깐 앉아서 쉬면 괜찮겠지 싶었지만, 시간이 지날수록 통증은 점점 더 심해지고 식은땀이 나기 시작했어요.

온몸이 그저 서 있는 몸무게를 견디고만 있을 뿐, 제 몸이 아닌 것 같았어요. 도저히 안 되겠다 싶어서 조퇴하겠다고 보고를 했어요. 괜찮냐고 물어보는 사람도 있었지만 많은 이들이 수군거리며 손가락질을 했고 어이없어하는 표정을 했습니다. 그들을 뒤로한 채 나왔어요. 다친 몸을 이끌고 병원에 갔다가, 울먹임을 감춘 채 엄마에게 전화를 했어요.

"엄마, 저 사정이 있어서… 한국 가면 같이 여행 가기로 한 거 조금 미루어야 할 거 같아요. 미안." 그 말을 듣던 엄마는 이렇게 말하더라고요. "그냥 엄마 집에 오면 되지. 엄마가 너 좋아하는 오징어순대 해줄게. 근데 너 무슨 일 있지?"

며칠 진통제를 맞고 약을 삼키며 열한 시간을, 8400킬로미터를 날아왔어요. 아프다고 좀 찡찡댔을 뿐인데, 온 가족과 친한 친구까지 함께 공항에 마중 나와 있었어요.

"너, 얼굴이 왜 이래?" 제 얼굴을 보자마자 속상함이 몰려왔는지 엄마가 살짝 눈물을 보이셨지만 저는 그냥 웃었어요. 엄마의 오징어순대가 저를 기다리고 있으니까요. 그렇게 보고 싶던 엄마와 고마운 친구들과 함께 오징어순대를 두 번이나 먹었어요. 겉은 부드럽지만 속은 톡 터질 듯 뜨끈한 오징어순대. 집밥 향이 가득 밴 찹쌀 알알 사이로 조밀한 각종 채소와 구수한 서리태, 검은깨, 은행, 쫀득한 오징어 다리 살까지 각종 재료가 꽉 차서 즐겁고 행복한 오징어순대. 예전에 이웃집 아주머니들이 한 번씩 엄마한테 해달라고 했는데, 이젠 제가 엄마의 단골이 되었어요.

그래서 한국에서 잘 치료받고 돌아가서 일하고 있냐고요? 아니요. 일상생활을 하는 데는 큰 지장이 없지만, 더 이상 전처럼 몸을 써서 일하는 것은 어렵게 되었어요. 열심히 했고, 제가 하는 일을 좋아했기 때문에 사실 많이 속상했어요. 한동안 집에 있는 요리책들도 펼쳐보지 못하고 지냈어요. 술을 한잔 하고 나서야 유니폼과 일하면서 쓰던 도구들을 주변에 나눠주거나 버리곤 했고요.

그래도 오징어순대와 엄마 그리고 친구들에게 받은 그 오동통하고 따뜻한 위로로 조금씩 다른 일들에 도전하고 있어요. 이렇게 글을 쓰고 있는 것도 저의 작은 시작 중 하나이고요. 큰 영업장에서 일하기는 어렵겠지만, 집에서 빵을 만들거나 요리를 하는 분들에게 도움을 줄 수 있는 일도 준비하고 있어요. 시간이 없어서 그리지 못했던 그림도 그리고, 한국 요리에 관심이 많은 셰프들에게 레시피를 번역해서 보내기도 하고, 틈틈이 와인과 요리 매칭을 하면서 나중에 책을 쓸만한 자료도 모으고 있어요. 손 놓고 있었던 프랑스어 수업을 3개월치나 끊어두었고요. 작은 기회라도 매일 조금 다르게 쓰고자 하고 있어요. 이 하루하루가 저에게 또 다른 좋은 기회가 될 거라고 믿고 있거든요. 그래서 저는 괜찮아요. 힘들 때 저에겐 오징어순대의 위로가 있으니까요.

이소담
@sodamll

운전은 처음이라서

내가 아직 교복을 입고 등교를 하던 어린 학생일 때, 내 눈엔 운전하는 어른들이 그렇게 멋있어 보였다. 기름이 채워진 자동차만 있으면 언제든지 어디로든 떠날 수 있을 것 같은 그런 자유로움이 동경의 대상이었다. 당시 우리 집엔 차가 한 대도 없었다. 아빠가 면허가 있으시기는 했지만, 집에 차가 있던 적은 없었다. 그래서 대중교통을 탈 일은 많았지만 자가용을 타 본 적이 몇 번 없어서 어린 마음에 운전하는 사람들이 더욱 멋있어 보였던 것 같다.

수능이 끝나자마자 운전면허 학원에 등록했다. 우리 아빠는 나를 키우면서 위급 상황에서도 살아남을 수 있는 생존 능력을 강조해왔다. 물에 빠지면 혼자 헤엄쳐 나올 수 있어야 하니 수영을 배워야 한다며 등록시킨 수영 강습이 그러했고, 손에 우산 같은 것만 쥐고 있으면 치한을 물리칠 수 있다며 배우게 한 검도가 그러했고, 내 눈앞에 어떤 종류의 자동차가 있어도 운전해 탈출할 수 있어야 한다며 1종 면허를 따라고 강조한 게 그러했다. 그렇게 나는 살면서 타본 적도 없는 트럭으로 스틱을 잡아가며 어찌어찌 운전면허 시험에 합격했다.

운전면허증이 나왔지만 차가 없었기에 여전히 운전할 일은 없었다. 와중에 아빠의 누나, 즉 내게는 고모인 분이 차를 바꾸게 되었다며 아빠에게 자기 옛날 차를 몰아볼 생각이 없냐고 하셨고, 아빠는 차 같은 것 필요 없다더니 무척 좋아했다. 그렇게 고모부가 타다가 고모가 타던 그 차가 이제는 우리 집에 오게 되었다. 아빠가 그 차의 세 번째 주인인 셈이다.

이게 벌써 5년 전의 일이다. 그리고 몇 달 전, 아빠가 새 차를 구매하게 되면서 나는 그 역사가 깊은 차의 네 번째 주인이 되었다. 아빠가 차를 구매할 것이라고 미리 말하지 않았기에 내게는 일종의 서프라이즈였다. 언젠가 내게도 차가 생길 것이라는 로망은 있었지만, 몇 년째 면허증이 장롱에 처박혀 있던 나는 운전자로서의 준비가 덜 되어 있었다. 그렇게 갑작스럽게 내 차가 생길 줄은 몰랐다.

아빠는 내게 운전을 가르쳐야 한다는 막중한 임무를 안고 내 자취방에 차를 가지고 내려오셨다. 일주일간 합숙을 하기로 했다. 유튜브로 초보 운전자를 위한 영상을 찾아보고 있으라는 아빠의 말을 나는 철저히 따랐다. 일주일 동안 자기 전에 유튜브 시뮬레이션으로 열심히 운전 연습을 했다.

처음 운전대를 잡게 된 곳은 이마트 지하 주차장이었다. 차가 제일 없을법한 평일 영업 개시 시간대를 골라 아빠에게 운전대를 넘겨받았다. 시속 10킬로미터도 안 되는 속도로 출발하기 시작했는데, 그때는 그게 왜 이렇게 빠른 속도 같던지. 내 차가 군사용 트럭이라도 되는 것처럼 누군가를 공격하지는 않을까 무서워서 아주 느리게 기어갔다. 별로 크지도 않은 그 이마트 주차장 한 바퀴를 도는 데 20분이 걸렸다.

지하 주차장에서의 운전 연습을 이틀 동안 마스터하고, 학교 가는 길을 아빠와 정복하기 시작했다. 당시 내 자취방에서 학교까지는 차로 7분 정도 걸리는 가까운 거리였다. 우회전 한 번, 한 번 더 우회전, 그리고 좌회전, 그 뒤로는 쭉 직진만 하면 되는 별것 아닌 경로였다. 그렇게 처음으로 '도로'라는 공간에 차를 가지고 나오게 되었다. (운전면허 시험볼 때 도로 주행을 하긴 했지만, 이미 몸이 잊은 지 오래였다.)

도로 위의 모든 차가 내게 위험한 존재처럼 느껴졌다. 옆을 지나가는 차는 언제 내 쪽으로 튀어나올지 모르는 차, 앞에 가는 차는 급정지하지는 않을지 잘 지켜봐야 하는 차, 뒤에 오는 차는 내가 속도가 느려서 욕할까 봐 신경 써야 하는 차…. 정말 도로 위의 모든 차가 내 차만 보고 있는 것처럼 느껴졌다. 차선을 바꾸는 일이 얼마나 위험하게 느껴졌는지, 숨도 참은 채로 간신히 간신히 차선을 한 번 바꿨다.

그러던 게 딱 일주일 정도 되니까 익숙해지더라. 여전히 조심조심 다녔고 도로 위가 익숙하지 않았지만, 사람은 정말 적응의 동물이라고 운전도 적응이 되었다. 한 달쯤 되었을 때, 접촉 사고가 났다. 원래도 좁은 골목길이었는데 그날따라 코너에 불법 정차된 트럭이 있었고, 내 뒤에는 차가 너무도 많았다. 이게 될까, 꺾을 수 있을까 하는 생각이 들었다. 고민하는 그 짧은 순간에도 뒤에서 경적이 빵빵댔고 나는 차를 골목으로 꺾었다. 그리고 내 차를 아주 시원하게 긁었다. 옆면이 다 긁혔다. 너무 놀랐고 당황스러웠지만 일단 사고가 나면 정지하고 내려서 살펴봐야 한다고 들었기에 가장자리에 차를 세웠다. 다행히 상대 트럭은 거의 긁히지 않았지만, 차주에게 연락을 드려야 하기에 전화번호를 찾고 있었다. 뒤에서 누군가 허허 웃는 소리가 들려서 돌아봤다. 혹시 트럭 차주분이시냐는 내 물음에 자기 트럭이 맞다고 답하셨다. 본인 차와 내 차를 번갈아 보더니, 괜찮다고 그냥 가라고 하셨다. 정말 죄송하다는 내 말에, 차 많이 긁힌 것 같은데 속상하겠다고 한마디 건네셨다. 그렇게 원래 가려던 곳은 가지 못하고, 놀란 마음을 부여잡고 집에 돌아오는 길은 아주 지옥이었다. 도로가 너무 무서웠다. 집에 와서 바로 아빠에게 전화를 걸었다.

"아빠. 내가 사고를 냈어."
아주 기어들어가는 목소리로 아빠에게 죄를 고백하듯이 이야기했다.

"그래? 다쳤어?"

돌아오는 아빠의 물음은 생각보다 침착했다.

"아니, 다치지는 않았는데 차가 많이 긁혔어. 오래된 트럭을 긁었는데 내 차 보더니 괜찮다고 그냥 가라고 하시더라고. 그래서 그냥 왔는데, 너무 놀랐어."

"괜찮아. 인자한 분이시네. 많이 놀랐겠다. 차 뒤에 트렁크 한번 열어봐."

"트렁크는 왜?"

"거기 검은색 스프레이가 있어. 그거 한번 차에 뿌려봐."

아빠 말을 듣고 차 트렁크를 열어보니 정말 구석의 작은 상자에 검정 래커 같은 스프레이가 하나 있었다. 차에 뿌리니 꽤나 감쪽같았다. 물론 가까이서 보면 티가 났지만, 멀리서 보면 긁힌 상처가 잘 숨겨졌다.

아빠에게 스프레이 그거 정말 좋더라 하고 이야기하니 아빠가 사실은 자기도 몇 번 그 스프레이를 뿌렸다며 내게 이야기해주었다. 주차하다가 오른쪽 뒤 모서리를 벽에 긁어서 상처난 것을 스프레이로 감췄던 이야기, 오르막길에 있는 주차장에 진입하다가 높이가 있는 턱을 진입로로 착각해 차 앞 아랫면이 긁혀서 스프레이로 감췄던 이야기와 같은 것 말이다. 그이야기를 듣고 가까이서 자세히 차를 보니까 정말 여기저기 스프레이를 뿌린 자국이 눈에 들어왔다.

사람이 참 간사해서, 아빠의 실수들을 들으니 마음에 좀 위안이 되었다. 그런데도 한동안 차를 가지고 다니지 못했다. 두려웠다. 내가 미숙해서, 내가 초보라서 조심해서 다닌다고 다녀도 또 그런 사고가 날까 봐.

이게 벌써 반년 전이다. 어제는 차를 가지고 포항에 드라이브를 다녀왔다. 고속도로를 타고 한 시간 좀 넘게 달려서 바다도 보고 조개구이도 먹었다. 가는 길에 초보 운전 스티커를 붙인 노란색 모닝이 보였다. 누가 봐도 초보구나 싶게 앞에서 천천히 달리던 그 모닝을 위해 내가 해줄 수 있는 일은 경적을 울리지 않고 조금 느리게 뒤에서 가주는 것뿐이었다. 내게도 초보였던 시절이, 그래서 도로가 너무나 무서웠던 시절이 있었기에 그 모닝을 보채고 싶지 않았다. 조금 느리게 간다고 해서 내가 크게 손해 보는 건 아니니까.

　나는 운전을 엄청나게 능숙하게 하는 것은 아니지만, 두려웠던 시절을 극복하고 이제는 어느덧 '초보'라는 꼬리표는 떼어도 될 것 같은 그런 흔한 운전자 중 한 명이 되었다. 지금은 차 없이 어떻게 살았나 싶을 정도로 삶이 편리해졌다.

　사람이 산다는 게 이 초보 운전 같은 거 아닐까 하는 생각을 한다. 우리 모두가 이번 생은 처음이라서, 불가피하게 초보였던 적이 있지 않나. 사는 게 바빠서 그날그날 지내다 보면 그 시절을 가끔 잊어버리기도 하지만, 우리 모두는 이 세상에서 한때 삶의 초보들이었다.

김미정
@mijung225

시행착오와
실패의 경계선에서

캐나다 몬트리올에서 간호사로 일한 지 1년이 넘었다. 첫 직장을 구하는 건 이곳에서 태어난 사람들에게도 힘들다. '경험'과 '인맥(레퍼런스)'을 중시하는 문화 때문이다. 퀘벡 간호사 면허를 취득하기 위해 공부했던 과정은 지나 보니 아무것도 아니었다. 약 8개월간 구직 활동을 하며 자존감이 참 많이도 떨어졌었다. 우여곡절 끝에 꽤나 이름 있는 한 종합병원에 취직했다. 그 기쁨도 잠시, 일한 지 약 일주일 만에 '이곳을 떠나야 하는 건가?' 회의감이 들었다. 적당히, 대강 일하는 것이 미덕으로 여겨지는 곳이었다. 스스로를 이렇게 다독였다. '얼마나 힘들게 구한 첫 직장인데 이만큼도 감지덕지한 상황이다. 잘하지도 못하는 영어나 프랑스어로 큰 실수 없이 어서 적응할 생

각을 해야지, 단점부터 찾아내서야 되겠어?'

 '밥은 꼭 먹고 일할 수 있는 곳에서 간호사를 하자.'라는 모토로 이민을 선택했다. 미식가도 아닌 내가, 배고프지 않도록 뭐든 배를 채우면 된다고 여기는 내가, 그 '밥'을 꼭 먹기 위해 여기까지 왔다. 하지만 간호사에게 버릇보다 무서운 것은 없었다. 간호사에게 무거운 '책임감'을 요구하는 한국 병원 문화가 내 몸에 고스란히 배어 있었다. 일을 최대한 깔끔히 하려고 했다. 언어로 상대적인 열등감을 느껴 더 그런 면도 있었다. 당연히 해야 하지만 남은 하지 않는 일을 나는 그냥 했다. 사실 다른 동료 간호사들을 비판하려는 마음도 없었고, 그럴 시간도 없었다. 상대를 비판하지 않았지만 대강대강 일하는 방향으로 함께 가주지는 못했다. 다른 방식으로 친구가 되어보려고 맛있는 걸 만들어 가보기도 했는데 효과는 그날뿐이었다. 나는 점점 말수가 줄어갔다. 나도 물론 그들에게 불편한 사람이었을 것이다. 하지만 괜찮았다. 나를 지지해주는 동료도 몇몇은 있었고, 내가 그리도 원하던 '밥'은 무슨 일이 있어도 먹으며 일할 수 있었기 때문이다.

시간이 흐를수록 나에게는 중환을 앓거나 손이 많이 가는 환자가 주로 배정되었다. 농담할 시간도 없이 나는 늘 바빴다. 일을 잘하는 걸로 나의 존재감을 찾으려 했으니 당연한 결과였다. 좋은 배움의 기회라 여기고 불평 없이 받아들였다. 근무한 지 1년이 되어갈 무렵 원내 공모를 통해 타 부서로 가기로 마음먹었다. 20여 일 후면 이곳을 아주 부드럽게 떠날 수 있었는데 갑자기 코로나바이러스로 모든 부서 이동이 무기한 연기되었다. 다음 몇 달간 강도가 꽤나 강한 '따돌림'을 경험했다. 내 인생 처음 느껴보는 복잡한 감정 앞에 와르르 무너졌다.

업무는 평소보다 체력적으로 훨씬 더 힘들었고, '따돌림'을 무시해가며 일에 집중하는 것이 정신적으로 상당히 소모적이었다. 개인보호장구의 부족으로 간호사로 일하며 처음으로 두려움도 느꼈다. 그 대단치 않은 '밥'을 먹고 일하려고 여기까지 왔는데 바이러스가 서슬 푸른 곳에서 간호사로 있다는 사실이 믿기지 않았다.

일하는 시간 외엔 타인을 위해 자가 격리를 해야 할 때가 많았다. 개념 없는 많은 시민이 마스크도 끼지 않은 채 공원이며 거리에 한가득인 걸 볼 때면 내가 일하는 의미가 무엇인가 허무했다. 한국의 위기 대처 능력이 자랑스러웠지만 왠지 나에겐 그마저도 먼 나라 이야기 같았다. 동료들이 부모님을 안아드리지 못한다고 한탄할 때면 '너희는 그래도 뵐 수나 있지.' 하는 생각이 들었다. 내가 선택한 이민의 길이지만 쓴웃음이 지어졌다. 영상통화를 자주 하니 평소와 별로 다를 것이 없었다. 하지만 한국에 있는 가족과 친구들이 애절하게 그리웠다. 양국의 자가 격리 기간을 감안하면 향후 1년 정도 내 휴가를 다 몰아 써도 한국에 갈 수 없겠다 싶어 의욕이 저하되었다.

대학 졸업 후 쭉 혼자 산 나에게 '외로움'은 나름 좋은 친구라 생각했었다. 하지만 이번에 느껴본 가족과 친구들에 대한 그리움은 단순히 외로움이란 단어로 표현할 수 없을 정도로 복잡했다. '밥'은 여전히 먹으며 일하고 있었지만 괜찮다는 마음이 들지 않았다.

최전선에서 환자를 살리는 의미 있는 일을 하면서도 인생의 의미를 찾기 힘들었다. 이렇게 힘든 순간에는 부서 사람과의 연대에서 위안을 얻기 위해 내 소신 따윈 버려야 했던 것일까? 경제가 이렇게 나빠진 시기에 부서 이동을 기다리기도 전에 사직이라는 백기를 들어야 하나? 자책감은 미움보다 나를 더 힘들게 했다. 나에게 일은 가장 소중한 것 가운데 하나이다. 어느 곳에서 어떤 일을 해도 어려움은 있었고 그 어려움을 거름 삼아 이제까지 잘해왔다고 믿었다. 하지만 이번엔 그 어려움이 나를 돈독히 다지는 토양이 아니라 상처로 남아 피를 철철 흘리게 하는 것 같아 두려웠다. 그 상처가 정신적인 트라우마가 될까 두려웠다. 다른 곳에 가서도 이 트라우마의 기억 때문에 별것 아닌 일에 엉엉 울고 있지 않을까 무서웠다. 평소의 나였다면 적응 과정의 시행착오라 여겼겠지만 이렇게까지 나를 다독여주지 못한 이번은 실패다. 이제는 나 자신을 그만 다그치고 싶다. 힘든 상황에서도 환자들 간호하는 일을 잘하고 있다고 스스로 격려해주려고 한다. 잘했어. 잘하고 있어. 그리고 그만하면 충분해.

최광미
@aa79

괜히 미역국을 끓였다

어른스러운 아이란 말을 많이 들었다. 꽤 어렸을 때부터 나는 철이 들었다고 생각했다. 스스로도 그렇게 생각할 만큼 나는 말을 참 잘 듣는 아이였다. 부모님이 하지 말란 건 안 하고 그어준 선 안에서 살았다. "참, 착해. 이해심도 많지." 하는 말에 나의 정체성을 일찌감치 정의해버렸다. 부모님의 기대에 부응하려는 마음은 나를 더 착한 딸로 길러냈다.

　열일곱 살 즈음이었을까, 그때는 1997년도였다. 멀쩡한 집보다 폭풍이 휘몰아치던 집이 더 많았던 시절. 우리 집도 예외는 아니었다. 아빠 회사도 직격탄을 맞았다. 건강이 수시로 나빠져서 몇 번의 병원 신세를 지게 된 아빠와 고단한 형편을 온몸으로 막아보려고 애썼던 엄마⋯. 나는 아무 힘없는 열일곱 살이었다. 빨리 어른이 되면 좋겠다고 생각했다.

더운 여름, 엄마의 생신이 돌아왔다. '올해는 어떻게 엄마를 기쁘게 해드릴까?' 나는 한 달 전부터 혼자만의 계획을 세웠다. 보통은 편지를 적거나 작은 선물을 사서 축하의 마음을 전하곤 했었다. 엄마는 아무것도 필요 없으니 정 무언가 주고 싶으면 편지나 한 장 써달라고 하고 아무것도 사지 말 것을 미리 다짐받으려고 했다. 알겠다고 심드렁하게 대답했지만 나는 그냥 넘어갈 딸이 아니었다. 자신의 몸을 돌보는 것도 잊은 채일했던 엄마의 생신을 그대로 넘길 수는 없었다.

활짝 핀 꽃처럼 환하게 웃는 엄마가 보고 싶었다. "내가 너희 때문에 산다." 하면서 기뻐하는 엄마의 모습을 그려보면서 올해는 좀 다른 선물을 해야지 생각했다.

토요일 낮이라면 내가 집으로 제일 먼저 돌아오는 날이다. 완벽한 날짜였다. 나는 학교를 마치고 정육점에 들렀다.

"저기, 아저씨… 소고기 좀 주세요."

낯선 곳에서 잘 모르는 물건을 사는 건 긴장이 된다. 엄마와 몇 번 와본 곳이지만 책가방 끈을 쥔 손에는 땀이 배어났다.

"응? 뭐에 쓸 건데?"

"미역… 국, 끓이게요…."

뭔가에 이끌린 듯 정육점 아저씨의 질문에 순순히 대답을 했다. 내 대답 뒤로 더 많은 질문이 쏟아질까 잠시 두려웠다.

"엄마가 얼마큼 사 오란 말은 안 했어?"

"네…. 제가 끓일 거라서요. 엄마 생신이라서…." 결국 하지 않으려고 했던 말이 나왔다.

"아! 그럼 이 정도만 하면 충분하겠네. 아이고 기특하네." 그 뒤로도 지금은 기억나지 않는 칭찬의 말들이 쏟아졌고 나는 빨리 시간이 지나갔으면 했다. 칭찬을 들어도 어떤 표정을 짓고 무슨 말을 해야 하는지 익숙하지 않았다.

소고기를 담은 검정 봉지를 손에 들고 집 앞 슈퍼마켓에 들렀다. 늘 엄마가 사던 '옛날 미역'을 쉽게 찾아서 집었다. 이것 저것 묻지 않고 계산해주는 슈퍼마켓 아주머니가 고마웠다.

집에 와서 교복을 입은 채로 싱크대 앞에 섰다. 미역 봉지를 뒤집어보니 미역국 끓이는 법이 적혀 있었다.

재료는 미역, 쇠고기, 마늘, 참기름, 조선간장. 먼저 불린 미역은 물기를 빼서 준비한다. 참기름을 두른 냄비에 준비된 재료를 넣고 3분간 살짝 볶는다. 물 다섯 컵을 붓고 센 불에서 한소끔 끓인 뒤 조선간장으로 간을 맞춘다. 약불에서 5분간 더 끓이면, 더욱 부드러운 식감과 깊은 맛을 즐길 수 있다.

'역시 별거 없군.' 몇 줄 안 되는 조리법은 다시 읽어보고 말고 할 것도 없이 쉬워 보였다. 나는 그 정도야 쉽게 할 수 있는 고등학생이었다. 봉지 속 소고기를 꺼냈다. 봉지를 덜렁이면서 들고 집에 오는 동안 소고기에서 핏물이 배어나왔다.

'이걸 어떻게 씻어야 하지? 엄마는 어떻게 했더라?' 기억을 뒤져봐도 떠오르지 않았다. '가만있자, 고기 구워 먹을 때 고기를 씻었던가? 그럼 이건 안 씻는 건가? 씻는 건가? 손으로 하나씩 씻어야 하는 걸까?' 아직 본격적인 요리는 시작도 못 한 채 고기를 들고 우왕좌왕했다. 일단 씻기로 결심하고 손을 댔는데 기름이 손에 그대로 들러붙는 느낌이 좋지 않았다. '대충 씻어냈으니 이제 미역만 씻으면 되는구나.'

미역 불리기는 엄마의 등 뒤로 여러 번 본 적 있었다. 분홍색 플라스틱 바가지를 꺼내서 미역을 후루룩 들이부었다.

'이제 조금 기다리면 되겠지?' 불린 미역이라고만 했지 얼마나 불려야 하는 건지 모르는 나는 텔레비전 앞 소파와 싱크대를 왕복하면서 연신 미역을 손으로 건져 만져봤다. '아직 딱딱하니 시간이 더 필요하겠지?' 미역은 좀처럼 불지 않았다. 엄마가 돌아오시려면 시간이 많이 남았으니 털썩 앉아 텔레비전 가요 프로그램 속으로 빨려 들어간다.

"아, 미역!" 생각이 번뜩 들어 후다닥 싱크대로 가보니 뭔가 이상했다. 분명 플라스틱 바가지 안에 잘 담겨 있던 미역이 바가지를 탈출했다. 살아 있는 생물도 아닌데 이상했다. 미역은 바가지를 넘어오다 못해 싱크대 한쪽을 채워가고 있었다. '뭐지? 왜 이렇지? 엄마는 미역을 씻던데. 씻어보자.'

뭔가 잘못되고 있었다. 내가 안절부절못하는 사이 미역은 한쪽 싱크대를 넘어서 반대쪽까지 넘실대면서 손을 뻗치고 있었다. 물을 부으면 부을수록 미역은 검은 손을 뻗었다.

'어떻게 해… 어쩌지… 엄마!' 마음속에서 절로 엄마를 부르게 되었다. 기쁘게 해드리려고 했는데 이제 무슨 일이냐고 혼이 날 것 같았다. 어른처럼 느꼈던 나 자신이 순식간에 일곱 살 아이처럼 느껴졌다. 울어버리고 싶은 심정이었다. 하지만 오늘은 엄마의 생신날이었다. 이대로 두면 안 될 것 같았다.

검정 봉지를 가져와서 불어나는 미역을 쓸어 담았다. 물먹은 미역은 생각보다 무거웠다. 봉지에 담는 와중에도 미역은 점점 세력을 넓혔다. 자가 증식을 하는 건지 섬뜩한 공포 영화의 한 장면처럼 나는 미역과 싸우고 있었다.

　괜히 미역국을 끓인다고 했다고 후회했다. 조리법을 읽어 볼 때는 그렇게 쉬워 보였는데 고작 서너 줄의 설명 말고 아무 것도 없었던 주의 사항이나 손질 방법을 탓해봐야 소용이 없었다. 눈물이 핑 돌 만큼 난감했지만 정신을 가다듬고 10퍼센트 정도의 미역을 골라내 씻고 가위로 잘라서 미역국을 끓이기 시작했다. 시킨 대로 참기름에 고기와 같이 볶아서 센 불, 약불. 그런데 내가 알던 색깔이 아니라 초록색이 돌았다. 간을 보니 참기름과 바닷물 맛이 났다.

　"웩." 가뜩이나 약한 비위가 상했다. 깊고 구수한 맛이 나야 하는데 여름방학 때 해변에서 튜브가 뒤집혀 맛보던 그 물맛이 났다. 소금을 넣고 간을 보고 또 물을 더 넣고 간을 봤다. 그렇게 서너 차례 물과 소금을 번갈아 사용했지만 맛은 도저히 나아지지 않았고 그대로 냄비 뚜껑을 덮었다.

엄마는 퇴근을 하고 돌아왔다. 나는 사고를 친 어린아이처럼 안절부절못하면서 말을 꺼냈다. "엄마, 사실은…." 쭈뼛거리면서 말을 못 하고 있으니 엄마는 코를 킁킁거렸다. 엄마는 광대가 올라가며 어디서 맛있는 냄새가 난다면서 싱크대 위 냄비 쪽으로 다가갔다. "세상에 이게 뭐야? 우리 딸이 엄마 주려고 끓인 거야?" 뚜껑 여는 걸 말리고 싶을 만큼 처참한 맛이라서 얼른 말을 꺼냈다. "근데 아무리 해도 맛이 이상해…. 맛이 없어서 버려야 할 것 같아." 엄마는 버리긴 왜 버리냐면서 숟가락을 꺼내 간을 보고 맛있다고 내게 말을 했다.

나는 사실 사고를 쳤노라 고백하며 싱크대 안 검정 봉지를 손가락으로 가리켰다. 불어난 미역이 무서웠다고 그래서 검정 봉지에 가둬놨다고 고해성사를 하니 엄마는 혼내기는커녕 그 미역 한 봉지를 다 넣은 거냐고 엄청나게 크게 웃으셨다.

열 배가 불어나는 마른미역의 정체를 알 리 없는 몸만 큰 열일곱 살의 첫 미역국 도전기는 그렇게 처참하게 남은 46인분의 미역과 함께 우리 가족 모두의 뇌리에 기억되었다.

이선미
@longkissgn

늪에서 울지 않고
걸어 나오기

그 정도면 충분했다. 반지하 단칸방 월셋집으로 출발해서 결혼 12년 만에 방 세 칸짜리 아파트를 갖게 되었으니. 은행 대출을 받아 내 이름으로 문패 단 월셋집이라는 다소 냉소적인 농담도 위로로 여겼다. 욕실과 부엌을 고치고 평생 살기라도 할 듯 안방엔 붙박이장을 들였다. 그러면서도 소파는 거실 크기에 비해 몸집이 큰 걸 두었다. 더 큰 집으로 이사 가게 되면 적당한 크기일 거라는, 앞뒤 맞지 않는 '빅 픽처'를 그린 셈이다. 이젠 세입자가 아닌 집주인이니까 반상회에도 참석했다.

 사람들이 제일 갖고 싶어 하는 아파트는 몇 평일까? 30평도, 50평도 아닌, 옆집보다 한 평 큰 집이란다. 비교 의식의 끝판을 보는 것 같아 쓸쓸한 표정으로 웃고 말았다. 내가 그 사례가 될 거라곤 생각조차 못 했다.

결혼 후 처음 내 집이 생겼다는 기쁨도 서서히 흐려졌다. 시간이 흐르면서 더 넓은 집으로 옮기고 싶다는 바람이 고개를 들었다. 살고 있던 집이 세상 답답하게 느껴졌다. 뜬금없이 서재가 있었으면 좋겠다는 생각을 했다. 여유가 있으면 빌린 돈부터 갚는 게 당연한데, 집 담보대출은 으레 있는 지출이려니 했다. 대출을 더 받아 더 큰 집으로 옮겨 가도 감당할 수 있을 거라 착각했다. 기고만장했다. 한 치 앞도 모르는 게 인생인 걸 그때는 몰랐다. 언제까지나 '지금' 같을 줄 알았던 거다. 한 동네 살던 손위 동서에 대한 시샘이 욕심에 부채질했음도 시인한다. 큰집은 말 그대로 '큰' 집에 살고 있었다. 당시 붐이 일기 시작한 김치냉장고와 가정용 정수기, 외국 브랜드의 대형 텔레비전을 갖춘 살림살이였다. 게다가 손위 동서는 나처럼 목 늘어나고 무릎 나온 '아무거나'가 아닌, '실내용 투피스'를 입고 지냈다.

그러저러한 모든 핑계가 더 큰 집에 살겠다는 무모한 계획을 실행에 옮기는 데 힘을 보탰고, 결국 그렇게 되었다. 당시엔 갑자기 아파트값이 폭등하던 시기였다. 자고 나면 1000만 원씩 값이 치솟았다. 30평대가 1000만 원 오를 때, 50평대는 3000만 원이 오르는 식이었다. 더 오르기 전에 하루빨리 사야 한다는 생각뿐이었다. 한번 알아나 보자고 부동산 중개소에 발을 들여놓던 그 순간은 내 인생 후회 목록 첫 번째 순위다.

중개인은 먹이를 발견한 승냥이처럼 나를 끌어당겨 매물을 보여주더니, 연일 꼬드겨오기 시작했다. 살고 있는 집이 팔린 것도 아닌데 살 집부터 덜컥 계약할 수 없다며 머뭇거리는 내게, "요즘 같은 시기에 지금 살고 있는 집은 하루 이틀이면 무조건 거래가 된다, 책임지고 팔아주마, 며칠 지나면 지금보다 더 오른다."라고 했다. 덜컥 계약을 했다.

열흘쯤 지났을까, 거래가 줄어드는가 싶더니 덩달아 집값도 내려가기 시작했다. 입주 날짜는 다가오는데 살고 있는 집을 보러 오는 사람은 없었다. 이사 갈 집은 말끔하게 수리가 끝난 채로 비어 있었다. 은행 대출이자 날짜는 한 치의 어긋남도 없이 매달 돌아왔고, 나는 부동산 중개소 문턱이 닳도록 드나들며 빨리 집을 팔아달라고 중개인을 닦달했다. 중개인이 할 수 있는 일은 없었다. (그 중개인은 내 경우처럼 매매를 부추겨 여럿을 곤경에 빠뜨렸다고 한다. 얼마 뒤 중개소 문을 닫더니 자취를 감췄다.) 불안과 초조함으로 모든 게 엉망진창이었다. 잠도 제대로 잘 수 없었고, 코미디 프로는 뉴스보다 별로였다. 내가 무슨 일을 벌인 건지 하나둘씩 알아갈 때마다 나도 몰랐던 나의 '허세'가 까발려져 적나라하게 드러났다. 경험이나 교훈 같은 점잖은 표현이 오히려 부끄러운 시간이었다.

　우여곡절 끝에 살던 집을 팔았다. 처음에 내놓은 시세보다 어마어마하게 낮은 가격이었다. 차액은 고스란히 빚이 되었다. 바라던 대로 서재가 생겼다. 그럴듯한 책상과 책장도 생겼다. 책은 잘 읽히지 않았다. 매달 내야 하는 대출이자가 버거웠고, 결국은 '그' 늪에 빠지고 말았다. 카드 돌려 막기. 겪어본 사람만 안다. 늪이다. 이사한 새 집을 싸게라도 팔자는 심정에 매물로 내놨지만 한차례 폭풍이 지나간 부동산 시장은 쥐 죽은 듯 조용했다. 절벽 위 나무에 대롱대롱 매달려 있던 우리는 결국 손을 놓아버렸다. 남편은 신용불량자가 되어 개인회생을 신청했고, 내게는 '사전채무조정'이라는, 그보다는 조금 덜 심각한(?) 채무자 딱지가 붙었다.

　비록 빈손이었지만 빚이 없어지고 나니 우선은 그것만으로도 살 것 같았다. 신혼 때보다 더 가난해졌으나 '아직 젊고 일할 수 있으니 힘내자.' 하고 우리 부부는 서로 마주 보았다. 시간을 되돌리고 싶다는 생각은 이미 100만 번 이상 했다. 그 생각에 매달려 있었다면 지금쯤 최소한 알코올 중독자가 되었거나 강원랜드를 기웃거리는 부랑자가 되었을지도 모른다. 그도 아니라면 다른 세상에 가 있을는지도… .

그 일이 있은 지 10여 년이 지났다. 아직 형편이 회복되지는 않았다. 물론 우리는 여전히 최대의 자산인 '꾸준함'을 무기로 살고 있다. 암흑 같던 시간에도 우리는 생일 파티를 했고, 결혼기념일을 챙겼다. 제주도로 여행을 다녀오기도 했다. 치킨 배달 정도는 사치가 아님도 안다.

　집을 팔아달라고 동네 중개소마다 찾아가 징징대던 무렵, 한 중개인의 이야기가 아직 또렷하다.

　"저도 그 경험 있어요. 중개사는 부동산에 대해 잘 아니까 그런 실수 안 할 거 같죠? 아니에요. 아니까 실수하기가 더 쉬워요. 그런데요, 젊어 저지른 돈 실수는 어느 정도 만회가 되지만, 나이 들어 저지른 돈 실수는 회복하기가 어렵더라고요."

백번 지당한 말이었다. 가랑이가 찢어질 정도로 대출을 받으면서, 우리의 경제 능력이 '늘' '이 정도'는 될 거라고 막연히 예상했다. 심지어 더 나아질 거라고 기대하기까지 했다. 근거는 없었다. 결혼을 하면, 아이가 생기면, 집을 사면, 더 이상의 바람은 없을 줄 알았다. 그러면 '내가' 행복한 거라고 믿었다. 아니었다. 그 어느 것도 내게 행복을 '가져다주지'는 않았다. 소용없다는 뜻이 아니다. 가족이 없었다면 인생에서 아주 많은 부분이 달라졌을 거다. 그럼에도 뭔가 빠진 듯한 기분에서 나올 수 없었다. 궁극의 '그분'에게 기댈 요량으로 세례도 받았다. 의지할 절대자가 있다는 건 분명 도움이 된다. 그뿐이었다.

나를 사랑하지 않았다. 그게 뭔지 몰랐다. 나라는 사람은 어떤 사람인지, 인생을 어떻게 살고 싶은지 내게 물어보지 않았다. 간절하게 바라는 게 뭔지 골똘히 들여다보지도 않았다. 가진 것, 누리는 것이 곧 나인 줄 알았던 게다. 나를 사랑하는 일이 빠져 있어서 '바깥'의 조건들에 집착했다. 결혼이나 아이, 재산 모두 바깥의 조건이다. 안의 만족과 자존감은 바깥의 것들로 채워지지 않는다. 스스로가 자신에게 좋은 사람이 되어야 했다. 그걸 배우느라 너무 비싼 인생 수업료를 치렀다.

일기를 쓰기 시작했다. 누가 볼 일도 없으니 내키는 대로 썼다. 처음에는 반성문과 결의문의 반복이었다. 그런 내용이 이어지니 죄책감이 생기기도 하고 스스로가 하잘것없이 여겨졌다. 그러다 어느 순간인가 내가 참 열심히 살아왔다는, 고단하겠다는 생각이 들었다. 안쓰럽고 기특했다.

사는 속내를 글로 옮기는 시간은 소중하다. 나를 사랑하는 내가 되기 위한 시간이기도 하다. '쓰는' 일은 '낫는' 일이다. 다른 사람들의 글을 읽으며 그들 역시 나와 마찬가지로 실수하고, 무너지기도 하며, 상처 난 무릎으로 다시 딛고 일어서는 모습을 봤다. 누군지도 모르는 이로부터 받는 위로는 경계 없이 받아들여진다. 돌이킬 수 없는 실패를 저질렀다는 죄책감과 수치심에서 벗어나도록 손을 내미는 듯했다. 꼭 내 얘기를 하고 있는 것 같은 글을 읽을 때는 '나만 그런 게 아니구나. 잘못된 선택이 곧 실패한 인생은 아니구나.' 하고 안도하기도 한다. '나도 누군가에게 그런 역할을 할 수 있을까? 글로 누군가에게 힘이 될 수 있을까?' 하는 생각에 서투르고 어설프지만 이야기를 나누고 싶었다. 푹 파묻혀 허우적거리던 늪에서 빠져나와 한 발짝 떨어져, 나를 마주하게 되는 것이다. '낫는' 과정이다. 또렷한 징후가 있는 건 아니지만 낫는 중이라는 걸 어느 틈엔가 저절로 안다. 행복해진다. 그러니 아무리 엉덩이가 배기고 손가락이 저려와도 어떻게 쓰지 않을 수 있겠는가. 글을 쓰는 내가 사랑스럽다.

이지인
@sodotel

아기를 기다림에는
실패란 없다

저희 부부는 동갑내기로 둘 다 아이들을 무척 좋아했습니다. 그래서 결혼하고 바로 아기를 갖길 원했는데 2년이 지나도 소식이 없자 바로 불임 검사를 위해 산부인과로 갔습니다. 2007년 그 당시만 해도 난임이 아닌 불임이란 단어를 사용했던 때였습니다. 검사 결과 저는 배란이 불규칙하고 다낭성난소질환이 있다고 하더군요. 게다가 나팔관 양쪽이 유착되었다는 것을 알게 되었습니다. 선생님은 그래서 자연 임신이 안 되었다고 말씀하셨습니다. 바로 복강경 수술 날짜를 잡아 나팔관이 유착된 것을 정상으로 만들고 자궁내막증 치료도 받았습니다.

　며칠 후 자연 배란 주기에 맞춰 인공수정을 했는데 실패였습니다. 그다음부터는 배란이 잘되는 주사를 맞고 인공수정을 시도했습니다. 그러나 인공수정을 통한 임신이 연달아 유산되었습니다. 다섯 번째 인공수정은 쌍둥이였는데 하나는 자연스럽게 출혈이 되며 유산되었고 다른 하나는 자궁외임신으로 나팔관 절제를 했습니다. 여섯 번째도 유산이었습니다.

자꾸 임신 초기에 유산이 되자 습관성유산 검사도 해봤는데 원인을 알 수가 없다고 하더군요. 저는 한두 번만 울고 그 뒤로는 울지 않았어요. '이번에도 약한 아기가 찾아왔나 보다.' 하고 상황을 간단하게 받아들였습니다. 무엇보다 포기하지 않고 될 때까지 해보자는 마음이 생겨났습니다.

인공수정에서 자꾸 실패하자 병원을 바꾸어 시험관 시술을 시작했습니다. 과배란 주사를 맞으며 난자 채취를 하여 수정란을 얻었습니다. 그 수정란으로 네 번의 시험관을 했는데 모두 실패했습니다. 이상한 일이었습니다. 인공수정보다 임신 확률이 높은 시술인데, 안 되는 이유를 알 수 없었습니다. 몇 달이 지나며 몸도 마음도 지쳐갔습니다. 각종 주사에, 약에, 특히나 임신인지 기대했다 실망하는 일이 반복되니 괴로웠습니다. 흐린 줄도 안 보이는 임신 테스트기를 하루 종일 바라보다가 이러다 미치는 거 아닐까 하는 생각이 들 정도였습니다.

남편이 옆에서 힘들어하는 저를 바라보며 이제 그만하자고, 아기는 포기하고 둘이 알콩달콩 이쁘게 살자고 하더군요. 마침 남편이 회사 발령을 받아 우리는 서울에서 경기도로 이사를 하게 되었고 새로운 마음으로 잘 살아보자고 함께 다짐했습니다. 강아지도 키우기 시작했습니다. 강아지와 매일 산책하고 같이 운동하는 생활을 하니 건강해지고 삶에 활력이 생기더군요. 우리 부부의 몸과 마음도 치유되는 듯했습니다.

어느 날 시어머니와 통화를 하는데 시어머니께서 "아가, 다시 한번 얘기하지만 네 몸이 상할까 봐 그러니, 앞으로는 시술하지 말자. 우리는 손주 다 필요 없고 너희 둘만 재미있게 행복하게 건강하게 살면 된단다. 그런데 혹시라도 네가 도저히 포기가 안 된다면 언제든 지원해줄 테니 아무 때나 얘기하렴." 하고 말씀하셨습니다. 어쩜 이렇게 제 마음을 잘 아시는지 눈물이 펑펑 나더군요.

시어머니도 아이를 더 낳아 기르고 싶으셨는데 양쪽 나팔관을 절제하신 후 아이가 생기지 않아 외아들인 남편 하나를 키우셨다고 하시더군요. 그래서 제 마음을 누구보다 잘 알아주셨나 봅니다. 아기 없이 살기로 했는데 포기가 안 되는 그 마음을 말이죠. 다니던 병원에 전화를 걸었습니다. 1회분의 시험관 시술을 할 수 있는 수정란을 냉동해둔 것이 기억났기 때문입니다. 아무도 모르게 마지막 시험관 시술을 하고 오기로 마음먹었습니다.

며칠 후 병원으로 향했습니다. 시험관 시술에서 이식을 하고 나면 안정을 위해 한 시간여 누워 있다 오는데요. 이불을 덮어도 손발이 차가워지고 춥다는 느낌이 항상 듭니다. 긴장도 되고 혈액순환도 잘 안 돼서 핫팩을 꼭 쥐고 수면 양말을 신었습니다. 그렇게 이식을 마치고 집으로 돌아오는 직행버스를 탔습니다. 상의 없이 다녀온 거라 남편에게 괜히 미안하기도 하고 아기 없이 살기로 했는데 약속을 안 지켰으니 혼날까 봐 걱정도 되었습니다.

이런저런 생각에 빠져 있는데 갑자기 버스가 끼익 급정거를 하고 오른쪽, 왼쪽 차선을 왔다 갔다 하는 등 난리가 났더군요. '이러다 사고 나는 거 아니야?' 하며 너무 놀라 손잡이를 꽉 붙잡았습니다. 몸이 앞으로 쏠리고 옆으로 흔들리니 속이 울렁거렸어요. 무슨 일인가 하고 보니 버스 기사님과 옆 차선 자가용 운전자 간에 시비가 붙은 것이었습니다. 무서움과 긴장 속에 한 시간여를 있다가 벌렁벌렁하는 가슴으로 집으로 왔습니다. 이식하고 나서 절대 안정을 취해도 모자란데 사고까지 날 뻔했던 버스를 타고 오다니요. '마지막 시험관도 실패구나. 포기하자.'라며 모든 것을 내려놓았습니다.

이전에 시험관 시술을 했을 때는 이틀이나 사흘은 절대 안정을 취하며 누워 있었는데요. 미리 포기한 이번에는 평소대로 청소하고, 빨래하고, 요리하고, 강아지와 산책하고 여기저기 다니며 바쁘게 보냈습니다. 게다가 남편한테까지도 비밀로 하고 혼자 다녀온 시험관 시술이라 티를 내면 안 되는 상황이니 더더욱 평상시처럼 보냈습니다.

이식 후 7, 8일째가 되자 임신이 안 된 걸 확실하게 확인해보고 싶었습니다. 임신 테스트기 결과는, 제 생애 마지막 시험관 5차의 결과는 임신이었습니다. 흐리지만 두 줄이 바로 뜨더군요. 지난 네 번의 시험관 시술에서 한 번도 임신이 안 되더니 마지막은 임신이었습니다. 인생은 정말 아이러니하더군요. 기쁨보다 얼떨떨했습니다. 그리고 또 유산되는 건 아닌지 걱정이 앞서기 시작했어요.

그날 저녁 남편이 퇴근하자 이실직고를 했습니다. 혼자 마지막 시험관 시술을 하고 왔는데 임신이 되었다고 하자 남편 역시 기쁨 반, 걱정 반의 표정이었습니다. 유산이 자꾸 되었으니까요. 이제는 임신 성공을 기뻐만 할 때가 아니라 유산되지 않도록 지켜야 한다는 절박감이 생겼습니다.

다음 날 병원에 가서 피검사를 하니 정상 수치가 나왔습니다. 담당 선생님은 유산한 적이 많으니 면역 주사를 맞자고 하셨습니다. 그리고 임신 노력을 위해 수지침을 맞고 수지뜸을 뜨기 시작했습니다. 그러면서 방광염도 없어지고 몸이 많이 따스해졌습니다. 아기를 지키기 위해 열심히 했습니다.

임신 5, 6주쯤 이쁜 아기집을 봤고 임신 7, 8주쯤 아기 심장 소리를 들으러 남편과 병원에 갔습니다. 여섯 번의 유산을 겪으면서 단 한 번도 아기 심장 소리를 들어본 적이 없는 터라 초긴장 상태였습니다. 진료실로 들어가 초음파 기계를 넣자마자 바로 소리가 들렸습니다. "두구두구두구…." 엄청나게 크고 빠른 아기 심장 소리였습니다. 콩알보다도 작은 아기는 정말 심장이 빨리 뛰었고 소리도 크더군요. 남편과 동시에 눈물이 왈칵 쏟아졌습니다. 이 소리를 듣기 위해 멀리멀리 돌아왔구나 싶더라고요. 결혼 6년 만에 여섯 번 유산을 거치고 처음 들어본 우리 아기의 심장 소리였습니다.

선생님이 심장 소리를 녹음해주셨습니다. 집에 와서 아기 심장 소리를 얼마나 자주 들었는지 모릅니다. 그렇게 받고 싶었던 산모 수첩도 받았습니다. 또 그렇게 듣고 싶었던 "산모님, 다음부터는 산모 수첩 꼭 가지고 오세요."라는 말을 들었습니다. 기분이 묘하기도 하고 좋더라고요.

피검사 이후 시작된 입덧이 심장 소리를 듣고 온 날부터 점점 심해지기 시작했습니다. 무엇이든 먹고 나면 바로 토했습니다. 물만 먹어도 토를 해서 종일 변기를 잡고 지냈습니다. 참 신기한 건 여섯 번의 임신을 했을 때는 입덧을 한 적이 한 번도 없었다는 것이었어요. 저는 입덧을 심하게 하면서도 '아기가 건강하게 잘 있구나.'라고 생각하며 감사하게 버틸 수가 있었습니다. 그리고 오히려 마음이 놓이고 안심이 되었습니다. 그렇게 열 달 동안 아기를 지켜내고 건강하고 이쁜 딸을 만났습니다.

저는 수많은 임신 실패를 했지만 그건 실패가 아니었습니다. 임신 성공으로 가는 기다림의 과정이고 준비 과정이었습니다. 난임으로 힘들어하시는 분들에게 꼭 말씀드리고 싶어요. 가장 좋을 때 가장 건강한 아기를 만날 수 있다고요.

현지강
@ji2

나는 다를 거라는 착각

언젠가부터 외국에서 살아보고 싶다는 생각을 종종 했다. 스물일곱 살, 나는 워킹홀리데이를 떠나기로 결심했고 1년 뒤 뉴질랜드행 비행기에 올랐다. 현지 회사에서 디자인 일을 했던 나는 나름대로 성공적인 워킹홀리데이를 다녀왔다고 생각했지만 아이러니하게도 '실패와 두려움'이라는 키워드를 보는 순간 워킹홀리데이가 가장 먼저 떠올랐다.

대학 졸업 후 어느 작은 디자인 회사에 입사했다. 사람들도 좋고 업무도 나쁘지 않았지만, 고작 몇 개월이 지나자 이 생활이 벌써 질려버렸다. 나는 뭔가 다를 줄 알았다. 아무것도 내세울 게 없으면서 '이렇게 작은 회사에 있기에는 내 청춘이 너무 아깝다.'라는 오만한 생각까지 했다. 더 넓은 세상을 보고 싶었다. 그래서 외국에서 살아보고 싶다는 생각을 했는지도 모르겠다. 하지만 준비되어 있지 않았기에 누구나 그렇듯 현실에 순응하며 지냈다.

2년쯤 지나 잘 다니던 회사를 그만두었다. '내가 도대체 원하는 삶이 뭘까? 나는 이 일과 안 맞는 것 같아.' 이런 생각에서 벗어날 수 없었다. 한창 떠들썩하던 제주 한 달 살기를 하러 떠났다. 제주는 생각보다 더 좋았지만, 막상 내가 뭘 해야 할지 답을 내리진 못하였다. 생각하는 시간이 많아져서 그런지, 어느 날 갑자기 잊고 살았던 '워킹홀리데이'가 떠올랐다. 조금 무모한가 싶었지만 지금이 아니면 못 갈 것 같았다. 나라를 정하는 것도 단순했다. '제주처럼 자연이 아름다울 것 같은 뉴질랜드는 어떨까?' 가야겠다는 결심뿐이었다. 결심과 동시에 일을 찾지 못해서 돈을 탕진하면 어쩌나 걱정도 들었다. 하지만 그래도 괜찮았다. 무모하지만 꿈에 가득 찼다.

결심을 하고 뉴질랜드로 떠나기까지는 1년이 걸렸다. 자연스러운 의사소통을 위해 영어는 필수였는데 나는 오로지 돈만 열심히 벌었다. 입 한번 뻥긋하지 못한다는 사실을 뉴질랜드에 도착해서야 깨달을 수 있었다. 많은 도전과 경험을 하기 위해서 워킹홀리데이를 떠나기로 결정한 건데 준비하는 동안 그 다짐이 잊힌 거였다. 현지 어학원에 한 달 동안 다녔지만 마찬가지였다. 한 달 만에 귀와 입이 트일 수 없었다. 못 알아듣는 자신이 너무 창피하고 부끄러워서 더 귀와 입을 닫게 되었다. 노력하지 않은 것은 아니겠지만 아쉬움이 남았다.

시간이 흐르고 일을 구해야 할 시점이 왔다. 어느 정도 영어를 구사한다면 원하는 일을 선택할 수 있는 폭이 넓었다. 하지만 나는 영어에 자신이 없었다. 선택의 폭은 넓지 않았지만 뉴질랜드까지 와서 한국인 사장 밑에서 일하기는 싫었다.

나의 첫 일자리는 바라던 대로 키위 잡이었다. (뉴질랜드 현지인을 키위라고 부른다.) 카페였던 그곳은 동네에서 꽤 인기가 많았고 인테리어도 화사하고 예뻤다. 홀에서 일하는 사람들도 즐거워 보였고, 손님들도 우아하게 브런치를 먹는 곳이었다. 하지만 나는 키친 핸드, 즉 주방 보조였다. 요리에 뜻이 있었다면 정말 좋은 기회일지도 모르겠으나, 나는 아니었다.

손님을 뒤로하고 하나의 벽을 지나서 있는 주방은 그야말로 전쟁터였다. 커피뿐 아니라 브런치 메뉴를 함께하기에, 식당 주방과 다를 바 없었다. 그렇게 많은 설거지는 태어나서 처음이었다. 곱게 자란 편이 아니라고 생각했지만 물 때문에 손이 팅팅 부르트고 나이프나 포크에 베이는 일이 잦았다. 음식물이 가득 찬 봉투를 쓰레기통에 던지다 봉투가 터져 옷을 버리게 되는 일이 가장 최악이었다. 나는 버티고 버티다 3주 만에 그만두었다.

그 후로 일을 구하는 건 너무나 힘들었다. 거들떠보지도 않던 한인 잡에도 지원하기 시작했다. 여러 기회가 있었지만 나를 찾아주는 곳은 없었다. 뉴질랜드에 도착한 지 4, 5개월쯤 지나자 돈도 거의 바닥을 보여 딱 한 달 더 살 돈만 남았다. 평소에 느긋한 성격이지만, 여기서 계속 지낼 수 없을 거라는 생각이 들자 너무나 불안했다. 이렇게 왔던 곳으로 돌아가면 내게 아무것도 남지 않을 것 같았다. 꽤 오랫동안 검은 아우라를 풍기며 우울하게 지냈다.

그러다 조금만 더 버텨보자고 마음을 다잡았을 때, 어떤 인테리어 회사에서 디자이너 인터뷰가 잡혔고 한인 잡도 아니었다. 나는 마지막 기회라는 생각에 능숙하지 않은 영어로 정말 열심히 인터뷰에 참여했다. 사장님은 내가 영어를 잘 구사하지 못하는 것을 알았지만 내가 준비한 포트폴리오가 마음에 드셨는지, 한국인에 대한 긍정적인 이미지를 가지고 있었는지, 영어 공부를 열심히 해야 할 것이라는 우호적인 조언을 해주었다. 그렇게 나는 그곳에서 일하게 되었다.

인테리어 회사에는 다양한 국적을 지닌 직원들이 있었고 자연스레 모두 영어를 썼다. 나는 여전히 영어를 구사하는 일이 두려웠다. 디자인이라는 것이 작업물로 표현하는 게 우선이긴 해서 어찌어찌 버틸 수는 있었다. 그래도 나의 디자인을 설명해야 할 때라든지, 손님 응대를 할 때라든지, 전화를 받아야 한다든지, 이런 상황에서 언어가 나를 위축되게 만들었다. 그래도 몇 개월 지나니 귀가 트이기 시작하며 조금씩 나아짐을 느끼긴 했다. 인테리어는 처음 하는 일이라 초반엔 실수도 많이 했지만, 점점 일이 익숙해지고 척척 처리하는 나 자신이 대견하기도 하고 뿌듯하기도 했다. 성취감이 들었다.

시간이 흐르고 워킹홀리데이 비자가 끝나갈 때쯤 남을 것인지 돌아갈 것인지 선택을 해야 했다. 이 생활이 나쁘지는 않았지만 어차피 한국으로 돌아갈 거라면 빨리 가야겠다고 생각했다. 인테리어 디자인 일은 사실 나의 성향에 맞지 않았고, 경력에도 크게 도움이 되지 않을 거라고 판단했기 때문이다. 하지만 돌이켜보면 핑계였다. 제일 큰 문제는 언어적인 두려움이었다. 이 두려움 때문에 나는 여기서 계속 살 수 없을 거라는 결론을 너무 빨리 지었다. 조금만 더 함께 일하자는 사장님과 동료들의 제안에도 나는 단호했다. 그땐 그게 잘한 결정인 줄 알았다. 그렇게 뉴질랜드 생활을 청산하였다.

고작 1년도 채 살지 못하고 돌아왔지만 나는 그곳을 종종 그리워한다. 가끔씩 조금 더 버텼어야 했나 후회를 한다. 출근 시간에 맞춰 트레인을 타고 바쁘게 일터로 향하던 그때가, 어쩌면 이방인이 아니라 그곳의 사람들과 동화된 모습은 아니었을까? 그런 모습이 나를 어깨 으쓱하게 만들었을지 모르겠다. 그래서 그때 조금 더 노력했더라면, 조금 더 뻔뻔했더라면, 조금 더 버텼더라면 잘 적응할 수 있지 않았을까 가정하게 되는지도 모른다. 되돌아보면 문제는 영어라는 언어라기보다는 나의 마음 한 켠에 자리 잡은 두려움 때문이 아니었나 싶다. 부족함이 있어도 자신감을 품은 채 실수하고 부딪히며 조금 더 적극

적이었다면 어땠을까?

나의 워킹홀리데이는 실패에 가깝다. 그러나 실패라고 단정하고 싶지는 않다. 여러 추억거리와 내가 쏟은 노력이 아른거리니까. 하지만 마음을 열고 나를 둘러싼 것들을 받아들였더라면 생활이 조금은 달라졌을 거다.

20대 내내 '나는 어떤 사람인가?' '나는 어떤 일을 하고 싶어 하는가?'에 대한 답을 얻기 위해 고민을 계속하고 방황하고 있다. 아직 결론을 내리지 못했다. 사람은 늘 후회를 하고, 실패를 경험하고, 그것에서 무언가를 배운다고 한다. 나는 무언가를 배웠을 것이다. 나는 아직도 나를 잘 모르지만, 조금씩 나를 알아가고 있다. 수많은 경험을 통해 실패하고 두려워했지만 조금씩 성장해가고 있다고 믿는다.

이진민
@jinmin111

안 되는 게 되는 거다

마흔도 훌쩍 넘은 나이에 팔꿈치를 돌바닥에 갈았다. 뒤늦게 자전거를 배우고 있기 때문이다. 남편으로 보이는 사람이 잡고 있는데도 자전거 위에서 소리만 꽥꽥 지르는 동양 여자를, 산책 나온 주민들은 신기하다는 듯 웃으며 바라본다. 자전거 선배인 아이들은 엄마의 그런 모습이 재밌나 보다. 눈을 반짝이며 깔깔거린다. 이렇게 타는 건데, 하고 자기 자전거에 올라 제비처럼 한 바퀴 쌩하고 달려 돌아오기도 한다. 고꾸라져 넘어지는 느낌은 참 오랜만이다. 얼얼하고 아프다.

빠른 속도는 대체로 고통을 수반한다. 100미터를 전력 질주하고 났을 때 가슴이 터질 것 같고, 스키에 두 발을 얹고 뽀득거

210

리는 언덕을 시원스럽게 내려온 다음 날은 근육이 온통 뻐근하듯이. 내가 40년 이상 지면과 닿아온 속도를 바꿔보려다 보니 이렇게 온몸에 힘이 잔뜩 들어가고 피가 맺힌다.

나는 원래 기계와 빠른 속도에는 젬병이다. 이 비루한 몸뚱이가 빠른 경우가 있다면 잠들 때뿐이다. 머리만 대면 자기 때문에 아이들을 재우다 내가 먼저 곯아떨어져, 아이들이 마음껏 엄마 눈, 코, 입을 후빌 수 있게 친근한 얼굴을 제공한다. 그것 말고는 평소에 밥을 먹는 것도, 걷는 것도 느리다. 마음도 대체로 느긋한 편이다. 나는 거북이라는 별명을 꽤 오래 달고 살았다. 누가 머리를 건드리면 목이 쏙 움츠러드는 까닭에 붙은 별명이었지만, 사람들은 내가 거북이라고 하면 대체로 온화한 미소와 함께 알 것 같다는 표정들을 했다.

운전을 시작할 때도 꽤나 애를 먹었다. 남이 운전하는 건 롤러코스터나 바이킹을 타고서도 환한 미소를 잃지 않는데, 내가 운전하는 빠른 탈것은 무섭고 겁이 난다. 도로 운전을 시작하고서 나는 가벼운 접촉 사고를 내는 꿈에 무수히 시달렸다. 사고는 꿈에서만 내고 현실에서는 제대로 낸 적이 없다는 사실이 더 신기할 정도로, 운전하는 꿈만 꾸면 그렇게 앞차에 슬금슬금 다가가 콩 박곤 했다. 사실 주행 중 접촉 사고보다는 주차장 기둥에 호쾌하게 긁기가 내 전공이다.

자전거도 무섭다. 자전거는 왜 기본형이 네 발이 아니고 두 발인 것인가. 그냥 당당하게 네발자전거를 타고 다녀볼까. 그리고 자전거 안장은 왜 이렇게 딱딱한 거야. 엉덩이가 사르르 녹을 만큼은 아니더라도, 좀 부드러운 승차감을 고려할 순 없는 건가. 거듭되는 실패와 불만 속에서 슬며시 고개를 드는 생각이 있다. 이걸 과연 해낼 수 있을까. 이 나이에 내가 무슨 부귀영화를 보겠다고. 지금껏 자전거 못 타고도 잘 살아왔는데.

어렸을 때 자전거를 배운 적이 없다. 언니들까지는 두발자전거가 있었던 것 같은데, 그 시절 워낙 자주 도둑을 맞다 보니 부모님은 더 이상 자전거를 사주지 않으셨다. 그래서 나는 두 발을 땅에 착 붙인 채 살아왔다. 그럭저럭 살만했다. 동아리에서 강촌으로 엠티를 갔을 때, 나 혼자만 자전거를 탈 줄 몰라서 몹시 민폐를 끼쳤던 것 빼고는. 고등학교 3학년을 갓 탈출했던 나는 지금과는 비교할 수 없을 만큼 무거웠고, 뒤에 나를 태워 자전거 페달을 밟던 비쩍 마른 친구는 안 그래도 더운 여름날에 땀을 뻘뻘 흘렸다.

그런데 독일에서 살다 보니 사람 구실을 하려면 자전거를 탈 줄 알아야 하는 것 같았다. 걸음마도 익숙하지 않은 아이들에게 자전거를 내밀고, 초등학교 4학년이 되면 누구나 시험을 봐서 자전거 면허를 따야 하는 나라다. 소아과에서 발달 상태를 체크할 때도 의사는 아이가 어느 단계의 자전거를 탈 수 있는지를 늘 묻곤 했다. 봄이 되면 땅에 두 발을 딛고 걷는 사람은 나 하나뿐인가 싶을 만큼 많은 자전거가 세상에 동글동글 쏟아져 나온다. 특히 올봄엔 코로나바이러스로 집에 틀어박혀 뻐근하게 지내다 보니 가족들이 일렬로 자전거를 타고 가까운 숲이며 호수로 나들이 가는 모습이 참 좋아 보였다. 나도 배워 볼까. 내년쯤 이사 갈 동네에는 슈퍼마켓이 꽤 멀리 떨어져 있으니 지금 배워두면 나중에 바구니를 단 자전거를 타고 장을 봐 올 수 있지 않을까.

그러고 나서 계속 땅으로 고꾸라지는 중이다. 아니 다들 어떻게 저리 쉽게 쏙쏙 타는 거지. 첫째 아이는 네 살이 되고 보조 바퀴를 떼었을 때, 거의 5분 만에 요령을 터득하고 안정적인 주행을 선보여 잔뜩 졸아 있던 나를 놀라게 했다. 남편과 아이들이 엄마 오리 새끼 오리처럼 자전거를 타고 쫑쫑 놀이터를 향할 때, 나는 뒤에서 헐레벌떡 뛰어가느라 늘 숨이 차다. 그럴 때면 그냥 나는 뒤에서 말이나 탈까 싶기도 하다. 독일 시골 마을인 우리 동네에는 실제로 말이 제법 다닌다. 말은 발이 넷이니까 안정적이지 않을까? 하지만 자전거에 비해 말은 유지비가 너무 많이 들었다. 말 때문에 차를 팔 수는 없지.

《논어》〈옹야〉편에 보면, 선생님처럼 사는 건 힘에 부치는 일이라며 앙탈을 하는 제자 염유에게 공자께서 말씀하신다. "힘에 부친다는 것은 힘껏 길을 달리다가 쓰러지는 것을 말한다. 지금 너는 마음으로부터 선을 긋고 있구나."

사실은 힘에 부치는 게 아니라 마음이 위축된 것이라는 말씀이다. '못 하는 게 아니고 안 하는 것 아니니?' 하고 물으시는 셈이다. 나도 지금 마음이 위축되어 슬그머니 선을 그으려는 것 같다. 아이들에게는 하고 싶은 게 있다면 잘 안 되더라도 끝까지 열심히 해보라고 입바른 소리를 할 거면서.

체념의 씨앗이 슬금슬금 싹을 피우고 덩굴을 뻗어 나를 옥죄기 전에 지인들에게 도움을 청했다. "제가 이 나이에 꼭 자전거를 배워야 하는, 격렬하게 좋은 그런 이유가 있을까요?"

"없습니다."라고 단호한 답을 주는 지인들도 있었지만 대체로 자전거에 호의적인 댓글들이 쏟아졌다. "온 가족이 함께할 수 있다." "환경에 좋다." "이제 관절을 생각할 나이다." "자전거가 예쁘다." 문명의 몰락이나 자원 고갈에 대비해야 한다는 디스토피아적 이유도 등장했고, 마음속에 사락 들어오는 공감각적 설득도 있었다. "수영할 때 물소리를 느끼듯 자전거를 타면 바람 소리가 들려요. 내 속도에 따라서 바람 소리를 조절하는 것도 가능하답니다." 그래, 나도 그렇게 차츰 늘어가는 백발을 휘날리며 바람의 요정이 되어볼까.

자전거를 타고 나서 마시는 맥주는 더 맛있다는 말에 내 귀가 마치 호들갑스러운 나비처럼 팔랑거릴 때쯤, 최고로 강력한 이유가 등장했다. "자전거 타면 소고기 사줄게 언니." 저 멀리 아득한 지평선 어딘가 나의 소고기가 지글지글 익어가고 있고, 그곳을 향해 이 두 바퀴로 끝내 도달해야 할 것 같은 장렬하고도 가슴 벅찬 느낌. 그래 이거다.

그러나 벅차기만 하고 나는 여전히 굳어 있다.

"자전거는 자유입니다!" 한 지인이 달아준 이 예쁜 문장을 보고 생각했다. 자유에는 역시 공포와 불안이 따르는 것일까.

이 두렵고 불안한 마음을 어떻게 극복해야 나는 바람 속에서 균형을 잡으며 자유롭게 흘러갈 수 있는 걸까.

거듭되는 실패 속에서도 믿고 있는 말이 있다. 안 되는 게 되는 거라는 말. 실패라는 것은 따지고 보면 되어가는 과정인 경우가 많다. 그렇게 실패와 성공의 경계는 꽤 모호하다. 실패인 줄 알았는데 결국 성공인 것들, 성공인 줄 알았으나 돌아보면 실패인 것들. 실패의 교훈이 거름이 되어 그 실패가 없었다면 이루지 못할 성공을 거두는 사람도 있고, 성공이 독이 되어 누구나 손가락질하는 실패의 길로 접어드는 경우도 많다. 그러므로 실패와 성공은 참 정의하기 어려운 말이 아닌가 싶다. 삶 속에서 실패와 성공은 꽤 희한하게 맞물려 있기에.

　몸뚱이가 너무나 비루하여 결국 이번 생에 자전거를 타지 못하게 된다고 하더라도 자전거는 내 삶에 그 동그란 바퀴 자국을 또렷하게 내줄 거라고 믿는다. 어설픈 몸으로 균형을 잡으려고 애쓰다 보면, 적어도 이 세상에서 나의 균형과 속도를 잡는 일이 얼마나 노력을 요하는 것이었는지는 내 마음 안에 깊이 남지 않을까.

　《고도를 기다리며》를 쓴 사뮈엘 베케트가 말했다. "또 실패했다. 이번에는 좀 더 세련되게." 나도 내일은 좀 더 세련되게 넘어져볼 생각이다.

선구적인 사람

나의 실패는 아버지의 실패였다

아버지는 오늘도 집에 들어오지 않았다. 이유는 모른다. 누군가 새로운 연애 상대를 만나고 있을 수도 있고, 사업에 열중하고 있을지도 모른다. 아버지를 볼 수 없는 나는 그저 추론할 수밖에 없다. 하지만 한 가지는 확실하다. 아버지는 가정의 책임을 방기한 사람이라는 것이다. 나는 아버지를 증오했다. 아버지와는 다른 인생을 살고 싶었다. 아니, 그래야만 했다.

아버지는 역마살이 낀 떠돌이였다. 끊임없이 떠돌아다녔다. 결혼을 한 이후에도 마찬가지였다. 아버지는 거의 집에 들어오지 않았다. 결혼을 한 과정도 갑작스러웠다. 서른이 되어가던 아버지는 집안과 사회의 압력이 내내 부담이었다고 한다. 당시에는 혼기가 찼을 때 결혼하지 않으면 어딘가 문제가 있는 사람으로 취급하는 사회적 통념이 있었기 때문이다. 조급했던 아버지는 어머니와 선을 보고 얼마 안 되어 결혼에 골인했다. 하지만 자유로웠던 아버지는 결혼 생활에 맞지 않았다. 보수적이었던 어머니와 성격 차이도 컸다. 종종 마찰을 빚던 둘은 결혼한 지 10년 만에 이혼 도장을 찍었다.

　이후 나는 할머니와 같이 살았다. 문서상 아버지와 같이 사는 것으로 되어 있었지만 별 의미는 없었다. 아버지는 주말에 잠깐 들어와서 할머니에게 화를 내는 게 다였으니까. 어린 마음에 왜 집에 들어오지 않는지 너무 궁금해서 아버지에게 물어본 적이 있었다. 아버지는 사업을 한다고만 말씀하셨다. 그러면서 내게 큰돈을 벌 방법은 사업 말고는 없다, 남들에게 뒤처지기 싫으면 사업을 해야 한다고 귀에 못이 박이도록 말했다. 이 글을 쓰고 있는 지금도 사업을 해야만 부자가 된다는 책이 베스트셀러 순위에 있는 걸 보면 참 선구적인 사람이었다. 어떤 의미에서는.

　금융 위기 이후 사업이 확 기울어진 다음에도 아버지는 아이템을 바꿔 사업을 반복할 뿐이었다. 지금 상황을 역전할 방법은 사업 말고는 없다면서. 점점 빚이 늘었다. 영화에서나 보던 빨간딱지가 집 곳곳에 덕지덕지 붙었다. 난생처음 보는 타인이 눈앞에서 컴퓨터를 압류해가던 모습은 지금도 잊히지 않는다. 그러면서도 나는 사업에 미련을 버리지 못한 아버지를 보며 치를 떨었다. 그래서일까. 나는 아버지에게서 벗어나고 싶었다. 나의 도전은 아버지와는 다른 삶을 사는 것이었다. 열심히 공부를 하고 이름난 직장에 다니면서 성실하게 돈을 모으겠다고 다짐했다. 일확천금이라는 말은 그저 소수의 사람에게만 허락된 백일몽이라 믿으면서.

아버지에게서 벗어나기 위해 나는 이름난 직장에 들어가야만 했다. 기자 준비를 한 이유다. 메이저 언론사 기자라면 나름의 사회적 지위가 있다고 믿었기 때문이다. 게다가 글쓰기를 좋아하는 나와 통하는 점이 있었고, 자유롭게 현장을 누빈다는 점이 장점으로 보였다. 가난한 집안 사정으로 일을 하다 대학을 늦게 들어간 탓에 서른 살에 준비를 시작했다. 1년 차에는 모든 언론사 필기 전형에서 떨어졌다. 붙을만한 실력이 아니었다. 핑계 댈 건 없었다. 처음부터 2년을 잡고 시작했고, 첫해 정도는 괜찮다고 생각했으니까.

왜 내 글은 떨어질까. 첫해에 썼던 모든 글을 읽고 분석했다. 이유는 여러 가지였다. 차별화된 글을 쓴답시고 여기저기에서 찾아온 자료를 갖다 붙이기만 한 내 글은 논지와 논거가 하나도 이어지지 않고 따로 놀았다. 글의 논리적 일관성은 무너지고 내 주장과 타인의 주장이 한데 섞여 불협화음을 냈다. 충분히 자료를 이해할 시간을 갖고 퇴고를 통해 소화하는 작업을 거쳐야 하는데 게을렀던 것이다. 작문은 더욱 가관이었다. 아무도 생각하지 못할 글을 쓴답시고 판타지나 만화에서 불법한 설정을 차용했다. 글의 개연성과 논리적 완결성 같은 건 제대로 생각해보지도 않았다. 그저 눈에 띄면 좋은 글이라고 생각했다. 괜히 떨어진 게 아니었다.

나는 글의 구조를 잡는 연습부터 다시 했다. 한 문단에 중심 문장 하나, 구성은 두괄식으로 주장, 이유, 근거가 이어지도록 말이다. 이전보다는 좀 더 정돈된 글을 썼다. 기발한 아이디어를 내기보다는 기본에 충실한 글을 쓰도록 연습했다. 정형화된 글이라 해서 꼭 나쁜 것만은 아니라는 점을 깨달았기 때문이다. 무난한 글은 그만큼 많은 사람의 공감을 얻기 쉽다. 평범하지만 논리적 일관성을 지킨 글을 쓰자 겨우 필기를 붙기 시작했다. 하지만 이게 다가 아니었다. 필기를 뚫고 나서도 실기라는 난관이 있었고 이후 최종 면접이라는 벽은 무경력의 30대 수험생이 뚫기에는 너무나 견고했다.

3년 차가 됐다. 같이하던 사람들은 하나둘씩 현직이 되거나 언론 고시 판을 떠났다. 스터디 모임은 해체됐고 남은 사람은 나 말고 없었다. 사실 나도 포기할 생각이었다. 준비 기간으로 잡은 2년을 넘긴 데다가 나이도 많았기 때문이었다. 하지만 미련이 남았다. 나를 제대로 보여주지 못한 것 같다는 후회가 컸다. 실패가 평생의 트라우마로 남을 것 같다는 두려움도 있었다. 무엇보다 내 자존심이 용납하지 않았다. 계속했다. 또 떨어졌다. 이유가 뭘까. 분명 실력은 이전보다 늘었다. 공모전에서 입상도 했다. 객관적 지표도 내 실력이 늘었다는 걸 알려주고 있었다. 하지만 실력과 합격이 꼭 비례하는 건 아니었다. 결국 3년 차에도 지원했던 모든 언론사 전형에서 낙방했다.

독립하여 집을 나간 친동생과 만났다. 떨어진 이후라 기분이 좋지 않아서였을까. 술이 조금 들어가자 두서없는 신세 한탄을 했다. 동생은 참다가 못 들어주겠는지 한마디를 던졌다.

"형이 너무 높은 데만 넣어서 그런 거 아냐? 서류만 넣어도 들어가는 마이너 매체들 있을 거 아냐?"

맞는 말이었다. 정말 기자가 하고 싶다면 꼭 메이저 언론사에 갈 이유는 없었다. 작은 매체에 가서 부딪혀보는 선택지도 있었다. 내 친구들도 은근히 그런 권유를 하곤 했었다. 하지만 안 썼다. 그놈의 자존심이 문제였다. 지원하려 할 때마다 '내가 공부한 짬이 있는데 아무 데나 갈 수는 없다. 지금도 늦었는데 마이너에서 시작하면 남들에게 더욱 뒤처지는 게 아니냐.' 이런 생각이 머릿속을 맴돌았다. 그 상황에서 동생의 일침은 내 폐부를 찔렀다. 그대로 나는 정신적 낭떠러지로 떨어지고야 말았다. 그 바닥은 보이지도 않을 만큼 깊고 어두웠다.

그 뒤로 제법 술을 마셨음에도 취하지 못했다. 취하지 않았다는 표현이 더 맞을 것 같다. 집에 와서 동생의 발언을 생각했다. 그러자 내가 미워하다 못해 증오하던 아버지가 떠올랐다. 가난뱅이이자 월급쟁이로 살기 싫다면서 평생 사업에 열중했던 아버지, 알량한 자존심 때문에 마이너 매체에 지원하지 않고 메이저만 썼던 나. 남에게 뒤처진 삶, 열등감 속에서 살기 싫다면서 어떻게든 상황을 뒤집으려 노력했던 아버지와 나. 과거의 아버지는 현재의 나였다. 아버지에게서 벗어나기 위해 겪었던 일련의 과정은 아버지가 걸어온 길과 본질적으로 다르지 않다는 역설을 깨달았다. 아버지는 자유로워 보였을 뿐, 자유롭지 않았다. 수십 년 전부터 나와 동일한 인생을 걸어온 아버지는 정말로 선구적인 사람이었던 것이다.

아버지와 내게 박혀 있던 열등감은 스스로를 찢어발겼다. 자신도 모르게 자아를 소진하며 자신을 착취하는 인생을 살았다. 그것은 일종의 폭력이었다. 폭력은 외부에만 있는 게 아니었다. 내면에도 있었다. 무한히 가해지는 내면의 폭력으로 자존감은 내핵까지 처박혔다. 깡패의 서슬 퍼런 '주먹'은 그나마 경찰의 '곤봉'으로 막을 수 있다. 하지만 스스로를 찌르는 내면의 '칼날'은 그 누구도 개입할 수 없다는 점에서 외부의 주먹보다 더욱 강한 폭력성을 띤다. 심하면 스스로의 목숨을 빼앗을 정도다. 내면의 폭력을 극복하기 위해 나와 아버지는 사회적 성공만을 갈구했다. 열등감의 포로가 되어 돈, 신체, 정신, 교우 관계 등 모든 걸 잃었다. 30대 중반을 향하는 지금, 나는 실패를 통해 내면에서 나를 갉아먹던 폭력의 정체를 깨달았다. 이윽고 아버지를 조금이나마 이해할 수 있었다.

몇 년 만이었는지 모르겠다. 아버지와 술을 마셨다. 얼음장과도 같았던 아버지와의 관계에 봄이 오는 순간이었다. 나는 아버지에게 느낀 바를 그대로 말했다. 그간 폐를 끼쳐서 죄송하다는 말과 함께. 아버지는 아무 말도 하지 않았다. 그저 웃으셨다. 나는 과하게 취하여 횡설수설했다. 필름이 끊겼고 정신을 차려보니 아버지는 온데간데없었다. 고요한 옥탑방 한편에는 아침을 알리는 햇살이 들어오고 있었다.

김밀
@kingscross613

백일장 키드의 몰락

대강당 안은 2층까지 꽉 차 있었다. 나는 곧 있으면 무대 위로 올라가야 했다. 사람들 앞에 서는 일이라면 질색을 하면서도 나는 그날만큼은 떨리지 않았다. 대신 울고 싶은 심정이었다. 내 옆에는 같은 동아리 1학년 후배가 서 있었다. 곧 내 이름이 들렸다. 나는 뚜벅뚜벅 무대 위로 올라가 로봇처럼 상을 받고 고개를 꾸벅 숙였다. 등 뒤로 박수 소리가 들렸다. 가능하다면 끝까지 돌아보고 싶지 않았다. 2층까지 꽉 찬 사람들에게 내 얼굴을 보이기 싫었다. 내 기분과는 상관없이 후배의 이름이 호명됐다. 후배도 상을 받았고, 우리는 나란히 섰다. 교장 선생님은 후배가 받은 상에 대해 몇 마디 말을 덧붙였는데 내 귀에는 그저 윙윙 울리는 소리처럼 아득해졌다. 같은 대회에서

222

후배는 특별 대상을 받았고, 나는 장려상을 받았다. 후배와 나의 글이 실린 작품집 앞에는 '상위권 입상자에게 전국 대학의 문학 특례 입학 특전 혜택'이라고 쓰여 있었다.

초등학교, 중학교에 다니는 동안 나는 학교와 지역 백일장에서 꽤 자주 상을 받았다. 그 이력 탓에 글 쓰는 일에 자주 불려 다녔다. 조회 시간에 나가서 상을 받는 일도 있었다. 반에서 유령처럼 존재감 없는 사람이었는데도 그나마 아이들이 내 이름을 아는 건 그 덕분이었다.

　고등학교는 집에서 한 시간가량 떨어진 곳에 있었다. 한 반에 모인 학생들도 각자 사는 동네가 다 달랐다. 전체 학생이 거의 같은 동네에 살았던 초등학교, 중학교 시절과는 완전히 달랐다. 고등학교에 올라가서 문예창작 동아리 활동을 시작했다. 동아리 활동을 하면서 계속해서 책을 읽고 글을 쓰는 즐거움을 누릴 수 있었다.

　하지만 고등학교 3학년이 됐고, 나는 발등에 불이 떨어졌다. 이제 문학은 단순히 즐거움의 영역이 될 수 없었다. 독서실이나 학원에 깊숙이 처박히는 대신 나는 백일장에 나갔다. 소위 말하는 문학 특기생으로 필요한 상들이 있었다. 나에게는 대상이 필요했다. 여의치 않는다면 우수상도 괜찮았다. 나는 서울의 각 대학 백일장을 도장 깨기 하듯 참가했다. 함께 가는 친구와 이 대학은 밥이 맛있다, 저 대학은 교정이 예쁘다, 하는 품평이 가능할 만큼 많은 곳을 돌아다녔다. 백일장에 나갈 때마다 마주치는 얼굴들이 생겼다. 인사 한 번 나눠보지 않았지만 어떤 심정인지 충분히 느낄 수 있었다.

모 출판사에서 주최한 청소년 백일장은 그해 내가 참가한 어떤 백일장보다 규모가 컸고, 상의 권위가 남달랐다. 소설이나 시 한 편을 완성해서 응모하고, 작품이 채택된 사람들은 다시 한 장소에 모여 주제를 받고 글을 써야 했다. 내가 보낸 소설이 뽑혀서 백일장에 참여할 수 있는 자격이 주어졌을 때만 해도, 나는 드디어 빛이 보인다고 생각했다. 그런데 백일장을 위해 모인 자리에 동아리 후배가 있었다. 1학년이라고 참여하지 말란 법도 없으니 당연히 이곳에 올 수 있는데도, 그 순간 묘한 불안감이 싹텄다. 그리고 후배는 당당히 특별 대상인, 문화관광부 장관상을 받았다.

백일장에 나가서 상을 받는 날보다 그냥 돌아오는 날이 많았다. 이번에도 그런 것뿐이었고 심지어 이번에는 장려상을 받았으니 아주 실패했다고 볼 수는 없는데도 나는 우울했다. 아는 사람이, 그것도 같은 학교 같은 동아리 1학년 후배가 상을 받아서였을까? 지금 그 상이 정말 필요한 건 난데 하는 아쉬움 때문이었을까?

수상작을 묶어 한 권의 책이 나왔고, 그 책이 나온 후에는 고작 상위권 입상자가 되지 못해서 느꼈던 아쉬움은 아무것도 아니었다. 표지에서 그녀의 이름은 15포인트, 내 이름은 9포인트 크기 정도로 나와 있었다. 한동안 책을 들춰보지도 않다가 어느 날 마음먹고 그녀가 쓴 소설을 읽었다. 그때 나는 그만 울어버렸다. 나는 후배처럼 쓸 수 없었다. 그런 이야기를 만들 수도 없었고, 그런 문장을 떠올릴 수도 없었다. 빈정거리고 싶은 마음이 전혀 들지 않는 완벽한 패배였다. 그리고 부끄러워졌다. 겨우 동네에서 받던 칭찬에 우쭐했던 내가, 백일장에 간다고 수업을 빠질 때마다 묘하게 어깨가 펴지고 당당해졌던 내가, 지금 쓰는 글이 정확히 뭔지도 몰랐던 내가 한없이 부끄러웠다.

'상을 받지 못하면, 인정받지 못하면 글을 쓰는 것은 의미가 없습니까?'라고 누군가 지금 묻는다면 당연히 '아니요.'라고 대답할 것이다. 하지만 그때 나에게 글을 쓰는 일은 그런 의미였다. 대학을 가는 무기가 되기도 했지만 그것보다는 나의 존재를 증명해주는 유일한 수단이었다. 이것마저 잘하지 못한다면 나는 아무것도 내세울 것이 없었다. 예전처럼 아무도 이름을 기억하지 못하고, '그런 이름이 우리 반에 있었어?'라는 말을 듣게 될 것 같은 두려움이 나를 잠식했다. 잘하지 못하면 의미가 없었고, 그래서 그 후배의 소설을 읽은 후 나는 글 쓰는 일을 멈췄다. 어리석은 일이라는 것을 알면서도 한 번 싹튼 열등감은 쉽게 사라지지 않았다.

대학 생활을 시작한 후 나는 뒤늦게 혹독한 사춘기를 겪었다. 그런 사춘기를 겪고 나니 다시 글을 쓰고 싶어졌다. 누구에게 인정받기 위해, 이 글을 볼 사람의 입맛을 상상하며 쓰는 글이 아닌 그저 내가 외로워서, 슬퍼서, 좋아서 쓰기 시작했던 그런 글들을 다시 썼다.

이제는 그 열등감과 재능 없음에 대한 탄식에서 벗어났냐고 묻는다면 부끄럽지만 아니라고 답할 수밖에 없다. 여전히 꽤 자주 나는 그 후배의 글을 읽었을 때 느꼈던 박탈감을 느끼곤 한다. 그리고 초라한 내 글을 읽어본다. 예전에는 내가 쓴 글을 두 번 읽을 수 없었다. 하지만 요즘에는 두 번, 세 번 반복해서 읽는다. 그리고 이렇게밖에 쓸 수 없다는 것을 인정한다. 받아들이고 그래도 괜찮다고 생각한다. 쓰지 않았던 시간보다 초라하게라도 쓰는 시간이 귀하다는 것을 이제는 안다.

나를

나답게

도전과 실패 속에는 나다운 행동과 나다운 선택이 깃들어 있습니다.

용기 내어 시도할 때에도, 주저앉게 될 때에도 나다운 무언가가

발동하기 마련입니다. 그것은 상처를 회복하는 나만의 방법일 수도,

어깨를 다독여준 말일 수도, 정성스러운 음식일 수도 있습니다.

책 속 문장이나 영화 속 대사, 좋아하는 사람의 미소, 규칙적인 습관일

수도 있지요. 그러한 이야기를 꺼냄으로써 우리는 나다운 삶에 더

가까워질 수 있습니다. 나를 나답게, 나를 나로서, 소중히 대하고

품위 있게 만들어주는 무언가에 대해 들려주세요.

유미영
@ymy0920

잃어버린 나를 찾아서

열차가 바람을 일으키며 내 앞에 섰을 때 겉으로는 당당하게 속으로는 잔뜩 긴장한 채로 열차에 올라탔다. 열차는 만석이었다. 낯섦이 파도처럼 눈앞으로 밀려왔다. 누구도 나를 보는 사람이 없는데도 나는 수많은 관중 앞에 선 어린애처럼 잔뜩 긴장했다. 낯선 사람과 환경이 두려웠다. 소심하고 예민한 성격 탓이다. 익숙하고 편한 사람들만 보고 살았으면 좋겠다는 생각을 한다. 그럼에도 용기를 내어 열차에 오른 건 두려움을 이겨내고 세상 밖으로 나가고 싶은 열망 때문이었다.

한 달 전 우연히 인터넷을 검색하다 김신회 작가의 에세이 수업 안내를 보게 되었다. 일주일에 한 번씩 네 번의 에세이 수업을 홍대에서 진행한다는 내용이었다. 어디서 그런 용기가 생겨났는지 안내를 보자마자 떨리는 마음으로 수강 신청을 눌렀다. 그렇게라도 해서 나에게 도전할 거리를 만들어주고 내 안에 숨겨진 진짜 모습을 찾아보고 싶은 마음에서였다.

결혼하고 나서부터 20년 넘게 가족이라는 울타리 안에서만 충실하게 살아왔다. 그런 삶은 나에게 모범 주부라는 타이틀을 안겼지만 세상과의 소통 부재로 인한 두려움도 주었다. 새로운 사람들과 새로운 환경이 갈수록 두려워졌고 하고 싶은 일이 있어도 다음으로 미루거나 포기하기를 반복하는 삶을 살고 있었다. 하지만 마음 한구석에서는 언제든 기회가 오면 최선을 다해 나를 증명해보고 싶은 욕구가 있었다. 남편과 아이들 그리고 주변 사람들에게 아내나 엄마가 아닌 오직 나로서 인정받고 싶은 마음이 있었다.

사실 나는 나다운 게 무엇인지 내가 무엇을 좋아하는지 어떤 게 진짜 내 마음인지 같은 단순한 물음조차 답하기 어려워하는 사람이었다. 나이가 들어 내 시간이 많아질수록 그런 나를 돌아보는 시간이 많아졌고 어느 순간부터는 온전히 나로 살고 싶다는 생각이 간절해졌다. 그때 내가 할 수 있었던 가장 쉬운 일은 독서와 글쓰기였다. 책을 읽으면 읽을수록 글을 쓰면 쓸수록 내 안에 있는 무언가가 꿈틀대는 것이 느껴졌다. 자연스럽게 나를 위한 욕구가 생겨났고 그 욕구를 채우기 위해서는 내가 가진 두려움을 극복해야 한다는 것을 깨달았다. 그래서 에세이 수업도 신청한 것이었다.

홍대 전철역에서 내려 40분을 헤맨 탓에 첫날부터 수업에 지각하고 말았다. 잔뜩 긴장한 채 들어선 강의실에는 아홉 명의 젊고 어린 수강생들이 빙 둘러앉아 있었다. 한 번도 접해보지 않은 생소한 분위기에 나도 모르게 주눅이 들었다. 아홉 명의 수강생들을 빙 돌아 김신회 작가 바로 앞자리에 앉았을 때는 모든 것이 낯설고 두려워서 제대로 숨이 쉬어지지도 않았다. 하지만 다 큰 아주머니가 아들딸뻘인 젊은이들 앞에서 두려워하는 기색을 드러낼 수는 없는 노릇이었다. 등으로 흐르는 식은땀을 의식하며 세상 태연한 척 자리에 앉았다.

김신회 작가를 만나러 오기 전 그녀의 베스트셀러인 《보노보노처럼 살다니 다행이야》라는 책을 이틀에 걸쳐서 꼼꼼히 읽었다. 작가는 책 속에서 자신이 무척 소심하고 예민한 사람이라고 했다. 작가는 남들이 어떻게 생각할까 두려워 차마 내놓지 못한 마음들을 힘을 쫙 빼고 과감히 털어놓았다. 그녀의 책을 읽으면서 소심하고 겁 많은 나는 공감과 큰 위로를 느꼈다. 하지만 실제로 본 작가는 책에서 만난 사람과는 다른 느낌이었다. 수업을 진행하는 작가는 당당하고 자신감 넘치고 글에 대한 자부심도 강한 사람이었다. 소심하고 예민한 성격 때문에 힘든 적도 많았고 지금도 힘들다고 말하고 있지만 그럼에도 할 건 다 하는 사람이었다. 결코 나처럼 구석에만 숨어 있는 사람이 아니었다. 작가의 수업을 들으며 가장 많이 배운 건 글쓰기에 대한 지식이 아니라 한 여성으로서 자기답게 살아가는 태도였다.

부끄러운 얘기지만 네 번의 수업에서 가장 힘들었던 것은 20대 초중반의 젊은이들과 함께 수업을 들으면서 느꼈던 세대적 소외감이었다. 에세이 수업을 신청할 수 있었던 것도 내 또래의 사람, 젊은이와는 동떨어져 약간은 의기소침한 인생을 살고 있는 나이 든 아주머니가 적어도 한두 사람은 있겠거니 하는 생각 때문이었다. 그런 사람이 한 명만 있어도 힘이 되리라 생각했다. 하지만 막상 문을 열고 들어가 보니 혈기와 패기로 가득한 똘똘한 젊은이들뿐이었다. 그들은 자기 의견을 똑 부러지게 발표하면서 느긋한 표정을 지으며 수업을 들었다. 하지만 나는 그런 자리에서 어떻게 처신해야 할지를 몰라 그들 눈치를 살피며 수업 시간 내내 바보 같은 미소만 지었다. 발표는커녕 기본적인 의사 표현도 제대로 하지 못했다. 얼마나 바보 같았는지 지금 생각해도 얼굴이 시뻘게진다.

그 자리가 나와 어울리지 않는다는 생각을 네 번의 수업을 받으면서 꼭 한 번씩은 했다. 다음 수업에는 나가지 말아야겠다고도 생각했다. 하지만 나를 그곳까지 가게 했던 간절함이 네 번의 수업을 꾸역꾸역 받게 했고 마지막 날 내가 쓴 글에 대한 작가의 피드백도 들을 수 있었다. 작가는 나에게 소설을 써보면 어떻겠느냐 말해주었다. 소설 쓰기는 생각해본 적도 없고 엄두가 나지 않았지만 내가 쓴 짧은 글을 읽고 소설이라는 단어를 떠올려준 것만도 기분이 좋았다. 비록 소설을 쓸 일이 없을지라도 그 말은 두고두고 나다운 어떤 것을 찾아갈 수 있는 등불이 되어주리란 생각이 들었다.

마지막 날 수업을 마치고 집으로 돌아오면서 전철역 안 김밥 집에서 드디어 김밥을 사 먹었다. 수업을 받으러 홍대라는 낯선 세상으로 갈 때마다 긴장했고 수업을 마치고 돌아올 때마다 기가 죽어서 아무나 들어가 돈만 내면 먹을 수 있는 김밥조차 사 먹지 못했다. 수업을 받으면서도 김밥을 사면서도 나에겐 용기가 필요했다. 결국 용기를 낼 수 있었던 건 배고픔 때문이었다. 내가 모르는 세상에 대한 배고픔. 두려움 너머에 있는 나 자신의 가능성에 대한 배고픔. 그런 배고픔을 통해 진짜 나다운 것을 찾아 진짜 나처럼 살고 싶다는 간절함 때문이었다. 용기를 내지 않았다면 홍대 김밥이 그렇게 맛있는 줄도 모르고 죽었을 것이다.

평범함의 특별함

고등학교 때 전교생이 단체로 MBTI 성격 유형 검사를 받은 적
이 있었다. 당시 친구들끼리 검사 결과지를 돌려보면서 서로
의 MBTI 유형을 맞추는 게임을 했었다. 개중에는 누가 봐도
성격이 분명하게 갈리는 친구가 있는 반면 경계선에 있는 듯
해서 의견이 분분한 친구도 있었는데, 나는 둘 다 아니었다.
내 친구들은 하나같이 내 유형에 확신을 가지고 있었지만 아
주 정반대의 확신을 가지곤 했다. "너는 누가 봐도 외향형이
지. 감성적인 타입일 거고." "내가 장담하는데 넌 100퍼센트 내
향형에 냉철한 논리형이다!" 친구들이 내 유형을 놓고 자기들
끼리 열띤 논쟁을 벌이고 있는 것을 지켜보면서 나는 '이렇게
까지 한 사람에 대한 평가가 엇갈릴 수 있나?' 싶어 스스로의

행적을 되돌아보곤 했었다.

　나다운 것이란 뭘까? 스무 해를 훌쩍 넘게 살아왔지만 지금 껏 그 답을 찾지 못했다. 나는 굳이 따지자면 상대에게 잘 맞 춰주는 사람이었다. 학창 시절 나는 성격이 불같고 극단적인 사람들의 '유일한 친구' 타이틀을 따곤 했었다. 그 타이틀을 선 사해준 여러 인물 중 지금까지도 연락을 주고받는 중학교 동 창이 있는데 그 친구는 여차하면 책상도 아니고 교탁(!)을 엎 을 정도로 성격이 만만찮았다. 당시 우리의 별명은 '물불 가리 지 않고'의 '물불'이었다. 물론 그 친구가 불, 내가 물. 내 친구는 적도 많았지만 그만큼 카리스마도 있어서 인기가 좋았다. 반 에서도 그 친구가 회장을 맡았고 나는 부회장이었다. 그가 눈 에 띄는 일을 벌이면 나는 뒤에서 수습하는 역할이었다. 말 그 대로 불 꺼주는 물, 그것도 순 맹물이었다. 그 시절 나는 내가 재미없는 사람이라고 생각하곤 했다.

　그래서인지 나는 '특별함'에 대한 동경을 항상 가지고 있었 다. 내게 없는 재능을 가진 사람들을 부러워했었고, 누구나 입 을 모아 '그 사람은 이런 사람이지!'라고 말하는 색깔 있는 사 람들의 존재감을 탐냈다. 학창 시절에는 무용이나 음악을 전 공한다며 머리를 기르고 다니던 예술고등학교 준비생, 학교 축제에서 공연을 하던 밴드 동아리, 좀 더 커서는 술자리에 없 으면 티가 나서 꼭 부르는 분위기 메이커를 부러워했다. 그들 은 조용한 범생이로 자라 조직에 분란 일으키지 않고 잘 웃는 '평범한 직장인 1'이 된 나와는 종족부터 다른 사람 같았다.

평범한 직장인 1. 나는 그 평범함을 싫어했다. 그래서 공무원이 되기를 그렇게 오랫동안 망설였는지도 모르겠다. 공무원이라는 직업은 평범하고 무난하며 재미없는 삶의 상징처럼 여겨졌기 때문이다. 이것저것 재고 따진 끝에 공무원이 되어버린 나는 한 가지 작은 목표를 갖게 되었다. '당신은 공무원답지 않네요.'라는 소리를 듣는 사람이 되어야지. 그래서 평범하고 무난한 공무원이 아니라 톡톡 튀고 특별한 공무원이 되어야지. 내 야무진 목표에도 불구하고 본성은 어딜 가지 못해서 아직까지는 그런 소리를 들어보지 못했다.

어쩌면 내 평생은 나의 본질에서 멀어지기 위한 사투였을지도 모르겠다. 두발 규정이 엄격한 학교에서 머리를 기르고 치마를 줄이던 학생들을 내심 부러워했던 조용한 범생이는 단 한 번도 무릎 위로 올라오는 치마를 입어본 적이 없었다. 술자리 분위기 메이커를 부러워했지만 정작 나는 테이블 구석에서 조용히 대화를 나누는 편을 선호했다. 공무원답고 싶지 않았던 공무원이었지만 지금도 우리 직장에 아주 잘 어울린다는 칭찬 아닌 칭찬을 훨씬 많이 듣는다. 나는 평생 나다운 것에서 벗어나고 싶었지만 끝내 '나다운 사람'이 되어버렸다. 그래서 '나를 나답게 하는 것'이 글쓰기 주제로 나왔을 때 뒤통수를 한 대 얻어맞은 기분이 들었다. 나는 나를 나답게 하는 것에 대해 고민해본 적도, 그럴 필요성도 느껴본 적이 없었다.

일단 내가 무엇을 좋아하고 싫어하는지 생각해봤다. 좋아하는 것의 목록은 한 바닥 나왔는데, 싫어하는 것은 오히려 잘 떠오르지 않았다. 좋아하는 것 목록 가운데서도 열렬히 좋아하는 건 딱히 없어서 그중 어느 무언가가 나를 정의한다고 하기엔 부족해 보였다. 내 진짜 성격이 어떨까 궁금해서 MBTI 검사도 다시 해봤는데 다 어중간한 점수가 나왔다. (네 가지 기준 모두 50퍼센트대였다.) '기분 나쁜 심리 테스트'로 불리는 에고그램도 해봤다. 검사 결과는 마치 짠 것처럼 BBBBB. 결과명조차 '중용 타입'이었다. 칭찬할 것도 없지만 욕먹을 일도 없는 타입이라는 설명을 본 순간 뼈를 맞은 듯 정곡을 찔렸다. 이럴 수가 있나 싶을 정도로 평범한 성격이었다. 나는 여전히 맹숭맹숭한 물이었다. 알고 있는 사실이었지만 이렇게 확인하게 되니 괜히 우울해졌다. 나다운 게 뭔지 열심히 찾아왔는데 목적지엔 텅 빈 공백만 있는 기분이었다.

스스로의 맹숭맹숭한 성격을 곱씹던 중, '물' 같다는 소리를 또 들었다. 맹물. 학창 시절 이후로 오랜만에 듣는 별명이라 씁쓸하면서도 반가웠다. 이전에 자주 들었던 소리라고, 내가 좀 맹탕 같다고 대답하면서 웃었더니 상대방이 깜짝 놀라면서 그런 뜻으로 한 말이 아니라며 이렇게 설명했다. "사람에게 굉장히 동화가 잘 된다는 느낌을 받았거든요. 어떤 그릇에 담아도 물은 형태를 맞춰주잖아요. 청연 씨가 그래요. 어떤 그릇에도 자신을 맞출 수 있는 흐르는 물 같아요. 그래서 자유롭고 유연하게 어디에서든 적응을 잘할 것 같다는 뜻이었어요." 예상치 못한 칭찬에 당황해서 감사하다고 얼버무렸다. 평범함이 유연한 적응력으로 돌변하는 순간이었다.

놀라울 정도의 평범한 성격은 도리어 특별함이 될 수 있었다. 그러고 보면 MBTI 검사에서 양면을 모두 가지고 있는 친구들은 많았다. 하지만 내 성격에 대해서만 유난히 친구들이 저마다 다른 확신을 가졌던 건, 어쩌면 내가 다양한 모습의 나를 친구에 따라 다르게 보여줬기 때문이 아닐까 하는 생각이 뒤늦게 들었다. 평범하고 무난해서 흰 도화지 같은 성격은 그 자체로는 아무 색도 아니지만 동시에 그 어떤 색깔도 담을 수 있어서 가장 다양한 색깔일 수도 있다. 평범함이 바로 내가 가진 특별함이자 가장 나다운 모습이었다.

나는 더 이상 특별해지려 노력하지 않기로, 그저 생긴 대로 물처럼 고요히 흘러가기로 했다. 이제는 굳이 그릇에 몸 맞추는 자신을 거부하고 별 모양이 되어보겠다 노력하지도 않을 거다. 그건 마치 손 틈 사이로 흐르는 물을 막아보겠다고 덤비는 것처럼 가능하지도 않고 가능해서도 안 될 일이었다. 공무원이 공무원다운 게, 내가 나다운 게 뭐가 잘못이라고 그렇게 오랫동안 사투를 벌였는지 모르겠다. 그걸 인정하고 나니 딱 맞는 옷을 찾아 입은 것처럼 편안해졌다. 결국 나를 나답게 할 수 있는 건 바로 나 자신이었던 셈이다.

그래서 이 이야기의 결론은 내가 결국 특별함을 동경하지 않게 되었다는 거다. 특별함을 찾아 떠났던 평생의 여정을 이렇게 의외의 순간에 마무리하게 될 줄은 몰랐다. 그것도 나다움이라는 가장 평범한 원점에서. 소박한 마무리지만 김수현 작가의 책 《나는 나로 살기로 했다》 한 구절을 빌려 여정의 끝을 장식해보려 한다. "우리는 자기 자신 외에 그 무엇도 될 수 없고, 될 필요도 없다."

　교보문고에서 나눠주던 책갈피에서 이 글귀를 발견하고 훔쳐내듯 간직했었는데, 그 뜻이 이제야 분명히 다가오는 것 같다. 나를 포함한 이 세상의 모든 평범한 사람들이 자신의 평범함을 사랑할 수 있기를 바라며, 나는 원점에서 다시 새로운 여행을 시작하겠다. 지금까지 그래왔던 것처럼 평범하게.

신초혜
@revedechloe

이름을 바꾸지 않아
천만다행이다

흔치 않은 이름

살면서 나와 같은 이름을 가진 사람을 만나본 적이 없다. 쑥스러움이 많던 어린 시절, 흔치 않은 이름은 스트레스의 원천이었다. 단번에 내 이름을 알아듣는 사람이 없었기 때문이다. 이름을 재차 확인하는 질문이 거듭될 때마다 점점 목소리는 기어들어가고 몸은 움츠러들었다. 가뜩이나 불안한 개학 첫날을 그럭저럭 넘기기 위해서는 미리 마음의 준비를 하고 있어야 했다. 출석부를 훑어보던 선생님들의 눈길은 어김없이 본 적 없는 내 이름에서 멈추곤 했다. 그럼 즉시 당첨! 호명되어 책을 읽거나 발표를 해야 했다.

여덟 살 즈음, 온 가족 앞에서 선언했다. 이름을 바꾸겠노라고. 내가 정한 이름은 '주디'였다. 그 시절 세계 고전 만화책 《키다리 아저씨》에 나오는 깜찍한 주디에 반해버려서였다. 이 말을 들은 아빠는 쿡쿡 조용히 웃었고, 언니와 엄마는 대놓고 고개를 젖히며 깔깔 웃기 시작했다. '뭐야, 딸 인생을 송두리째 바꿔놓을 엄중한 결정 앞에서 왜 웃는 거지?'

너무 웃어서 눈물이 그렁그렁 맺힌 얼굴로 엄마는 말했다. "넌 삐지면 주디가 댓 발 나오니까 그 이름이 딱 좋겠다."

그렇다. 주디가 경상도 사투리로 주둥이라는 데까지는 미처 생각이 닿지 못했던 것이다. 주디는 내게 어여쁜 서양식 이름이었지만, 경상도 억양을 넣어 주↗디→라고 읽으면 금세 주둥이가 되어버렸다. 그렇게 개명의 꿈은 좌절됐다. 내 두 번째 이름이 될 뻔한 주디를 쉽사리 떠나보내지 못한 가족들은, 지금도 가끔 주디라고 부르며 나를 놀린다. 그때마다 이름을 바꾸지 않았음에 안도한다.

사춘기가 찾아와 자의식이 넘쳐나는 시기가 오자 이름 콤플렉스는 온데간데없이 사라졌다. 도리어 이름에 과한 애착이 생겨났다. 내가 속한 집단에서는 항상 유일한 이름이어서, 이름은 나를 나로 만들어주는 확실한 장치였다. 이름이 곧 나였던 것이다. 내 이름을 들은 사람들은 대개 "어머, 독특하고 예쁜 이름이네요."라고 했다. 그 칭찬을 마치 내가 독특하고 예쁜 사람이라고 하는 것으로 마음대로 해석해서 듣는 이상한 공주병을 앓게 되었다.

내가 나에게 지어준 새 이름

이름과 맺은 이 나르시시스트적인 관계는 '클로에(Chloe)'라는 제2의 이름을 만들면서 해소되었다. 주변에 영어식 혹은 불어식 이름을 만들어 쓰는 사람이 꽤 있었다. 나는 해외 생활을 수년 동안 하면서도 서양식 이름은 기를 쓰고 거부해왔다. 20년 넘게 써온 이름을 저버리는 것이 나에 대한 배신처럼 느껴져서다. 이름은 나의 정체성을 드러내는 도구기도 했으니깐.

통역사로 일하던 어느 날이었다. 한국어 발음에 익숙지 않았던 해외 고객들이 민망한 상황을 피하기 위해, 아예 나를 부르지 않는 쪽을 택한다는 걸 알게 됐다. 급하게 전할 말이 있을 때는 저 멀리서 달려오거나, 서로 말을 놓았는데도 난데없이 존칭인 '마담'으로 부르기도 했다. 발음하기 편한 이름을 만들 수밖에 없었다. 이름을 직접 고를 수 있다니, 약간 설레기도 했다. 이후로도 해외 생활을 하면서 계속 클로에란 이름을 쓰고 있다. 새로운 이름을 가지고 나서 "클로에 너 말고, 다른 클로에"라는 말을 처음으로 듣게 되었다. 내게도 동명이인이 생긴 것이다. 그제야 이름 자체는 모음과 자음의 조합 그 이상, 그 이하도 아님을 실감했다. (물론 이름을 주디로 바꾸지 않은 것은 천만다행이지만.)

나를 나답게 해주는 이름

알고 보니 이름이 흔하냐, 아니냐 하는 것은 별 의미가 없었다. 나를 나답게 해주는 이름이 되기 위해서는 몇 가지 조건이 필요했다. 우선, 그 이름으로 불리는 '나'의 고유한 이야기가 있어야 한다. 엄마는 '답다'라는 말을 좋아한다. 엄마는 학생은 학생답게 살아야 한다고 입버릇처럼 말하곤 했다. 난 늘 그 말에 반감이 들었다. 한 사람을 정해진 틀과 역할에 가둬두는 것 같아 답답했다. 그러다 그 말의 의미를 다시 생각해봤다. '누구답다'라고 했을 때, 그 말이 말하는 사람에 따라 다른 가치를 지닌다면? 그 정의가 한두 단어에 그치지 않고, 한 권의 책으로도 쓸 수 있을 만큼이 된다면? 그건 정말 멋진 일이 아닐까? 내 이름에 담긴 '나'라는 사람의 정의가 풍부해질수록, 이름이 가진 의미 또한 풍부해질 것이다. '클로에다움'을 다양화하는 작업은 온전히 나의 몫이겠지.

두 번째로, 나를 내 이름으로 불러주는 사람들이 있어야 한다. 우리는 이름이 주어지고 그렇게 불림으로써 그것으로 인식된다. 우리는 이름 없는 물체나 사람을 기억할 도리가 없다. 또한 이름이 있더라도 불리지 않는다면 그 존재는 금세 잊히고 만다. 나라는 사람은 절대로 홀로 나다워질 수 없는 것이다. 나를 불러주는 사람들, 특히 하루에도 몇 번이고 깊은 애정이 담긴 목소리로 내 이름을 불러주는 사람들이 있어 나는 나에게로 한 발자국 더 가까이 다가갈 수 있다.

김리하
@yeon0517

울면서 계단 오르기,
300일

나는 운동에 있어서만큼은 중도 하차의 달인, 포기의 아이콘으로 통한다. 하다가 금세 그만두어서 변변하게 할 줄 아는 운동이 없다. 몸을 움직이는 활동을 좋아하지 않는 까닭에 특별한 운동 없이 오직 숨쉬기만 하면서 지금껏 근근이 버텨왔다.

그런데 갱년기 즈음부터 몸의 이곳저곳이 아프기 시작했다. 마음도 마찬가지였다. 몸이 먼저였는지 마음이 먼저였는지는 모르겠지만 그 둘은 앞서거니 뒤서거니 하며 다 아파왔다. 인생 후반전으로 넘어가기 3, 4년 전부터 나는 호되게 갱년기 증상을 겪어내고 있었다.

날마다 눈뜨기가 두려울 정도로 힘겨운 날들이 지속되었다. 인생의 절반을 이미 살아버렸다는 허무함이 크게 다가왔다.

절반씩이나 살았는데도 눈에 띄는 무엇 하나 만족스러운 상태가 아니라는 사실도 나를 괴롭혔다. 특별히 불성실했던 적이 없었음에도 불구하고 젊었을 때 조금 더 힘내지 못한 스스로를 책망했다. 그사이 갈수록 체력은 떨어졌고 몸에 이상 징후들이 차례차례 나타났다.

불면증에 시달렸고 겨우 잠이 들라치면 심장이 옥죄어오며 콕콕 찔러대는 통에 잘 수가 없었다. 하룻밤 사이에 숱하게 가슴을 부여잡으며 일어나 앉는 일이 되풀이되자 약한 체력은 아예 바닥이 났다. 몸은 바짝바짝 말라갔다. 숙면을 취하지 못하니 늙고 초라해지는 건 한순간이었다. 병원에서 검사를 받아봤지만 특별한 소견은 없었다. 병원을 다녀도 증상은 더 심해졌다가 덜 심해지는 정도의 차이만 있었을 뿐이다.

그 무렵 우연히 아파트 로비에서 집까지 걸어 올라온 적이 있었다. 엘리베이터가 꼭대기 층까지 가 있었는데 그날따라 그냥 계단을 한번 걸어볼까 하는 마음이 들었다. 딸아이가 당시 계단 걷기를 며칠째 하고 있어 영향을 받은 탓도 있었다.

첫날 계단을 걸어 우리 집이 있는 21층까지 올라오는데 8분이 넘게 걸렸다. 쉬지 않고 한번에 5층까지 올라가는 것도 힘겨웠다. 8층에서 한 번, 15층에서 또 한 번. 난간을 붙잡고 거친 숨을 몰아쉬며 멈춰야 했다. 가까스로 집에 오자마자 현관 앞 마룻바닥에 뻗어서 한참 동안 일어나지 못했다. 그러나 잠시의 휴식 뒤에 몰려오던 희열은 생각보다 컸다. '나도 계단 오

르기 정도는 할 수 있겠구나.'

만 보 걷기나 마라톤, 헬스, 필라테스 등등 이런 운동을 매일 할 자신은 없었다. 나에게 무리한 종목이라는 걸 뻔히 알면서 억지로 약속하고, 못 지켰을 때 스스로를 원망하는 일은 하고 싶지 않았다. 그래서 운동의 효과가 미미할지라도 나 혼자 아무 때나 나가서 단시간에 숨을 턱 밑까지 끌어올릴 수 있는 계단 오르기를 꾸준히 해보자고 결심했다. 갱년기 몸 상태의 내가 타협할 수 있는 가장 만만한 운동이기도 했다.

그 하루를 시작으로 나는 그다음 날도 또 그다음 날도 계속 계단을 올랐다. 비나 눈이 오면 바깥 활동을 할 수 없지만 아파트 계단은 연중무휴, 24시간 아무 때나 오를 수 있었다.

우연히 시작한 계단 오르기를 빼먹지 않고 하다 보니 한 달을 채우고 싶어졌다. 그 한 달을 채우고 났더니 두 달을 채우고 싶어졌고 100일을 채우고 싶어졌다. 작년 크리스마스는 100일째 되던 날이었고 나는 어김없이 계단을 올랐다.

불면증은 사라졌고 가슴이 죄어오던 증상도 잦아들었다. 워낙에 만성 두통을 달고 살았는데 그 역시 완화되었다. 나의 두통은 심리적인 요인이 많아서 스트레스를 받거나 신경 쓰는 일이 늘어나면 어쩔 수 없이 도졌다. 그리고 앓을 만큼 앓아야 나았다. 지금도 가끔 두통이 생기지만 계단 오르기 전보다는 빈도와 정도가 훨씬 나아졌다.

5층까지 계단을 오르면 체조 15분을 한 것과 맞먹는 양의 운동 효과가 있다고 한다. 21층까지 계단을 오르면 숨은 가빠지고 심장은 터져나갈 것만 같다. 심장의 쿵쾅대는 소리가 온몸에 전해져오면 그 소리만큼 혈액도 빠르게 내 몸 구석구석을 돌아다닐 거라는 상상을 한다. 저체온증으로 고생하던 지인도 계단 오르기를 시작한 이후 체온이 오르면서 훨씬 건강해졌다는 소식을 전해왔다. 우리는 둘 다 계단 오르기 효과를 톡톡히 본 셈이라 아무리 귀찮고 힘들어도 그만둘 수가 없다.

처음 며칠은 계단을 오르는데 얼마나 힘들던지 눈물이 났다. 땀이 흐르는 줄 알았는데 눈물이었다. 중간중간 울면서도 계단을 올랐다. 어떤 날은 다리가 끊어지는 것 같기도 했고 또 어떤 날은 같은 계단이라도 특별히 더 힘들게 느껴질 때도 있었다. 그러나 혼자서 매일 21층까지 오르기로 마음먹은 이상 포기하고 싶지는 않았다.

계단 오르기는 100일을 지나 200일, 300일을 넘어섰다. 그러는 동안 단 하루도 빠진 날이 없었을까? 딱 두 번 있었다. 한 번은 심하게 배탈이 나서였고, 또 한 번은 감기로 온몸이 욱신거려서였다. 빠진 두 번을 체크해두었다가 몸이 낫고 나서 보충을 했다. 하루 두 번, 21층 계단을 오르는 것으로 말이다. 매일매일 올랐다고 하기에는 빠진 두 번이 걸리긴 하지만 부족한 부분은 채워서라도 습관으로 만들고 싶었다.

늦장을 부린 날에는 밤 10시나 11시가 넘은 시각에 옷을 갈아입은 다음 엘리베이터를 타고 로비로 내려간다. 정말 귀찮은 일이다. 하지만 이미 습관이 되어버린 일을 어기고 싶지 않은 마음이 훨씬 크다. 작은 습관을 매일 쌓아나가기는 너무 어렵지만 그걸 깨뜨리는 건 순식간이다. 그 사실을 알기에 자정 전에는 무조건 계단을 터벅터벅 걸어 올라온다.

사실 21층 계단을 오른다고 눈에 띄게 체력이 좋아져서 갱년기 증상을 다 떨쳐버리는 기적은 일어나지 않는다. 그러나 우연히 시작한 사소한 일일지라도 300일 넘는 시간 동안 계속하고 나자 심신에 변화가 생겼다.

날마다 스톱워치로 시간을 재서 캡처한 기록들은 좋은 습관을 가지려고 노력한 하나의 증거가 되어주었다. 운동 이외에도 새벽 기상, 독서, 글쓰기 등등 매일 해야 할 일들을 아주 적은 양이라도 함께해나갈 수 있게 되었다. 하루의 체계가 잡혀갔고 일상의 습관이라 이름 붙일만한 일들이 생겨났다. 삶의 방식으로서 내 나름의 철학이 생긴 것이다. 매일 하는 일들이 모여서 내가 된다는 사실을 비로소 깨달았다.

300여 일간의 계단 오르기는 쇳덩어리보다 더 무겁고 지쳐 있던 내 몸뚱이 하나를 끌어올리면서 우울했던 마음까지 당겨 일으켜 세워준 소중한 과정이었다.

대단한 성과를 하루아침에 낼 자신은 없다. 나에게는 애초부터 그럴만한 능력도 없었고 그런 능력이 없으니 꿈꿔본 적도 없다. 분수에 넘치는 과욕은 부리지 않는다. 생긴 대로 내 꼴에 맞고 내가 할 수 있는 고만고만한 일들을 습관으로 잡아가며 삶을 조율해나가고 싶을 뿐이다.

어제까지 327일째 계단을 올랐다. 대단한 무엇은 아니었지만 그렇다고 무가치하며 희망 없는 일도 아니었다. 생각을 비우고 나를 키우는 쪽으로 서서히 움직여보기에는 계단 오르기가 꽤 괜찮은 운동인 것 같다.

노지현
@wlgus7071

3만 장이 넘는 사진 속
진짜 나는 없었다

사진 찍는 것을 참 좋아한다. 워낙 단기 기억력이 짧아 기억이 빨리 사라지는 것을 조금이나마 붙잡아두고 싶어서 사진을 많이 찍기 시작했다. 요즘에는 영상으로 바뀌긴 했지만 말이다.

　이번 달부터 본격적으로 취업 준비에 돌입하면서 머리와 몸은 지치고 마음도 많이 차가워졌다. 친구들과 술을 마시며 스트레스를 풀곤 했는데 취준생 수준에 서울 월세를 감당할 수가 없어서 고향에 내려와 지내느라 친구들도 없다.

　결국 스트레스를 푸는 법을 찾았다. 바로 클라우드 열기. 다른 사람들은 깨끗하게 잘만 유지하는 이 클라우드를 6년 동안 제대로 정리 한 번 안 하고 그대로 묵혀두었다. 그야말로 '판도라의 상자'다. 게다가 아이디 하나로 6년을 버티느라 이미 기본으로 주어지는 30기가바이트를 다 쓰고 새로운 사진은 계속 업데이트되는 완벽한 아노미 상태였다. 이번 달에는 반드시 정리하겠노라 다짐했다.

대학에 입학해 클라우드를 이용하기 시작했던 2014년 3월부터 쌓인 자료를 처음부터 끝까지 보았다. 6년간의 자료는 정말 방대하고도 끝이 없었다. 그래도 지루하진 않았다. 잘못 찍혀서 갤러리에서는 바로 지워버린 사소한 에피소드까지 다 들어가 있었으니까. 흑역사로 남았던 전 남자 친구들과의 연애도 고스란히 있었고 (가독성이 떨어지는 프레젠테이션을 이르는) 보노보노 PPT 저리 가라 하는 새내기의 발표 자료도 있었다. 한참을 재밌게 보고 있다가 한 가지 의문이 들었다.

왜 사진 속의 내 모습은 다 똑같을까? 분명 모두 다른 상황에서 찍었던 사진들인데, 표정에 따라 당연히 변해야 할 내 눈, 코, 입은 왜 그대로일까?

그 이유는 지금은 이름마저 촌스럽게 느껴지는 '포토원더'를 포함한 다양한 사진 보정 앱 때문이었다. 나는 외모가 돈이 될 수 있다는 것을 믿게 해줬던 프로그램 〈얼짱시대〉를 보면서 유년기를 보냈고, 학급의 절반 이상이 쌍꺼풀 수술을 했던 청소년기를 거쳤다. 대학에 와서도 잡지 〈대학내일〉의 표지 모델이 되려면 특별한 이력은 기본, 고운 얼굴까지 뒷받침되어야 함을 확실히 느끼며 살아왔다. 그러니 당연히 외모에 집착하게 되었다. 여기서 외모는 남이 보았을 때 예쁜 외모를 뜻했다.

사진 속 작게 나오는 내 눈이 싫었다. 무표정이거나 조커처럼 입만 웃고 찍은 사진이 많았다. 그걸로도 부족해 보정 앱으로 성형 괴물처럼 보이기 직전까지 눈을 키웠다. 풋풋함의 상징이던 볼살은 얼굴을 커 보이게 한다고 생각해 턱과 함께 열심히 깎고 또 깎았다. 짧은 치마 밖으로 삐죽 나온 허벅지 살을 '갸름 효과'를 줘서 정성을 다해 젓가락처럼 만들었다. 겨우 사진일 뿐이지만 당시에는 앱으로 만든 사진 속의 내가 참 예뻐 보였다. 그게 날 행복하게 했다. 진짜 내가 아닌데도.

25년 인생의 대부분을 그렇게 살아왔기에 내가 찍는 사진들이, 아니 내가 만드는 사진들이 기형적이라는 것을 깨달을 때까지 참 오랜 시간이 걸렸다. 이런 내가 바뀌게 된 가장 결정적인 이유는 호주 워킹홀리데이에서 만난 학과 후배의 말 한마디였다. 그 후배는 버블티를 마신 후 함께 사진을 찍자고 했고, 나는 너무나 자연스럽게 그 앱을 켰다.

 "언니, 이건 우리가 아니잖아. 우린 이렇게 안 생겼어. 우리가 아닌 건 멋지지 않아. 다 가짜야."

그 후배는 몰랐겠지만 그날 그의 인스타그램를 구경했다. 보정 앱으로 다듬은 사진 하나 없이 웃고 싶을 때 웃고 장난치고 싶을 때 장난치고 놀랐을 때 놀란 표정이 다 담겨 있었다. 너무나 멋져 보였다. 진짜 추억을 담고 있는 건 그 친구의 사진첩이었고, 내 것은 추억으로 위장한 전시회장일 뿐이었다.

그 뒤로는 진짜 사진을 찍기 시작했다. 진짜 내가 있는 사진 말이다. 표정 없이 눈, 코, 입만 뚜렷하게 보이는 그런 사진 말고, 내 감정을 다 보여줄 수 있는 사진을 쌓기 시작했다. 겨우 사진일 뿐인데, 마음이 참 시원해졌다. 그리고 신기하게도 진짜 내 얼굴을 마주하자 오히려 자신감이 생겼다. 사진 찍는 것도 재밌어졌다. 예전에는 참 부담스러웠는데.

클라우드 속 3만 장 넘는 나의 사진에는 내가 없다. 사진과 시간을 되돌릴 수도 없다. 하지만 앞으로 클라우드에 쌓일 또 다른 3만 장은 그렇지 않을 것이다. 그건 진짜 나고, 그게 진짜 내 사진첩일 테니까.

석지호
@jihoseok

추석 즈음이 되면
급식에 송편이 오르곤 했다

추석 즈음이 되면 급식에 송편이 오르곤 했다. 집에서 오물거리던 것들과는 다르게 꽤 다양한 색을 가진 송편들이었다. 사실 아이들의 관심은 송편의 색깔이 아니라 그것이 안고 있는 재료였다. 아이들은 보통 꿀이 들어 있는 송편을 좋아했다. 급식을 먹기 위해 줄을 서며 초록색 송편에 꿀이 많다거나 구멍이 뚫려 있으면 콩이 들어 있다거나 하는 음모론을 재잘거리곤 했다. 그리고 급식 판을 내밀며 초록색 송편을 달라며 눈을 반짝이곤 했다.

왜 하필 오늘 당번이냐며 입을 내민 채 떡을 나누어주던 아이들은 다른 아이들의 부탁에 사심을 한껏 이용했다. 어제 발야구를 할 때 상대 팀에서 홈런을 쳤던 아이에게는 초록색 송편이 없다며 심통을 부리곤 했고 매일 받아쓰기 100점을 받는 안경 쓴 아이에게는 구멍이 뚫린 송편을 주며 안에 콩이 들어 있기를 확신하곤 했다. 그러면서도 늘 좋은 냄새가 나서 눈이 가는 반장에게는 옆쪽으로 밀어둔 초록색 송편과 함께 분홍색 송편을 내어주곤 했다. 조폭 마누라라는 짓궂은 별명을 함께 건네며 말이다.

사실 나는 유별나게도 콩이 들어간 송편을 좋아했다. 주변 분위기에 맞춰 나도 초록색을 꺼내어달라며 성을 냈지만 받아 낸 초록색 송편이 콩을 안고 있으면 좋겠다는 생각을 했다. 너도나도 송편을 깨물며 자신의 불운에 대해 성토했고 나는 콩이 씹힌 오늘의 행운에 혼자 조용히 미소를 지었다. 그러고는 누가 볼세라 얼른 씹어 넘기고서 역시 송편은 꿀이 들어가야 한다고 아우성치곤 했다.

어린 시절의 나는 내가 좋아하는 것에 대해 말하는 것을 부끄러워하는 아이였다. 남들과 다른 것을 좋아하는 것은 퍽 눈에 띄었고, 눈에 띄는 것은 영 피곤한 일이었다. 누군가 내게 관심을 가지면 얼굴이 토마토보다 더 빨개지곤 했다.

어릴 적 버릇은 참 오래도 갔다. 꿈보다 키가 커지고 마음보다 몸이 커진 나이에도 마찬가지였다. 나는 내가 좋아하는 것을 다른 사람에게 말하는 것을 죽기보다 싫어했다. 그도 그럴 것이 내가 좋아하는 것들은 어째 나와는 참 어울리지 않는 것들이 많았다. 글을 쓰는 것이라거나 차를 마시는 것이라거나 꽃을 보는 것이라거나. 그래서 그런 것은 가만히 둔 채 다른 사람들을 따라가고는 했다. 노래를 부르는 것이라거나 술을 마시는 것이라거나 축구를 보는 것이라거나. 그런 것들도 재밌기야 했지만 늘 집에 돌아오는 길에 옅은 한숨을 내뱉곤 했다. 나는 나답게 살아가는 법을 잃어버렸다고 느꼈다. 보다 정확히는, 나답게 살아본 적이 없다고 생각했다.

세상 다 산 척하며 늘 취해 있었던 스물 초반에도 여전했다. 아니 여전하지는 않았다. 아마 대학교 3학년 정도였을 것이다. 비 오는 날 같은 수업을 듣고 있던 당신에게 나는 별다른 이유도 없이 커서 하고 싶은 것이 있냐고 물었다. 그 질문은 졸업을 앞둔 그 나이대 아이들에게 꽤 현실적이고 잔인한 질문이었고, 나는 그 슬픈 질문을 아무에게나 하고 대답 대신 한숨을 듣는 것을 즐기곤 했다.

하지만 당신은 달랐다. 나는 쉬는 시간 내내 당신이 좋아하는 것과 당신이 하고 싶은 것에 대해 들었다. 망치로 머리를 얻어맞는다는 기분을 그때 이해했다. 나는 항상 좋아하는 것보다 남들이 많이 하는 것을 선택하곤 했다. 참 편한 일이었다. 좋아하는 것을 못하는 일은 상상보다 끔찍한 일이었다. 나는 남들보다 적은 노력으로도 남들이 선택하는 것을 잘할 수 있었다. 그 수업을 들었던 이유도 마찬가지였다. 누구나 그 수업을 들어야 한다고 말했기 때문이었다. 당신은 달랐다. 당신이 정말 좋아하는 수업이라 꼭 들어야 한다고 했다. 마침 시험 결과가 나오는 날이었고 나는 1등이라고 적힌 시험지를 멍하니

보다가 구겨 찢어버렸다. 사는 것이 부끄러웠다.

  그날부터 하고 싶은 일을 찾았다. 정확히 말하면 내가 나답게 살 수 있는 방법을 찾았다. 지도 없이 길을 찾는 기분이었다. 나는 그때부터 당신을 동경했다. 정말 여러 가지 일을 하며 내가 누구인지를 찾으려 했다. 영 쉽지 않았지만 그때마다 당신의 말들을 기억했다. 누군가를 동경하는 것은 내게 꽤나 생경한 일이었다. 그것은 누군가를 좋아하면서 싫어하는 감정을 동시에 느끼는 일이었다. 나와 같은 나이임에도 벌써 당신답게 살아가는 당신을 보며 부러워했고, 나는 나답게 살 수 없을 것 같다는 우울함을 몇 번 느꼈다.

불행인지 다행인지 나는 내가 좋아하는 일을 찾을 수 있었다. 그리고 그 일을 하기 위해 대학원에 진학했다. 좋아하는 일을 찾기야 했지만 그 일을 정말 좋아한다고 말하지 못하는 것은 어렸을 때와 마찬가지였다. 대학원생이라면 늘 달고 사는 후회와 자학을 입에 걸곤 했다. 나는 나를 찾았지만 그것에 당당하진 못했다. 그날도 마찬가지였다. 새벽에 찌뿌둥하게 일어나서 버릇처럼 메일을 확인하는데 발신인에 처음 보는 이름이 있었다. 논문이 통과되었다는 소식이었다. 나는 이불을 머리 끝까지 올리고 그 순간의 감정이 이불 밖으로 빠져나가지 않으면 좋겠다는 생각을 했다. 이불이 짓누르는 따스한 두려움과 어느 정도의 땀 냄새 그리고 아무것도 보이지 않는 캄캄함이 혹시 행복이라는 것은 아닐까 상상했다.

나는 그때 내가 오롯이 나라는 생각을 했다. 논문 맨 앞자리에 쓰여 있는 내 이름을 보고서 마침내 나는 행복했다. 피곤한 얼굴로 밤을 지새우며 실험을 하는 것이. 엑셀 파일과 논문 몇 장을 들고 토론을 하는 것이. 나온 자그마한 결과를 보고 티 나지 않게 좋아하는 것이. 구부정한 자세로 논문 몇 자를 쓰며 낑낑대는 것이. 그 모든 것이 나라고 생각했다. 다른 사람이 이해하지 못할지라도 내 길을 찾아간다는 것의 행복을 드디어 깨달았다. 나는 그때서야 비로소 당신에게 부끄럽지 않았다.

김복희
@ibjk65

에무오아루에누아이에누지

나의 첫 영어 선생님

중학교 입학을 앞둔 2월, 나는 아빠의 제안에 따라 처음으로 학원이라는 곳을 갔다. 그 당시 시골에 있는 학원이라곤 주산 학원이 다였다. 나는 산수도 잘하는데 뜬금없이 웬 주산? (수세는 속도가 느린 아이들이 계산력 향상을 위해 주산 학원에 다니는 경우가 많았다.) 더욱이 우리 집은 학원에 다닐 만큼 넉넉하지 않았는데 아빠는 당신만의 백년지대계(百年之大計)를 실천에 옮기기 시작하였다.

주산 학원에 가기 일주일 전, 아빠가 내게 영어를 가르쳐주었다. 그렇게 한 주 동안 알파벳도 어느 정도 익히고 영어 단어도 몇 개 배웠다.

시장통 싸전 앞에 있는 주산 학원은 장날이면 시골 할머니들의 넘쳐나는 흥정 소리로 시끄러웠다. 겨울이라 풀빵 굽는 기계에서 고소한 냄새가 풍겼고 가끔 우시장에 끌려가는 소의 울음소리도 들렸다. 그런데도 내 아련한 기억 속에는 조용하고 평온한 한나절의 모습으로 남아 있다. 나는 그 풍경 가운데를 뚫고 학원 안에 들어섰다.

1교시, 처음 만져보는 주판알을 이리저리 튕기다 "1원이요, 2원이요." 하는 소리를 몇 차례 듣다 보니 어느새 주산으로 덧셈도 뺄셈도 하게 되었다.

2교시, 주산 선생님이 영어 선생님으로 변신하더니 중학교 1학년 첫 단원에 나오는 영어 단어를 가르쳐주셨다. 그제야 알았다. 아빠가 나를 주산 학원에 보낸 이유를 그리고 갑자기 영어 단어를 가르쳐준 까닭을 말이다. 중졸의 촌부이지만 교육열이 높았던 아빠가 중학교 입학을 앞둔 맏딸에게 나름대로 선행 학습을 시키고자 하셨던 것이다. 주산 학원에서 방학 동안 특강 형식으로 영어를 가르친다는 소식을 듣고 중학교 입학 전에 내가 영어를 익히기를 바라셨던 것이다.

첫날 영어 수업 시간에 나는 영어 영재가 되었다. 다른 아이들은 ABC를 겨우 읽을 때 나는 아빠의 선행 학습 덕분에 읽기뿐 아니라 쓰기도 하였고 다음 시간에 배울 내용도 미리 읽을 수 있었기 때문이다. 그렇게 며칠 동안 영어 영재로서 지내다가 아빠에게 배운 영어랑 영어 선생님으로 변신한 주산 선생님이 가르쳐준 영어가 다르다는 것을 깨달았다.

"How are you?" "I am fine, thank you, and you?" "I am fine."
인사도 자연스럽게 구사하고 영어가 재미있어질 때 'Good
morning!'에서 문제가 생겼다. 분명 아빠는 'morning'이라 쓰
고 '에무오아루에누아이에누지'라고 외우라고 가르쳐주셨다.

　"'Good morning'을 나와서 쓸 수 있는 사람?" "저요!"
　호기롭게 나가서 칠판에 쓰며 보란 듯이 소리 내어 읽었다.
　"지오오디 에무오아루에누아이에누지."
　"스펠링 한 번 더 말해볼래?" "에무오아루에누아이에누지."

선생님은 웃으며 "엠오알앤아이엔지"라고 고쳐주었다. 중졸
의 아빠는 알고 있는 최대한의 지식을 내게 전수했지만 일본
식 영어를 배운 탓에 'm'은 에무, 'r'은 아루, 'n'을 에누라고 가르
쳐주었던 것이다. 그렇게 영어 영재로서의 막이 내리는 듯했
으나 아빠의 계획은 역시 적중하였다. 나는 아빠에게 배운 일
주일 영어와 주산 학원에서 배운 한 달 영어로 중학교 입학 후
진짜 영어 영재처럼 영어를 잘하고 좋아하는 학생이 되었다.
고등학생 때는 교내 영어 말하기 대회 최우수상을 받아 도내
영어 말하기 대회에 시군 대표로 참여하기도 하였다.
　그렇게 촌부인 우리 아빠는 내가 영어에 관심을 갖고 잘할
수 있게 초석을 깔아주셨다. 영어를 잘하게 되니 자연스레 다
른 과목에도 자신감을 갖게 되어 나는 학창 시절 내내 공부 잘
하는 우등생이 될 수 있었다.

나는 어릴 때부터 초등학교 교사가 장래 희망이었다. 하지만 영어를 좋아하게 되고 고등학교 3학년이 되어 진로를 결정할 때가 오자 나는 사범대학 영어교육과에 진학하여 영어 선생님이 되고자 했다. 그 당시 라디오와 신문을 열중해서 듣고 읽으며 세상의 변화와 미래의 발전 양상을 배우던 아빠는 내가 사범대학을 졸업할 4년 후의 교사 수급 상태까지 예상하였다. 학과에서 1, 2등을 해도 발령이 나기 어려우며 발령이 나도 도시가 아닌 시골로 가게 되면 힘들 거라고 말씀하시며 교육대학 진학을 권유하셨다. 아빠 예상대로 4년 후 사범대학 졸업생들은 발령이 나지 않았고 나는 보란 듯이 3월 1일 자 첫 발령이 났다. 나는 영어를 좋아하는 초등학교 교사가 되었다.

자라면서 아빠에게 혼이 난 기억이 없다. 특별히 나쁜 짓을 하거나 공부를 하지 않아 부모님 속을 썩이지는 않았지만 자식 교육에 욕심이 많은 아빠 눈에 부족한 면이 보였을 것이다. 하지만 아빠는 자식을 믿고 기다려주셨다. 성적이 조금 떨어져 장학생이 되지 못했을 때에도 속상해할 자식의 마음을 더 걱정해주시며 웃음으로 할 말을 다하셨다.

　내가 첫 발령이 난 날, 아빠는 조회대 위에서 떨리는 모습으로 인사를 하던 나를 학교 담장 너머에서 바라보고 계셨다. 맏딸이 선생이 되어 첫 출근하는 모습을 보고 싶고 응원하고 싶어서 시골에서 새벽 기차를 타고 대구에 오신 것이다. 그때 다짐했다. 아빠가 믿을만한 괜찮은 선생이 되어야겠다고, 나는 그 다짐을 실천하려 노력하며 교사 생활을 해왔다.

　내가 첫 딸을 낳은 날, 아빠는 자식을 낳은 딸이 대견하기보다는 딸의 고단함을 안쓰러워하셨다. 내가 친정에 갔다 돌아오는 날은 늘 아빠가 대구까지 동행하셨다. 맏딸이 혼자서 손녀를 데리고 가면서 힘들까 봐 집까지 데려다주고 아빠 홀로 쓸쓸히 되돌아가셨다. 그렇게 나는 부모가 되어가는 것도 아빠에게 배웠다.

　우리 아빠의 교육열과 자식 사랑은 그 시절 다른 부모에 비해 유별나고 특별했으며, 아빠는 우리 네 남매가 교사가 되고, 의사가 되며, 부모가 되는 모습을 흐뭇하게 바라보셨다.

교사 생활 34년을 끝으로 명예퇴직을 하면서 가장 많이 떠오른 사람이 아빠였다. 지금은 하늘나라에 계시지만 그곳에서도 "희야, 잘했다. 34년 동안 수고했다."라고 해주실 것이다.

　'morning'이라 쓰고 '에무오아루에누아이에누지'라고 가르쳐주신 나의 첫 영어 선생님, 우리 아빠. 혼내지 않고 믿음으로 기다려주던 아빠의 웃음 속 가르침으로 교사로서, 부모로서 나답게 시작할 수 있었다. 아빠의 가르침은 나의 첫걸음이었다. 가끔씩 화가 나는 일이 있어도 아빠의 웃음을 떠올린다. 아빠의 웃음처럼 사는 일은 여전히 쉽지 않다.

강다예
@splendider23

나를 위해 만들어진,
세상에서 단 하나뿐인 엉뚱상

"엄마 나 상 받았어! 엉뚱상 받았어!" 고등학교 2학년 때 나는 상장을 하나 가지고 집으로 돌아왔다. 그날은 도덕 수업이 있던 날이었다. 각자 친구들의 장점을 찾아서 그에 맞는 상장을 자유롭게 만들어주는 시간이 있었는데 내 친구는 나에게 엉뚱상을 수여했다. 그날 이 엉뚱상을 가지고 가족들과 웃었던 기억이 어렴풋이 난다. 나에게 이 상은 그 어떤 상보다 마음을 따뜻하게 해주는 소중한 상이다. 내가 뭔가를 잘해서 받은 게 아닌 엉뚱한 나 자체가 장점으로 여겨진 상이기 때문이다.

어린 시절 나는 순한 아이였지만 꾸지람을 꽤나 들었다. 나의 끝임없는 상상력이 어른들을 종종 괴롭혔기 때문이다. 선생님께서 "너는 왜 이렇게 산만하니?"라고 물어보면 나는 갑자기 산만큼 커진 내가 떠올랐다. 그래서 손을 크게 펼쳐 "제가 '산'만 해요?"라고 대답하면 선생님은 정색한 뒤 혀를 내둘렀다. 나쁜 마음으로 선생님을 골탕 먹이려던 것은 정말 아니었다. 나는 산처럼 커진 내가 그려졌을 뿐이었다.

아홉 살 즈음의 어느 날은 갑자기 돈을 벌어야겠다는 생각에 장사도 했다. 꽃을 팔겠다고 동네에 있던 라일락을 꺾어다가 우리 아파트 앞에 터를 잡았다. 신문지를 깔아놓고 그 위에 꽃을 놓은 다음 하루 종일 손님을 기다리기도 했는데 아무도 사주는 사람은 없고 바람 때문에 날아다니는 꽃만 잡으러 다녔다. 아마 사람들은 어린애가 꽃 가지고 장난친다고 생각하지 꽃을 파는 거라고는 생각하지 못했을 것이다. 돈 한 푼 못 번 나의 첫 장사는 그렇게 하루 만에 끝이 났다.

학창 시절 쉬는 시간이 되면 갑자기 필통을 부여잡은 뒤 아이들의 시선은 아랑곳하지 않고 온 감정을 담아 발라드를 불렀다. 겨울이 되면 담요를 가슴부터 발끝까지 김밥 말 듯 돌돌 두르고 수업을 들었다. 어느 날은 해물탕을 먹다가 게딱지가 너무 예뻐 보이길래 게딱지 두 개를 깨끗이 씻은 뒤 양면을 붙여 통으로 만들고 그 안에 편지를 넣어 친구에게 생일 선물로 주었다. 친구는 아직도 말한다. 네가 준 게딱지는 정말 잊을 수가 없는 선물이라고. 어쨌든 학창 시절 내내 나의 별명은 쭉 사차원 또는 엉뚱한 애였다.

대학에 가서도 나는 엉뚱하다는 소리를 꽤나 들었다. 경영학과였지만 그림 그리기를 좋아했던 내가 추상적인 그림을 그리고 있으면 한 친구가 다가와 "네 머릿속에는 이런 게 들어 있던 거구나. 이제 좀 이해가 되네."라는 좋은 말인지 뭔지 모를 말을 하고 지나가기도 했다.

하지만 사회생활을 하고 점점 어른이 될수록 엉뚱함은 내가 감춰야 할 약점이 되었다. 웬 생뚱맞은 소리냐는 지적이 날 움츠러들게 했고 쟤는 참 특이하다는 말은 나를 외롭게 했다.

내가 회사에서 할 일은 분명했다. 해외 고객이 원하는 제품을 규격에 맞게 생산 주문을 넣고 원하는 날짜까지 배로 운송해주기. 쏟아지는 고객의 요청에 맞추어 하루를 보냈다. 숫자가 빼곡히 담긴 엑셀 시트는 기본 다섯 개가 띄워져 있었다. 나는 많이 지쳐갔다. 일의 양이 문제가 아니라 본질이 문제였다. 매일매일 똑같은 반복적이고 계산적인 사무 작업.

그러다 어느 날 방 정리를 하며 엉뚱상 상장을 발견했다. 그걸 보니 왠지 마음이 찡했다. '맞아…. 나 엉뚱한 애였지.'

나는 나에 대해 탐구했다. 나는 어떤 걸 좋아하는지 어떤 삶을 살고 싶은지 고민했다. 그리고 퇴사를 결심했다. 미술을 공부하고 싶었다. 그렇다고 미술로 돈을 벌고 살 생각도 없었다. 그냥 유럽 여행 중 가장 많은 아름다움을 느꼈던 프랑스에서 미술을 공부해보고 싶었다. 딱 유학 자금을 모을 때까지 일을 했고 표현의 자유 그 자체인 나라에서 새로운 삶을 살기로 했다.

주변에서는 그 결정까지 엉뚱한 용기로 치켜세워주었다. 경영학 공부를 하고 멀쩡한 회사 다니다가 퇴사하는 건 그렇다 쳐도 갑자기 미술과 프랑스어를 동시에 시작해보겠다니. 회사 동료들은 쟤가 언젠가 저럴 줄 알았다는 반응이었고 친구들 또한 복합적인 의미로 대단하다고 말해주었다.

나는 그렇게 프랑스에서 4년을 공부했다. 그리고 지금은 꿈꿔보지도 않았던 그림책 작가가 되기 위해 글을 쓰고 삽화를 그리며 하루하루를 보내고 있다. 글을 쓰다 보면 이따금씩 나는 내 엉뚱함에 정말 감사하다. 나의 영감은 지극히 엉뚱한 상상력에서 오기 때문이다. 나를 나답게 해주는 이 엉뚱함 덕분에 그림책 소재의 영감은 오래도록 마르지 않을 것 같다.

당신의 거친 손이
나를 키우는 바람이었습니다

어린 시절 아버지의 너무 이른 경제적 파산으로 1년에 한 번씩 이사를 해야 했다. 급기야 꿉꿉하고 빛이 새어 들지 않는 지하 단칸방으로, 다섯 가족이 온기로 결합할 수밖에 없는 생활 터전에 굴복하는 상태까지 이르렀다.

하교하고 귀가하면 일수쟁이, 채권자들이 비좁고 어두운 공간에서 물러날 기색을 보이지 않는 날들이 많았고, 죄인처럼 고개만 떨구던 부모님의 곁에서 떨어져 한쪽 귀퉁이에 밥상을 펴고 숙제를 해야 하는 날들도 많았다. 가난은 진부한 소재이지만 고통은 개별적이고 구체적이다. 대학에 들어가고 사법고시에 합격해서 변호사가 되기까지 가난은 가족의 숙제였고, 발목 잡는 무형의 굴레였으며, 내면의 우울감을 질게 형성하는 매우 불편한 진실이었다.

아버지의 갱생 능력과 의지는 술로 망가져갔고, 어머니는 채소 장사부터 인형 눈알 붙이기, 봉투 붙이기, 우산살에 천 꿰매기, 밤 깎기 등 닥치는 대로 일을 했다. 파출부가 되어 비교적 안정적 직장을 얻게 되자, 부자들이 먹다 남은 음식을 맛볼 수도 있었다. 당신이 돌아오기까지 동생들을 돌보는 것은 첫째 아이의 숙명처럼 전적으로 내 몫이었는데, 그때는 숙명이라는 개념과 의무라는 단어에 대해 깊은 이해가 없었다.

누구나 인생의 전환점이 있다. 사고에 타격을 입고 삶의 태도와 관점이 달라지는 사건을 경험한다. 중학교 2학년 때였다. 당신이 밤늦게까지 돌아오지 않아 파출부 일을 하는 직장으로 찾아갔다. 부르주아의 동네는 깔끔하고 깨끗했다. 당신의 직장에는 치매 노인이 있었는데, 그 노인이 당신의 퇴근 무렵 배변을 하고 벽에 칠을 했다. 초과근무 수당 없이 속옷을 빨고 청소를 하는 등 일을 하느라 퇴근이 늦게 된 것이다. 그 이유를 직접 목격하며 알게 되었다.

내면 깊이 울분과 슬픔 그리고 우울이 차올랐다. 의지와 무관하게 눈이 충혈되었다. 파출부의 본질에 대해 알고는 있었지만, 실상은 참담했다. 당신은 같이 집에 가자고 했지만, 충혈된 눈을 보이기 싫어서 먼저 집으로 돌아왔다.

부모의 가난은 나와 무관하다고 생각했다. 생각은 현실이 아니었다. 그 순간이 내게 사고의 타격이었다. 당신과 함께 돈을 벌어야 한다는 생각은 하지 않았다. 당신이 원하는 것은 '네 꾸다이' 매고 펜대 굴리면서 일하는 나의 모습이었다. 공부를 해야 했다. 게다가 중학생이 버는 돈은 가난에서 탈출하는 데 큰 영향을 미치지 못함을 알았다. 공부해서 좋은 직업을 구하는 것이 시간은 걸리지만 가난의 굴레에서 탈출할 수 있는 보다 현명한 선택이라는 생각이 들었다.

그 순간 이후로 나이키, 아디다스, 게스 등의 의류 브랜드를 입고 다니는 친구들을 부러워하지 않게 되었다. 보세 신발과 옷만으로 자신을 부끄럽게 여기지 않는 사고의 전환도 생겼다. 어두운 지하에서의 삶을 밝은 지상으로 끌어올리는 것이 인생의 목표가 되었다.

나를 정의하는 것은 누구에게나 어려운 일이다. 불가능할 수도 있다. 내면과 무의식에 대한 명확한 조명 없이는 누구나 스스로를 개념 지을 수 없다. 다만 나의 사고와 행동은 현실에서 도피하지 않고 근면한 자세로 우리를 지켜준 당신의 헌신과 희생이 시작이었다. 나를 '나'답게 하는 것은 집, 승용차, 재력, 지위, 명품이 아닌, 당신에 대한 감명이었다.

'나'를 규정할 수 있는 것은 내면의 소리와 사고와 성숙 그리고 실천적 행동 의지와 실행에 따른다. 당신의 거친 손마디가 '나'를 키우고 '나'를 정의하는 요소들을 우주로부터 끌어와 나에게 탑재했다. 나태를 기피하고, 실패에서 빠르게 회복하는 탄력성을 갖게 되었으며, 삶을 지하에서 지상으로 끌어내 밝은 세상을 추구하게 되기까지…. 채무자의 자식이라는 오라의 제거는 당신의 거친 손이 똥 묻은 팬티를 빨던 그 순간부터 시작되었다.

이제 인생의 전환점을 돌기 시작하는 시기가 되었고, 당신의 거친 손은 더 이상 거칠어질 이유가 없어졌지만, 당신이 거친 손을 아파하고 뼈마디로부터 불편한 고통을 겪는 모습을 지긋이 바라보고 있노라면 '나'에 대한 정의도 변화되어간다. 당신의 거친 손이 나를 키운 바람이었던 것처럼 잔존한 '나'의 삶에 또 어떠한 꿈과 목표를 품을 사고의 타격이 찾아올지 믿어 의심하지 않는다.

삶은 문제로 꽉 차 있고 공기처럼 고통으로 덮여 있다. 언제나 성공만 할 수 없고 언제나 실패만 연속되지도 않는다. 삶의 고뇌와 대면하여 지치고 힘들어지면, 나는 당신의 거친 손을 기억할 것이다. 당신의 거친 손이 다시 나를 일으킬 바람이 되리라 고백할 것이다.

내 안의 리듬을 찾아서

"넌 화장하는 거 별로 안 좋아해?" 지난해 소개팅을 했는데 상대가 길을 걷다 불현듯 이런 질문을 해왔다. 내 화장이 상대에겐 보이지 않는다고? 그날 나름 신경 써서 평소보다 짙게 화장을 한 상태였기 때문에 당황했다. 내 자존감에 스크래치를 날카롭게 그은 그 상대와는 얼마 안 있어 헤어졌다.

나는 스스로를 단장하고 가꾸는 데 서툴다. 거울도 잘 안 보고 어제 입은 옷을 오늘 다시 입기도 한다. 꾸미는 걸 싫어하진 않는다. 그저 우선순위를 일에 두고 있어서였다.

최근 지하철 계단을 바삐 내려가다 걸음을 멈추고 전신 거울을 봤다. 그동안 남들이 보는 내 표정과 몸 형태에 크게 신경을 안 써서 몰랐는데 자신감이 없어 보였다. 등은 살짝 굽어 있고 양어깨는 삶은 오징어처럼 말려 있었다. 얼굴에 다크서 클이 어둡게 깔려 피곤해 보였다.

바쁘게 일하며 지내는 게 살아 있는 거라고 생각했는데, 실상은 팔딱여본 지 오래된 어항 속 금붕어에 불과했던 것이다. 가슴 뛰는 일을 하고 싶다고 외치던 20대 초반의 포부는 이미 내 삶에서 사라진지 오래라는 걸 그때 알았다. 스스로를 사랑하고 아껴주는 방법을 몰라 에너지를 발산하기만 하고 나를 지치게 만들었다. 가끔은 숨 쉬고 있다는 걸 느끼면서 살고 싶다는 생각이 가슴속에 불타올랐다. 그전에 안 해봤던 일, 미뤄왔던 일을 해봐야겠다고 결심했다. 곰곰이 생각해보니 그건 바로 '춤'이었다.

화장만큼이나 나는 춤과 거리가 멀다. 30년간 리듬에 맞춰 몸을 움직여본 적이 거의 없다. 그래서 내가 춤을 잘 추는지도 알 수 없다. 춤을 춰본 경험을 굳이 찾아내자면 기껏해야 회식 때 노래방에서 박수 치고 다리를 까딱이는 정도랄까.

"아직 제대로 춰본 적이 없으니 배우다 보면 잘 추게 될지도 모르잖아요? 춤은 추다 보면 늘어요." 댄스 학원 카운터 직원이 하는 말에 일리가 있다고 생각했다. 설령 머리부터 발끝까지 '몸치' DNA로 이뤄졌음이 판명됐다 하더라도 손해 볼 것은 없다. 춤이라는 게 원래 감정을 담는 몸짓이고, 즐기면 그만이니까. 몇 시간 땀 흘리고 리듬에 몸을 맡기는 것만으로도 내 삶에 충분한 활력소가 될 것이라고 스스로를 설득했다.

나를 위한 투자이니 아까워하지 말자. 눈을 질끈 감고 카드로 4개월 치 수업료를 긁었다. 직원은 잘한 선택이라며, 댄스 초보 직장인이나 아주머니분들도 학원을 많이 찾으니 처음에 잘 따라가지 못해도 하나도 창피할 게 없다고 했다.

대망의 첫 수업 날, 연습실에 들어온 나는 속았음을 알게 됐다. 직장인과 아주머니는 개뿔. 10대 후반, 많아야 20대 초반으로 보이는 사람들 20여 명이 춤을 꽤나 출 것 같은 복장을 하고 꽉 차 있었다. 몇몇은 수업 시작 전인데도 알아서 음악을 켜고 지난주에 배운 듯한 동작을 연습 중이었다. 홀로 구석에 가만히 서서 이리저리 눈동자를 굴렸다.

선생님은 올 블랙으로 갖춰 입은 작은 키의 젊은 여성이었다. 그녀의 등장과 동시에 스피커에서 클럽용 음악이 흘러나왔다. 까랑까랑한 구호와 함께 벽의 거울에 시선을 고정하고 스트레칭을 했다. 한물 흘러간 발라드에 맞춰 발레 동작을 하고, 힙합에 맞춰 팔을 꺾고 턴을 했다.

어려운 동작은 아니었다. 방송에서 수없이 봐왔던 춤이었다. 하지만 보는 것과 직접 하는 것과는 차이가 컸다. 머리에서 내리는 지령을 몸이 수행해내지 못했다. 오른쪽 왼쪽 구분도 안 갔고, 박자를 맞추는 건 더더욱 어려웠다. 실수로 옆 수강생 발을 밟기도 하고, 나 혼자만 가만히 있기도 했다.

턴을 하다가 스치듯 거울을 봤는데, 놀랍게도 내가 웃고 있었다. 옷은 땀에 젖어 있고 머리칼은 조선 시대 죄수처럼 풀어 헤쳐 있는데 눈빛이 반짝였다. 그때 불이 꺼지면서 새빨간 사이키델릭 조명이 현란하게 몸을 감쌌다. 내 안의 심장이 팔딱이는 것처럼 보였다. 경계했던 마음이 사르르 녹았다. 남을 의식하지 않고 '에라 모르겠다.' 하는 심정으로 함께 어울렸다.

30분간 준비운동 겸 기본동작 학습이 끝나고서야 본격적인 수업이 시작됐다. 내 첫 연습곡은 청하의 〈플레이〉였다. 마침 음악 프로그램에서 무대를 본 적이 있었다. 청하가 남성 댄서와 커플 댄스를 추는데 정말 빠른 템포로 동작이 흘러가서 감탄했었다. 그 곡을 지금 나더러 소화하라고? 기가 막혔다.

"함.께. 해봐요. 왼발. 오른발. 왼. 오. 왼. 오. 참 쉽죠?"

구호와 다르게 오른발이 먼저 움직였다. 선생님이 슬로모션으로 시범을 보여줬는데도 쉽지가 않았다. 같은 동작을 서너 번씩 반복하고 알겠다 싶으면 더 어려운 동작을 배운다. 새로운 구간에 익숙해지면 앞서 외운 구간을 까먹는다. 팔 따로 다리 따로 외웠는데 합쳐서 할라치면 멍해진다. 연습이 좀 됐다 싶은 구간도 음악에 맞춰 추면 도저히 따라갈 수가 없다.

그날의 내 모습을 영상으로 촬영했다면 정말 웃긴 예능 프로그램 한 회가 됐을 거다. 어찌어찌 수업을 마치고 집으로 걸어가는데 몸에서 땀 냄새가 났다. 땀을 흘린 게 얼마 만인가. 바람이 불어 상쾌했다.

그다음 수업 때부터는 의욕이 생겼다. 정규 수업이 끝나고 옆방으로 가서 에이스들과 15분간 연습을 더 하고 집에 갔다. 시간이 지날수록 춤추는 시간이 흘러 지나가는 게 아쉬워졌다. 춤에 재미가 붙었다. 나는 점점 디테일에 신경을 썼다. 손끝 하나, 손가락 움직임 하나에도 느낌을 담는다. 춤을 출 때는 오로지 춤만 생각한다. '어떻게 하면 웨이브를 선생님과 비슷하게 할 수 있을까' '이다음 동작은 뭐였지?' 머릿속을 장악하고 있던 회사 일을 잊을 수 있어서 좋다.

"엄지와 검지와 약지를 펴두면 예뻐요." "오늘 했던 건 기억나지 않는 게 자연스러운 현상이에요. 다음 시간에 다시 알려드릴게요." "지금 여기가 무대다 하고 최면을 걸고 추세요." 선생님의 조언은 춤에 몰입하는 데 많은 도움이 됐다.

어느 날엔 안 추던 춤을 춰서인지 새끼발가락에 물집이 생겼다. 그날 폭우가 쏟아지는 바람에 물집이 터졌고 아픈 걸 꾹 참고 수업을 들었다. 나머지 연습까지 마치고 발을 절뚝이며 학원을 나서는데, 선생님이 내 등을 툭 치면서 말을 걸었다.

"초반에 비해 많이 나아졌어요. 열심히 해줘서 정말 고마워요. 춤을 잘 춰야지 하는 스트레스만 받지 말고 앞으로도 즐겁게 해줘요." 선생님이 나를 지켜보고 있었다는 사실에 머쓱해지면서도 날아갈 듯 기뻤다. 걷는데 땀인지 눈물인지 모를 것이 흘러내렸다.

무미건조하던 일상에 변화가 생겼다. 우선 부모님께서 내가 춤에 도전했다는 소식을 들으시곤 뛸 듯이 기뻐하셨다. 당신

딸이 노숙하게 사는 걸 속상해하시던 분들이셨다.

유튜브로 그 주에 배우는 무대 영상을 뚫어져라 쳐다보는 나를 보더니 친구가 말했다. "이런 요즘 곡도 찾아봐? 역시 너는 예전부터 인싸야." "내가 인싸야?" "너 예전에도 사람들이 뭘 좋아하는지 관심이 많았잖아. 차분하게 생겨서는 요즘 유행이 뭔지도 은근 빠삭하던데?" 나의 모습 하나를 되찾았다는 기쁨에 룰루랄라 콧노래가 나왔다. 기운이 마구 샘솟았다.

일상에 흥겨운 리듬이 스며들자, 여유가 생겼다. 잠도 잘 오고 걸음걸이도 달라지고 표정도 밝아졌다. 힘든 날이면 학원 갈 날을 생각하면서 버텼다. 노래를 흥얼거리는 때도 잦아졌다. 뜻대로 되지 않는 일에도 크게 연연하지 않게 됐다. 자연스럽게 회사 생활에도 한층 자신감이 생겼다. 사람을 만나 뱉는 말도 편안해지고, 실수에 불안해하는 날도 줄었다.

솔직히 나다운 게 무엇인지, 내가 어떤 향기와 색깔을 내는 사람인지 아직 답을 내리지 못한다. 그러나 한 가지는 안다. '나다움'이란 내 본연의 리듬을 표현해낼 때 나온다는 것. 타인의 시선에 갇히지 않고, 내 마음이 시키는 일을 할 때 비로소 나다워진다는 것을 말이다. 짙은 화장을 하고 뾰족구두를 신고 향수를 뿌리는 게 내가 아니라, 발이 부르트고 땀에 흠뻑 젖어 헉헉대면서도 재밌어서 춤을 연습하는 게 바로 나였다. 나답게 살기 위한 나의 춤바람은 앞으로도 계속될 것이다.

한승주
@hsj511eldb

나무에 새긴
마음의 무늬

한때 목수가 되고 싶었다. 한 소목장의 작업장 사진에서 비롯된 꿈이었다. 50년간 전통 목가구를 만들어온 박명배 장인, 그의 작업장에 걸린 연장들이 예사롭지 않았다. 목수는 연장으로 말한다고 했던가. 끌, 톱, 자귀, 대패 등 가지런히 걸린 수공구들에서 강한 아우라가 느껴졌다. (대패만 수백 개가 넘는다.) 셀 수 없이 많은 연장이 그가 나무와 함께 보낸 오랜 고통과 인내의 시간을 말해주는 것 같았다. 사진을 본 순간 나도 저런 작업장에서 평생 나무를 만지며 살아야겠다고 결심했다.

　인터넷으로 공방을 검색했다. 한국전통공예건축학교에 1년 과정 소목반이 있었는데 아쉽게도 이미 모집이 끝난 뒤였다. 집에서 가까운 공방부터 다녀보기로 하고 B 공방을 찾아갔다.

둥글둥글 선한 인상의 주인은 다른 곳도 둘러보라며 주변에 있는 공방 위치까지 친절하게 알려주었다. 남은 생을 목수로 살겠노라고 내가 너무 비장하게 말한 탓이었을까. 왠지 나를 달가워하지 않는 눈치였다.

그곳을 나와 독일에 본사를 둔 H 공방을 찾아갔다. 지나치게 규격화된 느낌이랄까, 장비는 훌륭한데 나와 맞지 않는 분위기였다. 다시 발길을 돌려 나무스케치라는 개인 공방을 찾아갔다. 이 공방 주인은 진짜 목수처럼 보였다. 얼굴에 새겨진 굵은 주름과 목공에 대한 그의 친절한 설명은 내 의욕을 부추겼다. 하지만 이분 역시 20년 경력의 실력자가 있다며 다른 공방을 소개해주었다. '대체 왜지? 왜 나를 거부하는 거야?'

다음 날, 소개받은 또 다른 공방을 찾아갔다. 드디어 나의 사부를 만나겠구나 하고 내심 기대했다. 하지만 그는 자기 작업에 방해가 되어 더 이상 회원을 받지 않을 거라 딱 잘라 말했다. 대신 실력이 좋다는 후배를 소개했다. 그의 공방은 우리 집에서 아주 가까웠다.

드디어 공방을 다니게 되었다. 자전거를 타고 날마다 공방에 나갔다. 공방 주인은 29세 청년이었다. 처음 몇 달간은 나보다 대여섯 살이나 어린 목공 스승의 잔소리에 시달려야 했다. 스승은 겁도 없이 전동공구를 막 써대는 나를 보고 혼을 냈다. 누구는 이 공구를 쓰다가 손가락이 잘렸다더라, 타카 핀이 다리에 박힌 사람도 있고, 다리가 절단되기도 했다더라, 뼈가 으스러졌다더라…. 별별 끔찍한 일화를 수시로 들려주며 사용법 준수와 안전을 강조했다. 그럴 만도 했다. 굉음을 울리며 작동하는 전동공구 모두 공포 영화에 단골로 등장하는 살인 도구들이었으니까.

'이 청년은 언제 배워서 이런 공방을 차린 걸까?' 그때 난 부모님 집에 얹혀사는 서른 중반 백수였다. 도시로 출퇴근하는 일은 영원히 포기한 대책 없는 백수가 번 돈은 여행에 탕진하고 공방을 다니고 있었으니, 그 젊은 목수가 대단해 보였다.

꼼꼼하고 깐깐한 목수 밑에서 1년을 배우며 여러 가구를 만들었다. 주로 두 언니가 내 배움의 희생양이 되었다. "이런 가구 필요하지 않아?" 하고 언니들 옆구리를 찔러서 자재비와 약간의 인건비를 챙겼다. 그런 식으로 없어도 되는, 언니네 집의 책상과 의자, 식탁, 장식장 등을 만들었다. 버려진 가구를 주워 모아 리폼을 하기도 했다. 하지만 그때 한참 유행하던 DIY 가구 수준을 벗어나지 못했다. 남은 생을 목수로 살기엔 내 인내심도 체력도, 실력도 의지도 아주 많이 부족했다. 이 일로 내 밥벌이는커녕 가족들만 등쳐 먹을 게 뻔했다.

어쩌다 보니 목수 대신 목수의 아내가 되었다. 남편 정 목수는 한옥 짓는 걸 배웠다. 가구는 물론 구들 놓는 것부터 집 짓는 것까지 두루 잘한다. 꼼꼼하고 치밀하며 성실하고 부지런하다. 여러모로 나와 정반대다. 그의 작업장에는 집 짓는 데 필요한 모든 공구가 있다. 결핍이 창작을 낳는 법. 나보다 훨씬 실력 있는 목수 앞에서 나는 목공에 흥미를 잃어갔다. 아이들 돌봄과 집안일 때문에 여유가 없기도 했다. 대신 나무로 작고 예쁜 것들을 만들기 시작했다.

간벌한 나무 단면에 그림을 그려 나무 브로치나 모빌을 만든다. 조롱박을 삶아 속을 파내고 바싹 말린 뒤 그림을 그리면 마트료시카 못지않은 멋진 인형이 된다. 거기에 눈, 코, 입과 옷을 그려 넣으면 개성 있는 아이들이 하나둘 탄생한다. 자투리 나무로 새집을 만들어 나무에 걸어두기도 한다. 이런 것들을 틈틈이 만든다. 혹여 마음을 전하고 싶은 사람을 만나면 '쓱' 하고 멋쩍게 선물로 건넨다. 나무에 새긴 내 마음의 무늬다.

나무를 계속 만지다 보면 나무를 닮은 사람이 될 수 있을까? 생각해보니 그때 내가 바랐던 건 목수가 아니었는지도 모른다. 나무에 둘러싸인 채 나무와 친구가 되어 나무처럼 살고 싶은 삶, 이런 걸 꿈꿨던 게 아니었을까?

"나무들은 늘 나의 시선을 가장 많이 끄는 강력한 설교자였다."라는 헤르만 헤세의 말처럼 내게도 나무는 늘 경외와 숭배의 대상이요, 진정한 친구이자 사랑스러운 이웃이었다. 내가 바랐던 대로 나는 지금 산 밑에 나무로 만든 집에서 날마다 나무를 만지며 살고 있다. 마당에는 내 성지와도 같은 커다란 느티나무가 한 그루 있다.

날마다 나무들에게 귀를 기울이며 그저 온전히 나로서 오늘을 사는 것. 오래전 간직한 목수의 꿈은 이렇게 내 삶의 방식으로 자리 잡았다. 하지만 누가 알겠는가? 언젠가 연장들을 손에 쥐고 나무를 깎고 다듬으며 노년을 보내게 될지. 내가 감동했던 사진 속 작업장 주인처럼 말이다.

"나무들의 속삭임에 귀 기울이는 법을 배우면서 생각이 짧고 어린애같이 서두르는 우리들은 말할 수 없는 즐거움에 젖는다. 나무들에게 귀 기울이는 법을 배운 사람은 더 이상 나무가 되려고 갈망하지 않는다. 그는 자신 이외의 다른 무엇이 되려 하지 않는다."

  ― 헤르만 헤세 지음, 두행숙 옮김, 《헤르만 헤세의 정원 일의 즐거움》 중에서

복일경
@mad9335

오후 1시,
나에게로 떠나는 여행

오후 1시는 나에게 마법의 시간이다. 매일 같은 시각, 나는 기차를 타고 나에게로 여행을 떠난다. 기차역은 집 앞에 있는 작은 카페, 티켓은 커피 한 잔이다. 여행을 떠나기 위해선 많은 준비가 필요하다. 우선 아침 식사를 마친 남편과 두 딸이 집을 떠나면 나는 홀로 남아 집 안 구석구석을 청소한다. 설거지를 끝내고 세탁기를 돌리고 베란다에 빨래를 넌다. 그렇게 부엌과 방들을 오가는 나의 모습은 쳇바퀴 도는 작은 다람쥐 같다. 하지만 나는 반복되는 일상에 더는 슬픔을 느끼지 않는다. 멋진 여행이 나를 기다린다는 사실만으로도 이미 행복하다. 오후 1시가 다가오면 떠날 준비를 시작한다. 깔끔해진 집 안을 둘러본 뒤 작은 가방 안에 책 한 권과 노트북을 집어넣는다.

오후 1시, 집 밖을 나선다. 내가 향하는 곳은 멀지 않지만, 처음부터 그렇게 느꼈던 건 아니었다. 누구의 아내와 엄마로만 살던 내가 처음 집을 나선 건 도리스 레싱의 《19호실로 가다》를 읽고 난 뒤였다. 아이를 위해서가 아닌, 오직 혼자만의 시간을 갖기 위해 비싼 호텔을 예약하는 '수전'의 모습은 나에게 커다란 충격을 주었다. 반복된 일상에 지쳐 있던 나에게도 분명 나만의 공간이 필요했다. 하지만 집 안 어디에도 나를 위한 공간은 없었다. 아무도 없는 집 안은 늘 소란스러웠고 절대 끝나지 않는 집안일은 계속해서 나를 불러댔다. 결국 집에서 탈출한 나는 집 앞의 작은 카페로 숨어들었다. 수전의 고급 호텔에 비할 바는 아니었지만, 마찬가지로 조용하고 아늑했다.

카페에 도착한 나는 구석에 가방을 내려놓는다. 카운터에서 주문을 마치면 따뜻한 아메리카노 한 잔이 내 앞에 놓인다. 프랑스의 외교관이자 성직자였던 탈레랑은 "커피는 악마처럼 검고 지옥처럼 뜨겁고 키스처럼 달다."라고 말했다. 하지만 오후 1시의 커피는 자유처럼 달콤하고 친구처럼 편안할 뿐이다. 마법 여행의 티켓인 커피가 준비되면 기차가 서서히 움직이기 시작한다. 향기로운 커피에 빠져드는 사이, 기차는 목적지를 향해 속도를 높이고, 움츠러들었던 나의 몸과 마음은 조금씩 되살아나기 시작한다.

카페의 새로운 세계가 내 앞에 천천히 모습을 드러낸다. 흐르는 음악에 몸을 맡긴 사이 묶여 있던 몸과 마음이 스르르 풀어져 나온다. 날개를 펼친 나의 영혼은 상상의 세계로 날아올라 시를 읊고 노래를 부른다. 자유의 달콤한 향기가 나를 사로잡는다. 나는 가방을 열어 책을 꺼내 읽고 노트북을 펴 글을 쓰기 시작한다. 그토록 바랐던 일이란 그저 책을 읽고 글을 쓰는 일이다. 이 마법 여행이 시작된 이후로 나는 하루도 거르지 않고 카페로 향했다.

오후 1시부터 5시까지. 그 네 시간이 나에게 주어진 전부이다. 그 전부를 나누어 두 시간은 책을 읽고, 두 시간은 글을 쓴다. 책은 그저 잡히는 대로 읽는다. 소설이나 역사책도 읽고 때론 철학책도 읽는다. 어려워도 재미있고 이해할 수 없어도 즐겁다. 책을 들고 있는 한 나는 언제라도 새로운 세계로 떠날 수 있기 때문이다. 고대 그리스와 중세 유럽, 미래의 우주까지 내가 닿지 못할 세계는 없다. 그렇게 책 속의 나는 언제나 자유롭다. 오늘은 가방에서 커트 보니것의 《제5도살장》을 꺼내 읽기 시작한다. 사실 재미있는 책은 아니다. 그래도 끝까지 읽으며 '소설을 이런 식으로도 쓸 수 있구나.' '외계인은 우리와 다른 시간 개념을 가질 수도 있겠구나.' 하고 생각한다.

여행의 절반이 지나면 노트북을 꺼내 자유를 만끽한 감정과 영혼을 글로 담기 시작한다. 서툴기만 했던 나의 글은 시간이 지날수록 마음속 깊은 생각과 감정을 표현하는 것에 익숙해져 간다. 카페에서 글을 쓰기 시작한 지 얼마 지나지 않아 나는 수필로 등단해 작가라는 이름도 얻었다. 또 다른 나를 갖게 된 것이다. 나는 이미 누군가의 아내, 누군가의 엄마, 누군가의 며느리라는 여러 개의 페르소나를 갖고 있었지만, 또다시 가면을 쓸 필요는 없었다. 작가는 그토록 원했던 나의 진정한 모습이었기 때문이다. 작가라는 이름을 얻은 그날부터 나는 아메리카노 대신 카푸치노를 주문하기 시작했다. 쌉쌀한 아메리카노를 계피 향의 부드러운 카푸치노로 바꾸는 일은 기차의 2등 칸에서 1등 칸으로 옮겨지는 기분을 주었다. 하지만 카페에서 늘 구석이었던 나의 자리와 책을 읽고 글을 쓰는 내 모습은 변하지 않았다.

여행을 떠나 책을 읽고 글을 쓰는 나의 모습은 내가 봐도 아름답다. 눈은 반짝거리고 볼에는 생기가 돈다. 진홍빛 볼과 살짝 벌어진 입술을 굳이 거울로 확인하지 않아도 알 수 있다. 간혹 청탁 원고라도 쓰는 날이면 나의 모습은 더욱더 눈부시다. 글을 쓰는 동안만큼은 나는 진정한 '나'이고, 내 생각과 감정 역시 그러하다. 가면을 쓴 생각과 감정은 말과 종종 일치하지 않지만, 가면을 벗어버린 생각과 감정은 글과 언제나 일치한다. 글 속에서 나의 생각과 감정은 점점 자라나 숲을 이루기도 하고, 한 권의 책이 되기도 한다.

여행이 끝날 무렵이면 서둘러 가방을 챙기기 시작한다. 차가워진 카푸치노 잔을 카운터에 올려놓고 카페를 나서면 마법 같은 여행은 이미 끝나버리고 가면들은 벌써 제자리에 돌아가 있다. 떠나가는 길은 멀어도 돌아오는 길은 금방이다. 그래도 집으로 향하는 발걸음은 집을 나설 때보다 한층 가볍다. 밝아진 영혼이 내 몸과 마음을 사뿐히 들어주는 것만 같다.

오늘도 나는 오후 1시의 여행을 꿈꾼다. 작은 카페의 카푸치노 한 잔이면 떠날 수 있는 여행은 내가 나다워지는 마법의 시간이다. 그곳에 있는 동안 나의 영혼은 언제나 자유롭고, 나의 글은 다양한 감정과 새로운 생각으로 넘쳐난다. 이 마법 여행을 계속하는 한, 나는 언제라도 나에게 돌아갈 수 있다. 오후 1시는 마법의 시간이자 내가 가장 사랑하는 시간이다.

장민영
@minyeongjang

잠드는 용기

불편함. 돌이켜보면 내 삶의 주된 감정은 이 단어였던 것 같다. 새롭게 만나는 사람, 장소, 소리, 냄새, 분위기 전부 나에게 극심한 불편함을 주었다. 이런 나를 이해하기까지 많은 시간이 걸렸다. 아무렇지 않게 보이려고 노력도 했지만 금세 지쳤고 한 번만이라도 의식하지 않아도 되는 자연스러운 편안함을 느껴보고 싶었다. 다른 사람들은 무덤덤하고 가볍게 넘길 수 있는 일도 나에게는 버겁고 크게 느껴졌다.

나름대로 방법을 찾아낸 게 '척'을 하는 것이었다. 친구들과 어울리기 위해서 과잉 행동을 했다. 타인의 눈에 만족스러운 사람이 되려 애를 썼다. 나는 활발하고 밝은 아이처럼 보였지만 감춰진 속은 검게 문드러졌다. 학교생활기록부는 정서 불안, 산만함, 적응력 부족 등의 단어로 채워졌다. 사실 나 자신을 제일 슬프게 만든 것은 따로 있었다. 이런 불안으로 인해 늘 무엇도 '못 하는 아이'로 살았다는 거다. 이 낙인이 찍히면 무언가를 잘 해내기란, 아니, 그냥 무언가를 해나가는 자체가 불가능에 가까워진다. 그저 나는 조금 더 시간이 필요한 아이였을 뿐이었다는데.

　나는 점점 현실에 적응하지 못하는 예민한 아이가 되었고 그 예민함에 눌려 아무런 역량을 발휘하지 못했다. 아무도 그 짙은 물살에서 나를 건져주지는 않았으며 빠져나올 방법을 제시해주는 사람도 없었다. 누구도 나를 이해하지 못한다고 생각했다. 나는 혼자였다.

시간이 흘러 서른한 살이 되었다. 20대 후반에 와서야 그동안 나를 옥죄어왔던 불편한 감정을 짚어가게 되었다. 내가 이 불편한 감정에서 조금씩 해방되기 시작한 건 우연히 그림을 그리게 되면서였다.

　엄마를 따라 나가게 된 성당에서 윤정 언니를 만났다. 언니는 심리 상담가이자 가족 치료사였다. 나는 나보다 나이가 많은 사람과 어울리는 것이 좋았다. 열 살 차이지만 통하는 점이 많아, 언니와 가깝게 지내기 시작했고 우린 친구가 되었다.

　어느 날 언니가 '왼손 드로잉'을 알려주었다. 평소에 잘 안 쓰는 손으로 좋아하는 글귀, 가사, 시를 쓰고 옆에 간단한 그림을 그려보라고 했다. 주제가 없으니 마음속에 있는 것을 꺼내서 하고 싶은 대로 표현하면 된다고 했다. 어린아이가 된 마음으로 순수하고 꾸밈없이 표현하는 놀이이자 하나의 치유였다. 단, 규칙이 있었다. 오른손과 지우개를 쓰지 말 것.

획 하나를 긋는 데도 시간이 참 많이 걸렸다. 오른손을 쓰지 않는 일은 생각만큼 쉽지 않았다. 나도 모르게 오른손으로 연필을 들고 선을 긋기도 했다. 다시금 왼손으로 돌아오면 삐뚤삐뚤 낙서가 나왔다. 처음에는 잘하려는 마음에 부담도 컸지만 천천히 집중하다 보니 드로잉은 단순한 재미 그 이상으로 다가왔다. 왜인지 그날 밤은 잠을 못 잤다.

왼손 드로잉 스케치북을 여러 권 채워나갈 즈음 문득 일탈이 하고 싶었다. 스케치북 마지막 장을 펼치는 순간 가슴이 두근거리더니 붉은 파도가 가슴속에 거세게 내리쳤다. 마지막은 끝이면서도 또 다른 시작의 직전이다. 어차피 새로운 스케치북이 기다리고 있으니 과감해지고 싶었다. 그동안 마음속 깊은 곳에 숨겨두었던 목쉰 외침을 밖으로 꺼내주고 싶었다. 드로잉을 시작하고 얽혀 있던 무언가가 풀리는 느낌이 서서히 들었는데, 조금 더 손을 뻗으면 뭉친 응어리가 쿵 하고 떨어져 나갈 수도 있겠다는 확신이 생겼다.

펜을 오른손으로 바꿔 들었다. 거친 파도 위 불안하게 흔들리는 배를 크로키했다. 잘 그리기 위한 그림이 아니었다. 온전히 내면의 소리에 집중해서 그렸다. 그림을 완성하자 심장이 벌렁거렸다. 나는 무슨 일에서든지 한 번도 제대로 끝맺음을 해본 적이 없었다. 시작한 뒤 중간에 포기하거나, 불안해서 시작도 하지 않았다. 못한다는 말을 듣기 싫으니까 안 하고, 안 하니까 더 못하게 되는 악순환이었다. 그래서 이 그림 그리기를 끝냈을 때 기분이 묘했다. 미운 오리 새끼가 자신이 백조였다는 것을 알았을 때 이런 기분이었을까?

그림에서 '완성'이란 타인의 눈에 맞춰 결정되는 것이 아님을 비로소 깨달았다. 색을 칠하고 싶으면 칠하고 원치 않으면 하얗게 두어도 된다. 눈, 코, 입이 없는 얼굴을 그릴 수도 있다. 하늘은 꼭 연한 파란색이 아니어도 괜찮다. 종이의 반만 그려도 상관없다. 결국, 시작과 끝은 나에게서 비롯되는 거였다. 그림을 완성하는 과정을 거치며 말로 다 할 수 없을 만큼 성취감을 느꼈다. '어쩌면 나도 무언가를 할 수 있는 사람인가 보다.'라고 생각했다. 그림이었다. 나는 그림을 그리고 싶었구나.'

깊이 묻어두었던 일이 떠올랐다. 다섯 살 때 유아원에서 아주 멋진 초록색 귀와 초록색 코를 가진 코끼리를 그렸다. 혼자참 잘했다고 생각했는데 아무도 다가와 내 코끼리가 근사하다고 말해주지 않았다. 그날 집에 가자마자 그림을 내팽개치고 장롱에 들어가 떼를 쓰며 울었다. 그게 나의 어린 기억 전부다. 그 후로 도화지를 보는 게 싫고 자신이 없어졌다. 머리가 조금 자란 후 생각했다. '하고 싶은 일이 있어도 결국 잘 해내지 못할 거면, 안 하는 것만 못하다.' 믿고 싶지 않았지만, 현실은 차갑고 냉정하게 나에게 이렇게 말하는 듯했다. 그렇게 그림과 나는 자연스레 멀어졌다. 그때 누군가가 어린아이의 볼품없고 못생긴 초록색 코끼리가 아주 멋졌다고 눈길 한번 주었다면, 이렇게 오래 걸리지는 않았을 텐데.

나는 그림에 푹 빠져서 온종일 마음이 부풀게 되었다. 태어나서 처음으로 일상이 설레고 기대되었다. 전에는 잠자는 시간이 다가오는 게 제일 싫었다. 다음 날은 또 고통과 불안, 불편함의 반복일 테니까. 그런데 이제는 잠들기 전이 기다려졌다. 새로운 하루를 맞이하는 일이 즐거워졌다. 아침에 일어나면 내가 할 수 있는 일이 있으니까. 하고 싶은 일이 있으니까.

　시간이 날 때마다 내 느낌대로 기분대로 그림을 그려나갔다. 아무런 잡생각도 들지 않았다. 자리에 앉아 시간 가는 줄 모르고 허리가 아픈 것도 잊은 채 종이 위에서 감정을 끌어냈다. 그림은 나를 평가하지 않는다. 다그치지도 않는다. 이유도 묻지 않고 잣대도 들이대지 않는다. 그저 나에게 집중하면 된다. 그림을 그리는 시간이 많아지며 미지의 세계라고 느꼈던 '행복'이라는 단어가 조금 와닿기 시작했다.

　나는 점점 내가 되고 있었다. 처음으로 느껴보는 일체감이었다. 내 영혼이 내 육신에 포개진 기분이었다. 그동안은 서로가 겹치지 못해 각자 다른 길을 걸어왔고, 그 불일치가 불편으로 다가와 나를 괴롭혔었다. 이제는 살아야 하는 의지와 이유가 생겼다.

　삐딱한 태도도, 시선도 점차 가지런해지기 시작했다. 매사에 부정적인 태도가 사라졌다. '실패해도 괜찮아. 이번 일은 한

장의 습작일 뿐이야. 맘에는 썩 들지 않지만 이런 어리숙한 모습도 나고, 이것 또한 과정이지. 다시 새 종이로 넘어가자.' 하고 담담히 받아들이는 여유와 힘도 생겼다.

나는 '못하는 아이'가 아니라 몰라서 '못 한 아이'였다. 예전의 나처럼 불안한 시기를 겪는 사람이 있다면 말해주고 싶었다. 사회가 원하는 기준에서 무언가를 잘 해내지 못하더라도 당신은 쓸모없는 사람이 아니라고. 아직 진정으로 좋아하는 일을 찾지 못한 것뿐이니 시간이 필요한 것이라고. 아주 오래 걸릴 수 있지만, 내면에서 들리는 울림에 귀를 기울이다 보면 언젠가는 반드시 가슴 떨리게 하는 일을 찾을 수 있을 것이라고. 그러니 단 한 번뿐인 삶을 남이 아닌 온전한 나 자신으로 살아보자고 말하고 싶다.

이미 태어난 건 어쩔 수 없으니 되는대로 살아야 한다고 생각했던 시간. 무엇을 좋아하는지도 모른 채 수동적으로 지내며 방황했던 지난날. 불안하고 불편해서 아무것도 하지 못하고 좌절했던 나날. 무엇보다 자신을 지독하게 미워했고 자책하고 탓만 했던 나 자신. 하고 싶은 일이 있어도 결국 잘 해내지 못할 거면, 안 하는 것만 못할 거라고 생각하던 어린 시절의 나에게 이제 이렇게 말하고 싶다. "진정 좋아하면 그저 할 뿐이지 반드시 꼭 잘해야 하는 건 아니잖아!"

씩씩해서 유정이다

브런치에 글을 쓴 지 20여 일 되어갑니다. 브런치 작가가 되었다는 소식을 접한 뒤 〈나도 작가다〉 공모전에 대한 안내를 보았습니다. 마치 나에게 꼭 글을 써야 하는 의무감을 부여하는 것처럼, 공모전 안내는 저에게는 숙제이자 저 자신이 어떤 사람인가를 생각해볼 수 있는 계기가 되었습니다. 일단 내가 어떤 사람인지를 알아야 "나를 나답게 해주는 것"이 무언지 정의할 수 있을 테니까요. 수많은 글들을 썼다가 지워버렸습니다. 자신을 들여다본다는 것은 쉽지 않은 일이더군요. 게다가 30여 년을 한 사람과 보내고 또 떠나보낸 뒤, 다시 혼자 서야 하는 저 자신을 가식 없이 드러낸다는 일이 말이지요.

올 2월, 저는 스물에 만나 연애를 하고 30년을 부부로 지내던 남편을 떠나보냈습니다. 심장암의 일종인 원발성 활액막 육종이라는 전 세계에서 통틀어 약 70명 정도 보고됐다는 희귀병에 걸린 남편은 2년여를 씩씩하게 투병하다 결국은 하늘나라로 불려 갔습니다. 하지만 우리 집 식구 중에 희귀병에 걸린 것은 남편만이 아니었습니다. 시작은 저의 유방 외 파제트병이이었습니다. 피부암의 일종이나 그다지 심각하지 않은 병 같지 않은 병이었습니다. 불치병에 걸린 것처럼 엄살에 떨던 저의 정신을 바짝 차리게 만든 것이 남편의 심장암이었습니다. 이후 유학 가 있는 하나밖에 없는 딸아이가 길랭바레 증후군이라는 희귀병 판정을 받았습니다. 기가 막히지도 않더라고요. 그러다가 이런 생각이 들었습니다. '김유정은 이길 수 있어!' '무엇이든 잘될 거야.' 쓸데없이 긍정적인 태도와 어떠한 나쁜 상황에서도 주변을 웃음 짓게 만드는 블랙 유머가 이 어려운 상황을 대면하고 헤쳐나갈 수 있게 만들더라고요.

중환자실에서 한 달여를 보낸 남편이 천국으로 간 뒤 빈소를 차리고 제가 상주로서 가장 먼저 맞은 손님은 저희 작은아버지 댁이었습니다. 작은아버지는 제 아버지와 나이 차이가 많이 나, 일흔이 넘으셨어도 저에게는 아직 삼촌이었습니다. 작은아버지와 세상 고우신 작은어머니가 눈물을 글썽이며 저를 꼭 안아주셨을 때 제가 던진 첫마디는 "작은엄마, 저 과부 됐어요."였습니다. 눈물을 흘리시려다 두 분은 웃음을 빵 터뜨리시며 "그래, 유정이답다! 과부면 어때, 우리 다 옆에 있는데."

하시고는 유정이가 아직 정신이 있는 모양이니 걱정하지 마시라며 저희 친정 부모님을 열심히 위로하셨습니다.

블랙 유머는 저의 타고난 재능이 아닙니다. 이 재능은 천국에 가 있는 남편이 개발한 뒤 제가 발전시켜 만든 후천적 재능입니다. 체능인인 남편과 예능인인 부인이 만난 저희 부부는 진짜 남달랐습니다. 남편이 아침 일찍부터 훈련하고 집에 들어와 쉴 때쯤 부인은 학교 수업이 끝나고 예능을 배우러 오는 학생들을 가르치기 시작했습니다. 부인은 밤이면 예쁘게 화장을 하고는 음악회에 가거나 직접 연주를 하러 나가야 했습니다. 남편은 아침 이슬을 맞고 나가고 밤에 나가는 부인은 참이슬을 마시고 들어왔지요. 얼마나 많은 갈등이 있었는지는 여러분들의 상상에 맡기겠습니다. 게다가 남편은 컵에 물이 반이 있으면 컵이 찰랑거리도록 채워놓아야 직성이 풀리고, 부인은 물이 남아 있으니 오늘 저녁은 문제없겠다며 안심을 했습니다. 이렇게 다르니 일상 속에서 서로 스트레스를 받는 일은 상상 그 이상이었습니다.

특히 저를 못 견디게 만든 것은 남편의 올곧은 성격이었습니다. 그는 모든 물건이 제자리에 있어야 하고, 모든 일을 법대로 깨끗하고 깔끔하게 해내야 하는 성격이었습니다. 아마도 어릴 적 유학생으로 외국에 가서 홀로 시합을 다니며 자신의 것들을 챙겨야 했기 때문인지도 모르겠습니다. 그는 자신이 하는 만큼 다른 사람에게도 요구했고, 그것이 아니면 영락없이 지적을 하곤 했지요. 운전하다가 시비가 붙거나 사람이 붐비는 곳에서 어깨라도 부딪히면, 열 배로 갚아주는 그의 성격은 누구의 마음이라도 상하지 않도록 지고 살라고 평생 교육받은 저의 성격과 너무 달라 힘이 들었습니다.

딸아이가 말을 알아듣기 시작할 즈음이었던 듯합니다. 남편과 같이 차를 타고 가다 주차 때문에 시비가 붙었습니다. 딸이 저에게 "아빠 화났어?" 하고 묻기에, "아니. 아빠가 교통질서를 바로잡으려고 질서를 지키지 않은 아저씨를 혼내는 거야." 하고 얼버무렸습니다. 그런데 그러고 나니 마음이 너무 편해지고 또 남편이 밉지 않아지더라고요. 그 이후로 남편은 화내는 사람이 아니라, 대한민국의 교통질서를 바로잡고, 서비스 업계의 질적 향상을 위해 고군분투하는 사람이 되었습니다. 그래서 저는 훌륭한 남편께서 진짜 오래 사실 줄 알았습니다. 욕 먹으면 오래 산다고 하잖아요. 지적당하는 상대편이 쌍욕으로 화답할 만큼 남편은 호되게 바른말을 해왔거든요.

당시 저에게 가장 힘들었던 일은 병명도 모르고 사지가 마비된 채로 미국에 있던 딸을 데리고 올 때였습니다. 이미 남편의 심장암도 알고 있었고, 또 저와 가장 친하던 사촌 오빠를 심장마비로 떠나보냈기에, 웬만한 일에는 충격을 받지 않았을 겁니다. 그런데 걷지 못하는 딸을 보니 하늘이 무너지더군요. 제가 '운명 교향곡'으로 잘 알려져 있는 베토벤의 〈교향곡 5번〉을 학생들에게 '내 팔자야 교향곡'이라고 가르쳤거든요. 정말 "아이고, 내 팔자야." 하고 한숨이 나왔습니다. 그래도 늘 발랄한 엄마만을 봐왔던 딸아이 앞에서 한숨을 쉬거나 눈물지을 수는 없었지요. 딸을 불안하게 하고 싶지 않아서 계속 말도 안 되는 이야기를 해대며 깔깔거렸지만, 이런 시련을 주시는 신을 원망하며 가슴속으로 피를 토하고 있었습니다. 서울에 돌아와, 아이가 입원을 하고 길랭바레 증후군으로 진단받을 때까지 열흘여를 저는 지옥 불구덩이 속에 내동댕이쳐 있었습니다. 항암 중인 남편에게도, 입원 중인 딸아이에게도 눈물을 보일 수 없었던 저는 가슴으로 우는 법을 배웠고, 내가 다 감당할 수 있으니까 나에게 이런 시련이 오는 거라고 끝없이 자가 최면을 걸어댔습니다.

다행히도 딸아이는 3개월 후부터 조금씩 걷기 시작했고, 이제는 악기도 연주하고 하이힐을 신을 수 있을 만큼 회복이 됐습니다. 딸아이는 병원 생활을 마치고 집에 돌아와 암 환자인 아빠와 있는 정, 없는 정 다 뗄 정도로 미친 듯이 싸우기 시작했습니다. 그러더니 아빠가 중환자실에 있는 한 달 동안 매일 병실로 찾아와 아빠와 다시 정을 붙이고, 이제는 청개구리처럼 아빠가 원하던 대로 절도 있고 규칙적으로 살고 있습니다. 이걸 어쩌면 좋습니까? 남편이 세상을 떠난 게 아쉽기는 하지만, 저는 신이 저희 모녀에게, 이산가족처럼 지내던 저희 세 식구에게, 1년 반이라는 꿈과 같은 이별의 시간을 마련해주었다고 생각합니다. 자기가 하는 모든 일을 일사천리로 하던 남편은 아마 천국에서도 모든 것을 준비하고 있으리라 생각합니다. 어차피 한 번은 서로 이별을 해야 하는데, 남아 있는 사람이 그가 아니라 저라서 참 다행이기도 하고요. 그는 제가 없는 세상을 저보다 백배는 더 힘들어했을 테니까요.

어제는 남편의 생일이었습니다. 친정에 얹혀사는 저를 친정 동생들과 올케, 제부에 조카들까지 다 찾아왔더군요. 아무도 남편의 이름은 언급하지 않았지만, 저희는 모두 알았습니다. 8월 8일, 참 잊기 힘든 날이거든요. 남편과 미국에서 함께했던 동생들, 남편이 잠깐 들러도 기쁘게 맞아주던 올케들과 제부, 남편에게 테니스를 배웠던 조카들 그리고 아들보다 사위 데리고 산 날이 더 많으시다는 친정 부모님, 저희 모두 제각각의 방법으로 그를 기렸습니다. 남편은 없는데 케이크 사다가 촛불 붙이는 건 좀 아니어서요. 헤어지는 길에 올케가 "형님, 오늘 잘 지내세요. 형님 씩씩하잖아." 하고 집을 나서더라고요. 올케가 시키는 대로 오늘은 씩씩하게 딸아이와 외출해 저녁을 먹고 들어왔습니다.

저는 아마도 죽을 때까지 물컵의 비워진 쪽은 보지 못하겠죠. 그래도 반푼이 같은 무한 긍정 마인드로 주변 사람들을 재미있고 즐겁게 만드는 블랙 유머를 날리며 살아갈 것입니다. 왜냐고요? 저는 김유정이니까요. 김유정은 씩씩하니까요!

전주영
@anyyoung

꿈의 노예가 되지 않기로 결심했다

기억의 시작, 슈퍼 그랑죠

나는 어릴 때 기억이 유난히 선명한 편이다. 그런 내 기억의 시작에는 애니메이션 〈슈퍼 그랑죠〉가 있다. 그랑죠를 처음 접한 건 다섯 살 무렵이었는데 그 당시 변신 로봇에 푹 빠진 나와 오빠는 매일같이 그랑죠 방영 시간만을 손꼽아 기다렸다. 우리가 가장 좋아했던 장면은 단연 주인공과 친구들이 그랑죠, 포세이돈, 피닉스를 소환하는 장면이었다. 마법의 동전을 손가락으로 튕기며 마법진을 그려내는 주인공 소년의 박력 있는 모습, 중독성 있는 배경음악은 나를 비롯한 대부분의 꼬맹이들을 사로잡기 충분했다.

인터넷이 없던 시절, 그랑죠는 텔레비전 방영뿐 아니라 비

300

디오레이프로도 발매되어 선풍적인 인기를 끌었다. 명절이나 친척 모임이 있는 날이면 또래의 친척들과 함께 부모님을 졸라 그랑죠 비디오테이프를 대여했고 우리들은 비디오를 여러 번 돌려보며 마법으로 빛나는 그랑죠와 변신 주문인 '도막사라무'를 연신 외쳐댔다. 이것이 내가 처음으로 무엇인가에 푹 빠져서 좋아했던 기억이다. 그 당시 작은 나의 머릿속에는 그랑죠의 변신 장면과 악당을 물리치는 이야기가 만들어내는 환상으로 가득했다.

애니메이션의 영향인지 이후 나의 관심사는 자연스럽게 그림 그리기와 만들기로 넘어갔다. 비교적 손재주가 좋은 편이었던 나는 그림으로 유치원과 학교에서 종종 칭찬을 받았다. 이에 힘입어 김영만 선생님의 〈만들어볼까요〉를 애청하며 종이컵 인형, 플라스틱 통 어항, 수수깡 집 등 각종 만들기를 섭렵해나갔다.

하교 후 집에 돌아와 "심심한 날, 친구가 필요한 날, 나는 나는 친구를 만들죠." 하는 〈만들어볼까요〉 오프닝 음악이 들리면 가위와 풀, 색종이 따위의 만들기 재료를 재빨리 들고 와 텔레비전 앞에 앉았다. 나를 코딱지라고 부르는 선생님의 다정한 말투가 좋았고 만들기를 하는 내내 옆에서 칭얼대는 뚝딱이가 있어 외롭지 않았다. 비록 김영만 선생님의 작품만큼 예쁜 것들을 만들지는 못했지만 자신감을 실어주는 선생님의 따뜻한 말 한마디로 무언가를 만들어내는 것에 몰두하는 순간이 마냥 재미있던 시절이었다. (시간이 지나 하늘 같은 선배가 되어버린 뚝딱이가 "라떼는 말이야!"를 외치며 펭수에게 설교하는 모습이 웃기면서도 씁쓸했다. 뚝딱이, 우리 때는 그런 이미지 아니었는데….)

꿈의 시작, 그로부터 10년

사춘기가 한참이던 어느 날, 운명처럼 미야자키 하야오 감독의 애니메이션 〈센과 치히로의 행방불명〉을 극장에서 보았다. 당시 극장에는 어린아이부터 젊은 커플, 손주들과 함께하는 할머니, 할아버지까지 다양한 관람객이 몰려들었다. 영화가 시작되자 그들은 나이와 성별을 뛰어넘어 주인공 센과 하쿠의 행동 하나하나에 함께 울고 웃었다. 운 좋게 꼭대기 좌석에 앉은 나는 스크린에서 시작된 감정의 파도가 관객들을 덮치는 과정을 고스란히 지켜보았다. 어린 소녀의 눈에 그것은 시간이 지나도 잊히지 않는 신기한 경험이었다. 마침내 영화가 끝나고 엔딩 크레디트가 올라가는 순간 사람들의 쏟아지는 박수갈채를 들으며 생각했다. '환상적인 이야기로 누군가에게 공감과 감동을 주는 것은 이렇게 멋진 일이구나.' 처음으로 꿈과 목표가 생긴 순간이었다.

환상을 만들어내는 일이 하고 싶어졌다. 그 일을 직업으로 삼을 수 있다면 평생 나의 이름을 잃어버리지 않고 행복한 삶을 살아낼 수 있을 것만 같았다. 그렇게 대학에 입학했고 끝도 없이 밀려드는 과제 폭풍과 취업 준비 지옥을 지나 결국엔 어린 시절에 꿈꾸던 일을 할 수 있는 직장에 입사했다. 꿈을 꾸기 시작한 이래 정확히 10년 뒤였다. 나의 지독한 꿈의 여정을 잘 아는 이들은 진심을 담아 축하해주었고 나 역시 꿈꾸던 일을 하면 마냥 꽃길이 펼쳐질 줄 알았다.

그러나 이상하게도 행복하지가 않았다. 분명 나는 구름 위를 걷고 있었고 일은 어렵지만 재미와 보람이 있었다. 그런데 가슴 한편으로 유바바에게 이름을 빼앗긴 센처럼 내가 사라져가는 느낌을 받았다. 투명했던 열정 위로 혼탁함이 덮였고 거센 바람이 휘몰아쳤다. '진짜 좋아하는 것은 취미로만 해야 하나.' '이것이 직장인의 한계인가.' '나다운 선택은 무엇일까.'

각종 혼란과 고민을 떠안고 몇 번의 이직을 했다. 다양한 프로젝트를 만났고 일을 하면서 힘든 순간은 어김없이 찾아왔다. 그때마다 네가 꿈꾸던 일을 하고 있지 않냐며 흔들리는 나를 어르고 달랬다. 그렇게 시간이 지나 30대에 접어들자 나의 모습은 직장인으로 딱딱하게 굳어갔다. 온전히 나답게 활짝 웃어본 적이 언제였는지 희미해져갔다. 그러다 문득 흔들리는 퇴근길 지하철 안에서 〈슈퍼 그랑죠〉의 배경음악이 머릿속을 스쳤다. 오랜만에 그랑죠를 다시 찾아보았다. 훌쩍 자라 겁이 많아져버린 나와 달리 빛나는 마법과 함께 화면 속을 누비는 용감한 그랑죠의 모습은 30년이 지났어도 변함이 없었다. 지금 들어도 전혀 촌스럽지 않은 배경음악을 들으며 어린 시절로 돌아간 것처럼 다시 가슴이 벅차올랐다.

그때는 과자 한 봉지에 들떴고, 문방구 뽑기를 할 수 있는 동전 하나가 소중했다. 해 질 녘 저녁 먹자며 놀이터의 나를 부르는 어머니의 목소리가 정겨웠고, 얼음땡 놀이로 땀을 쭉 빼고 나면 저녁에 잠이 솔솔 왔다. 어쩌면 나를 나답게 해주는 것, 나를 온전한 나로 일으켜 세우는 것은 꿈이나 용기, 신념 같은 대단한 것이 아닐는지도 모른다. 어린 시절부터 쌓아온 작지만 따뜻한 기억들이 지금의 나를 만든 것은 아닐까.

나를 나답게 만드는 것

콘 사토시 감독의 애니메이션 〈천년여우〉에서 주인공 치요코는 오랜 시간에 걸쳐 소녀 시절 첫사랑이었던 남자의 행적을 쫓으나 결국 그 남자와 이뤄지지 못한 채 할머니가 된다. 그녀는 죽음을 앞두고 마지막 인터뷰에서 첫사랑을 만나고 싶지 않느냐는 기자의 질문에 이렇게 대답한다. "그를 못 만나도 괜찮아요. 왜냐하면 난… 그 사람을 쫓는 내가 좋거든요."

어른이 되고 나니 그녀의 마음을 조금 알 것 같다. 꿈을 이루면 비로소 나다운 모습으로 자유로워질 것이라 생각했지만 사실은 그렇지 않았다. 반드시 해내고야 말겠다는 욕심과 압박으로 이뤄진 꿈은 가까이 다가갈수록 물먹은 솜처럼 무겁게 어깨를 짓눌렀다. 반면 꿈을 쫓는 과정에서 열정과 에너지로 가득 차 있었던 나는 분명 반짝반짝 빛이 났다. 그 시간 속에서 겪었던 크고 작은 실패와 성공의 경험들, 다양한 사람들과의 인연이 모여 지금의 단단한 나를 만들어낸 것이리라. 인정하고 싶지 않았지만 인정할 수밖에 없었다. 나는 꿈을 사랑한 것이 아니었다. 꿈을 쫓는 나를 사랑했던 것이다.

이제 꿈의 노예가 되지 않으려 한다. 무언가를 이뤄내야 하는 압박감에 더 이상 스스로를 내던지고 싶지 않다. 대신 나를 나답게 만드는 일상 속 행복한 순간들로 이루어진 작은 꿈의 지도를 그려나가고 싶다. 지옥철을 잊게 만들어주는 내 취향의 음악, 좋아하는 사람들과 함께하는 맛있는 식사, 솔직한 마음을 담은 지금의 이 글처럼 현재의 순간에 집중할 수 있는 나만의 비밀 창구를 많이 만들어갈 계획이다. 인생에 정답은 없다지만 그러다 보면 적어도 몇십 년 뒤 할머니가 되어 지금을 회상했을 때 입가에 작은 미소 정도는 떠오르지 않을까. 그 정도면 충분할 것 같다.

김혜진
@cuorange

미니멀 라이프 1년 후

미니멀 라이프를 한 지 1년이 흘렀다. 매일 버리고 정리하는 단순한 루틴이 이어졌다. 작은 실천이 만든 오늘이다.

나는 살림이 정말 싫었다. 청소하고, 빨래하고, 밥하는 모든 과정이 지루하고 아까웠다. 아이 '둘' 엄마라서 해야만 하는 일들을 대충 해치웠다. 대충 치워놓고, 대충 빨래 돌리고, 대충 먹었다. 어떻게든 하루하루를 버티고 버텼다. 딱 죽지 못할 만큼만 살았다. 재택근무하면서 아이 키우느라 너무 바쁘다고, 아이들과 밖에서 노느라 시간이 없다면서, 늘 수줍게 변명했다. 아마 작년 이맘때쯤이었을 것이다. 계속해서 이런 식으로 살다가는 집도, 나도 쓰레기가 되겠구나 싶었다. 제대로 살고 싶었다. 남들 하는 만큼, 딱 그만큼만….

그때부터 꾸준히 버렸다. 매일 나오는 영수증부터 시작해 서랍장, 옷장, 창고도 뒤졌다. 안 쓰는 물건은 팔거나 무료 나눔을 했다. 크게 달라질 것이라는 기대도 없었다. 그냥 성실하게 버리기만 했다. 그러면서 차츰 나를 찾아가기 시작했다.

집이 깨끗해졌다

깨끗한 집은 누구나 좋아한다. 그러나 깨끗한 집을 내가 만들어야 한다면 얘기가 달라진다. 나도 깨끗한 집을 좋아하지만, 그것을 위해 내가 노력하고 싶지는 않았다. 잠깐 깨끗해질 집을 위해 오랫동안 애쓰는 것은 시간 낭비라는 생각이 들었기 때문이었다. 미니멀 라이프를 시작하며 나타난 가장 큰 변화는 집 정리가 그렇게 어려운 것만은 아니라는 깨달음이었다.

매일 꾸준히 버리기 시작하면서 제일 먼저 쓰레기가 사라졌다. 새로운 물건을 산 다음 귀찮아서 창고에 치워두고 까맣게 잊어버렸던 물건들이었다. 팔 물건은 팔고, 줄 물건은 주고, 버릴 물건은 버리고 나니, 집에 쓰지 않는 물건들이 사라졌다. 집에는 내 마음에 꼭 들거나 항상 쓰는 물건만 남았다. 이걸 지키려고 남긴 물건은 조금이라도 쓰려고 노력한다. 멀티 스토브를 쓰기 위해 집에서 샤부샤부를 해 먹고, 믹서기를 버리지 않으려고 수박 주스도 만들었다.

그렇게 버리는 습관이 몸에 붙자, 늘 습관적으로 정리하는 나를 만나게 되었다. 미니멀해진 집은 날마다 로봇 청소기 두 대가 관리해준다. 5년 전에 샀던 로봇 청소기의 수명이 다해 최근에 샤오미 2세대를 샀다. 다들 극찬하는 데에는 이유가 있다. 기존보다 꼼꼼하고 깔끔하게 먼지를 빨아들인다. 먼지가 없으니 바닥의 찌든 때가 더 잘 보인다. 아이들이 놀이터에서 놀다가 까만 발자국을 바닥에 만드는 것도 너무 거슬린다. 매일같이 닦아보려 했으나 실패다. 결국 물걸레 로봇 청소기를 들였다. 하루에 두 시간씩 바쁘게 돌며 청소하는 로봇 청소기 덕분에 정갈해진 집을 가질 수 있었다.

남편이 달라졌다

최근에는 남편까지 미니멀 라이프에 동참했다. 내가 계속해서 버리는 걸 1년 정도 보니 영향을 받았나 보다. "집이 깨끗해지니 참 좋다."라고 말하면서도 달라지지 않았던 남편은 지난달에야 비로소 자신의 물건을 대거 정리하기 시작했다. 창고에 쌓여만 있던 키보드, 전자책 단말기, 캠핑용품, 애플워치 등을 중고 거래 플랫폼 당근마켓을 이용해 팔았다. 남편이 사고 싶어 해서 샀다가 쓰지 않은 무거운 러그도 깔끔하게 팔았다.

스트레스를 받으면 한 번 쓰고 말 용품을 사느라 바빴던 그였다. 택배 박스째로 있다가 버려지는 물건도 종종 나왔다. 그랬던 그가 요즘에는 청소하면서 스트레스를 푼다. 12년 동안 한 번도 안 닦은 창문 청소를 한다. 간식 먹고 난 뒤에는 정리해서 싱크대까지 가져다둔다. 내가 잠들어 있던 사이, 아이들에게 죽도 챙겨주고, 아침이면 샌드위치도 만들어준다. 집안일이라면 관심도 없고, 하고 싶어 하지도 않았는데 말이다.

공간이 넓어졌다

집에서 사용하는 공간이 무척 많아졌다. 전에는 침실과 거실, 부엌 조금 쓰는 일이 전부였다. 요즘에는 아이 친구들이 놀러 와서 아이들 방도 활발하게 쓰인다. 아침저녁으로 옷만 갈아 입던 남편 방도 활기를 찾았다. 남편은 가끔 일찍 퇴근해 본인 의 방에서 추가 근무를 하기도 한다.

필요한 물건만 있는 공간에서는 할 수 있는 일들이 무궁무 진해진다. 누군가와 집에서 커피 마시는 일도 편안해졌고, 아 이들 친구 데려다가 가볍게 밥 지어 먹는 일도 잦아졌다. 일을 처리하는 속도도 엄청 빨라지고, 집안일도 자리를 잡았다. 코 로나바이러스로 동네를 벗어나지 못하는 돌밥돌밥(돌아서면 밥하고 돌아서면 밥하는) 신세지만 다행스럽게도 집을 넓게 쓰기 시작하면서 개방감을 느낀다. 답답하게 느껴졌던 창고도 한결 훤해졌다. 쌓여 있던 먼지를 털어버리는 것만으로도 쾌 적해졌다. 물건을 정리하고, 팔고, 버린 효과다.

쇼핑이 신중해졌다

물건을 많이 버려보니 쇼핑이 더욱 신중해졌다. 블로그나 인 스타그램을 보면서 충동구매하는 일이 줄었다. 누가 공동 구 매한다고 하면 우르르 따라가서 막 사곤 했다. 단톡방에 핫딜 떴다는 알림이 오면 또 샀다. 그렇게 아무 생각 없이 샀던 물 건들은 모두 당근마켓행이었다.

버리면서 이게 뭔가 싶었다. 팔면서도 아니다 싶은 순간이었다. 10만 원에 사서 3만 원에 팔면 나는 명백한 7만 원 손해였다. 제대로 써보지도 못한 물건이었기 때문이다. 이 물건이 나와 맞지 않는다는 걸 알기 위해 쓴 7만 원은 수업료로 치부하기에는 금액이 컸다. 그런 깨달음이 쌓이자, 소비가 신중해졌다. 좀 더 나를 이해하고, 좀 더 내가 좋아하는 물건에 투자하기로 했다. 가비양에서 매번 같은 원두 받던 일을 중지하고, 다양한 카페에서 새로운 원두를 구매하기 시작했다. 취향을 구체화하는 작업이랄까. 전보다 더 다양한 원두를 고르고, 사고, 마시는 즐거움을 누리고 있다.

아이들이 달라졌다

열 살 첫째에게 안 쓰는 물건을 직접 사진 찍은 다음 당근마켓에 올려 팔아보라고 했다. 금액은 어떻게 하면 좋을지, 문구는 어떻게 쓸지 고민해보라고 했더니 멋진 해답을 찾아온다. 아이들 눈에만 보이는 장난감도 팔고, 여자아이들이 좋아할법한 소품도 골라왔다.

직접 번 돈을 용돈으로 주었더니, 부자가 되고 싶다며 커다란 저금통에 모으기 시작한다. 5000원, 만 원 차곡차곡 모은 돈으로 집을 사고 싶다고 한다. 엄마에게 간섭받지 않을 수 있는 공간이 필요하다면서 말이다. 벌써부터 공간의 중요성을 알다니 대단하다 싶다.

내가 새로워졌다

매일 정해진 루틴에 따라 움직인다. 아침에 일어나 아이들 끼니를 챙기고, 한약과 영양제를 먹는다. 아이들이 아침 먹는 동안 혼자만의 공간에서 커피를 마시며 책을 읽는다. 비 오는 날 음악을 들으며 글을 쓰기도 한다. 첫째가 온라인 수업을 듣는 동안 화장실, 부엌, 유리창, 이불 등등을 돌아가며 가볍게 청소한다. 로봇 청소기 두 대를 돌리고, 설거지를 하고 난 뒤에 본격적으로 일을 시작한다. 자료도 찾아보고, 제목도 고민하고, 맞춤법까지 꼼꼼하게 보고 나면 시간이 훌쩍 지나 있다.

오후가 되면 아이들과 놀이터로 떠난다. 서로 하고 싶은 일을 찾는 시간이다. 놀이터에서 신나게 놀고 돌아온 아이들은 씻고, 저녁 먹고, 책 읽다가 잠에 든다.

별것 아닌 평범한 일상이지만 차곡차곡 쌓이는 하루가 소중하고 감사하다. 근사한 일도 없고, SNS에 올릴만한 멋진 장소도 아니지만 만족한다. 사랑으로 아이들을 키우고, 나의 성장까지 도모해가는 내가 기특하고 대견하다. 오늘도 이렇게 성실하게 잘 해냈구나 하며 내 어깨를 톡톡 두드린다.

나를 나답게 하는 일에 점점 가까워지고 있다. 시간이 지날수록 뿌리가 튼튼해지고, 좀 더 나의 본질에 집중하게 되는 기분이다. 미니멀 라이프 1년이 지난 지금, 돌이켜보니 내게 가장 큰 선물을 전한 듯하다. 변하지 않을 것 같던 내가 완전히 새로워졌다. 내일의 나는 어떤 모습일지 기대가 된다.

정솔빈
@rdfg369

살고 싶다는 말

엄마가 떠난 지 어느덧 2년이 지났다. 2년이라는 시간은 두 번의 사계절이 지나는 시간이었고, 고등학생이었던 동생이 자기 앞가림을 할 줄 아는 성인이 되는 시간이었으며, 대학생이라는 울타리를 벗어난 내가 취업 준비생으로 사회에 내던져진 시간이기도 했다.

엄마의 죽음은 그것을 입 밖으로 꺼내지도 못한 채 눈시울을 붉히기만 했던 때를 지나, 이제 조금은 먹먹한 떨림으로 받아들이는 현실이 되기는 했다. 그러나 보이지 않는 벽에 주저앉을 때면 여전히 제일 먼저 생각나는 것이기도 하다.

엄마가 했던 모든 일을 짊어져야 했던 과거에서 벗어나기 위해 악착같이 돈을 모았다. 하루 여덟 시간 학교에 붙어 있으면서 공부를 하고 장학금을 받았다. 남는 시간은 아르바이트를 했다. 왕복 세 시간 통학하며 밀린 집안일을 했고, 긴 하루가 끝난 새벽에 어쩌다 네 시간 동안 잘 수 있는 날이면 다른 날보다 많이 잘 수 있다는 서글픔을 안고 지친 몸을 뉘었다.

그렇게 모은 돈으로 누구의 도움도 받지 않고 졸업과 동시에 자취를 시작했다. 달랑 열 평 남짓한 원룸은 보증금 300만 원에 월세 35만 원짜리였지만 생활비와 용돈 한 번 제대로 받지 않고 아끼고 아껴 마련한 애틋한 나의 공간이었다. 나는 이 공간이 지난 2년 동안의 꿈이었을 정도로 간절했다. 엄마를 그리워하는 동시에 엄마처럼 미련하게 살지는 않을 것이라는 애처로운 발악이었을지도 모르겠다.

엄마는 많이 아팠다. 자식을 위해, 가족을 위해 희생하는 여느 어머니였으나 그것이 자신을 곯게 만든다는 것을 알지 못했다. 우리 가족은 그 희생이 엄마를 곯게 한다는 것을 알면서도 애써 모른 척했으리라. 스물두 살의 나는 삐쩍 말라만 가는 엄마의 야윈 모습을 보면서도 내 자유를 포기한 것에 대한 억울함이 더 컸던 철없는 맏딸이었고, 이제야 과거를 후회하며 평생 죄책감을 가지고 살아갈 스물다섯 살이 되었다.

사회에 들어섰을 때 남들보다 경험이 모자란다는 이유로 거절당하는 시간을 보냈다. 자신감은 초조함으로 변해갔다. 이제야 금전적으로 여유가 생긴 아버지가 이따금 챙겨주는 5만 원과 먼저 취직한 동생이 사준 비싼 재킷은 다른 원인으로 파생

된 죄책감을 더했다.

　중고등학교, 심지어 대학에서까지 꾸준히 받았던 장학금과 엄마의 병간호비, 기숙사비 그리고 자취비까지, 이 모든 것을 홀로 묵묵히 마련해온 나였기에 아무런 대가 없이 도움을 받아도 될지 눈치가 쌓여갔다.

　조금씩 쓸 수밖에 없었던 아빠의 용돈과 입고 나갈 곳이 없어 옷장에 모셔둔, 동생이 사준 재킷을 보면서 고맙다는 생각보다는 어떻게 갚아야 하지, 하는 걱정이 먼저였다. 먹고 싶은 것을 참아가면서, 하고 싶은 것을 포기하면서 얻어낸 현실이 결국은 미련과 불안뿐이라서, 엄마처럼 살지 않겠다는 그 애처로운 발버둥의 결과가 이것뿐이라서 더 서글퍼졌다.

　시청에서 모집했던 공공 근로에 운 좋게 선정되어 대략 6개월간의 근로를 끝내고 근 한 달 동안 아무것도 하지 않았다. 그리고 그 한 달은 다시는 마주치고 싶지 않은 시간이기도 하다. 내가 정말 필요 없는 존재처럼 느껴졌으니까. 받기만 하는 것에 대한 죄책감은 더욱 늘어만 갔다.

외출은 근처 편의점으로 향하는 왕복 5분의 짧은 시간이 전부였다. 불도 잘 켜지 않고 어두운 방구석에 처박혀 늘어만 가는 살을 바라보고 있었다. 나는 일상을 바쁘게 사는 걸 좋아하는 사람이었음을 절실히 깨닫는 시간이기도 했다. 그럼에도 또다시 아무것도 하지 않았다. 그저 기능을 다한 로봇처럼, 수명이 다된 건전지처럼.

밥 먹는 것도, 친구를 보는 것도, 뭔가를 해보겠다는 마음을 가지는 것도 귀찮고 싫었다. 또 거절당하지는 않을까 하는 두려움도 컸다. 어디에서부터 시작된 것인지도 알 수 없는 자괴감에 빠져 허우적거렸다. 그간 너무 바쁘게 살아 아무것도 모르게 된 건가 하는 생각이 들다가도 가만히 누워 있는 내 모습이 진저리 날 정도로 싫었다.

그럼에도 나는 아무것도 하고 싶지 않았다. 전화를 들여다봐도 연락할 사람이 없다는 것을 알게 되었을 때, 문득 이불에 누워 내 장례식을 생각했다. 이대로 죽게 된다면 내 장례식에는 누가 와줄까 하는 실없는 생각. 할 줄 아는 것도, 하고 싶은 것도, 해낸 것도 아무것도 없지만 이대로 눈을 감아도 꽤 괜찮지는 않을까 하는 그런 생각. 죽음을 생각하는 순간 아무런 미련도 들지 않았다.

참 이상하지 않은가. 나는 예전처럼 기한이 얼마 남지 않은 과제에 시달리지 않는다. 듣지 않으면 성적을 받을 수 없는 강의가 있는 것도 아니며 내일 식구에게 먹일 음식을 고민할 필요도 없다. 네 시간 동안 자는 삶이 다행이라고 여길 정도로 아등바등 살지도 않는다. 그런데 과거에도 생각하지 않으려 애썼던 죽음을 떠올리는 것이 아이러니했다.

한 달하고도 일주일이 지난 뒤 겨우 일어나 멍한 눈으로 노트북을 켰다. 이대로는 안 되겠다 싶어 일자리라도 있나 뒤적여볼 참이었다. 오랜만에 전원을 킨 노트북이 작동하는 데는 꽤 오랜 시간이 걸렸다. 배터리를 충전하고 이리저리 마우스를 옮기다가 오래된 글들을 발견했다. 미래에 대한 불안으로 뒷전으로 밀려났던 수많은 감정을 홀린 듯 묵묵히 읽어갔다.

"아… 나 참 다양한 감정을 가지고 있었구나."

무엇을 겪어도 아무런 감흥 없이 메말라버린 지금과는 달리, 가장 힘들다고 여겨서 벗어나고 싶다고 발악했던 옛날의 나는 참 다양한 감정이 있었다. 억울함이 있었고 아픔이 있었고 미련이 있었다. 기대감이 있었고 서글픔이 있었으며 그 속에서도 즐거움이 있었다.

뭐라 꼬집어 정의할 수 없는 감정들의 파편이 모여 언제 적었는지도 모를 무수한 완성이 있었다. 그리고 그때의 나는 '살고 싶다'는 마음으로 글을 끄적이며 완성들을 만들어냈다.

엄마의 병간호를 하면서 가장 절실히 느꼈던 사실은 어느 상황에서건 죽음을 함부로 말해서는 안 된다는 것이었다. 분명 어제만 해도 나와 이야기를 나누던 환자들이 다음 날 산소마스크를 쓰고 병실 밖으로 실려 나가는 일이 너무나 많았다. 결국은 돌아오지 못하고 가족들의 오열을 듣는 날도 있었다. 화기애애하던 병실이 훌쩍이는 소리로 숙연해지고 남은 환자들은 불안에 떨며 악몽 속에서 잠이 들었다.

환자와 보호자 모두 이겨내자, 살아내자는 생각만이 가득했고 하루하루가 소중했다. 그래서 엄마와 나 또한 더더욱 죽음을 떠올리지 않았다. 엄마가 떠난 후, 누구보다 살아간다는 그 자체가 얼마나 숭고하고 소중한 일인지 뼈저리게 깨달았기에 죽고 싶다는 생각이 들 정도로 힘이 들 때마다 반대로 살고 싶다는 말을 했다.

어찌 보면 둘 다 비슷한 맥락일지도 모르겠다. 살고 싶다는 말에는 '포기'가 들어가지 않으니깐 말이다. 살고 싶다는 일념으로 공부를 했고 장학금을 받았다. 살고 싶다는 생각으로 돈을 모았고 자취를 했다. 그리고 어느 순간 사라진, 살고 싶다는 간절함이 스스로를 무기력의 밑바닥으로 침전시켰는지도 모르겠다. 나는 이렇게 메말라버렸는데 살고 싶다는 말과 발악으로 가득한 나의 글은 내 뒤통수를 거하게 때렸다.

아주 오랜만에 방에 불을 켜고 밥을 한다. 설거지를 하고 분리수거를 하고 먼지를 닦는다. 가족에게 안부를 전하고 밥상에 노트북을 올린다. 그리고 다시 천천히, 언제 썼는지 기억도 나지 않는 나의 글을 읽는다.

나는 아주 오랜만에 글을 쓰고 싶어졌고, 그것만으로도 괜찮았다. 어쩌면 다시 시작된 나의 상상과 기대가 나를 살고 싶게 만들었는지도 모르겠다. 나는 여전히 조급한 채로 살아갈 것이고, 여전히 죄책감에 시달릴 것이다. 더 많은 거절을 겪게 될지도 모르고 또 홀로 숨어서 괴로워할지도 모른다. 그럼에도 살고 싶다는 마음이 나를 나답게 견디게 함을 알기에, 그리 많이 힘들지는 않을 것 같다.

문민정
@mmjdes

회장님의 돈 봉투를
돌려드렸습니다

"왜 이렇게 어리숙하냐!"

엄마는 저를 보면 걱정하셨습니다. 간혹 순수하다며 치켜 세워준 사람도 있었지만, 반복되는 설명도 이해를 못 하고 행동까지 굼뜬 저를 짜증 내는 사람도 있었습니다. 왜 그런지 알 수 없지만 남들에 비해 저는 모르는 것이 많은 사람 같았습니다. 모두 눈치챈 이야기를 저 혼자 모르고 있거나, 오랫동안 이용당하면서도 상대가 나쁘다는 생각조차 하지 못한다거나, 뒤통수를 후려 맞아 피를 보고서야 상대가 내 편이 아니라는 사실을 안 것도 여러 번입니다.

그러다가 어느 순간에 보였습니다. 나만 손해 보고 있다는 거, 나만 참고 있다는 거, 나만 양보하고 있다는 걸요. 피해 의식이었는지도 모르겠습니다. 관계 자체가 쌍방을 전제로 하고 있으니까요. 원인이 무엇이었건 그런 제가 싫어졌습니다. 깐깐하게 이야기하려 노력했고, 손해 보지 않으려 자꾸 돌이켜 계산하고, 빠릿빠릿하게 행동해서 상대가 나를 물로 보지 않게 하려고 안간힘을 썼습니다. 하지만 돌이켜 생각해보면, 그게 노력으로 가능한 일이던가요.

저는 지금까지 몇 가지 종류의 다른 일을 해왔는데 그중 신문사 문화부 기자로도 일한 적이 있습니다. 비가 억수같이 내리던 7월의 어느 날, 변두리 아파트 관리 사무실 한편에 둥지를 틀고 있는 봉사 단체 취재에 나섰습니다. 지역 어르신들이 모여 결성한 그 단체는 꽤 적극적인 활동으로 지역 주민에게 신망을 얻고 있었습니다. 백발이 성성하신 회장님과 눈매가 선해 보이는 총무님, 두 분은 지금까지 진행한 봉사 활동과 앞으로의 계획에 대해서 소상하게 전해주셨습니다.

　'고령이신데도 이웃을 위해 이렇게 애쓰시다니…' 이야기를 감명 깊게 들으며 쉴 새 없이 받아 적는 한편, 거친 손으로 내놓으신 새우깡과 토마토 주스가 자꾸 마음에 걸렸습니다. '어르신들이 좋아하실만한 막걸리라도 사 올 걸.' 누추한 공간과 플라스틱 접시에 담긴 과자가 왠지 짠했습니다.

"힘들게 오셨는데 차비에 보태 쓰세요." 취재가 끝나고 인사를 드리는데 회장님이 돈 봉투를 건네셨습니다. 제가 느낀 감동과는 전혀 어울리지 않는 상황이었습니다. 봉사 단체의 자애로운 회장님 인상과도 어울리지 않는 행동이었습니다.

기자가 되고 한 달쯤 지났을 때로 기억합니다. 시집을 출판한 시인에게 처음 돈 봉투를 받았습니다. 극구 사양했는데 결국은 받을 수밖에 없었습니다. 연세가 많은 할머니셨기 때문입니다. 하지만 당일 저녁, 아무리 생각해도 봉투를 가지고 있을 수 없어서 시인의 댁 근처로 가 봉투를 돌려드렸습니다. 다음 날 팀장에게 보고 겸 상담을 했을 때 짜증 섞인 대답이 돌아왔습니다. "시인? 그럼 얼마 들어 있지도 않겠네. 뭐 그런 걸 일일이 얘기해?" 사내 소식에 정통한 동료 기자의 말에 따르면 팀장은 돈 냄새 나는 취재를 만들어가며 하고 있었고, 광고도 따내며 커미션까지 챙기는 잘나가는 기자였습니다. 팀장은 성가셔하는 말투로 알아서 하라면서 대화를 끝냈습니다.

그날 봉사 단체의 회장님은 버스 정류장까지 저를 배웅해주셨습니다. 가는 길을 안다고 몇 번이나 말씀드렸는데, 부득불 빗속을 저와 함께 걸으셨습니다. 금세 옷을 적시는 세찬 비가 걱정스러웠지만, 참 감사했습니다.
　"힘드실 텐데 제가 활동비라도 보태드리고 싶지만 여의치 않습니다. 저는 열심히 기사 쓰는 것으로 힘을 보태겠습니다."
　회장님이 돈 봉투를 건네실 때 저는 영화에 나오는 정의롭고 강직한 기자처럼 말씀드렸습니다. 당황하신 기색이 역력해

죄송했지만, 뿌듯함이 밀려왔습니다. 그런데 그 뿌듯함이 다른 감정으로 바뀌기까지 10분도 채 걸리지 않았습니다. 회사로 가는 버스 안에서 생각했습니다. '그 돈을 받았어야 했나.'

월급은 두 달 치 밀려 있었고, 마감이 급한 취재를 할 때는 택시를 몇 번이나 타야 했습니다. 아무 말도 하지 않고 혼자 삼키는 사람도 있었지만, 봉투를 끌러 회식비로 돌리는 정 많은 선배들도 있었습니다. '그 돈으로 동료들과 삼겹살이라도 같이 먹었어야 했나.'

이내 그 생각을 털었습니다. 그 돈을 받아 혼자 쓰든, 여럿이 쓰든 두고두고 그런 저를 후회했을 테니까요. 잠깐 즐거울 수 있었겠지만 낯부끄러운 일은 오래도록 자신을 괴롭히니까요. 저는 후회할 일은 하고 싶지 않았습니다. 앞으로도 있을지 모를 일에 대한 기준이 서니 마음이 편해졌습니다.

신문이 발행된 후 취재했던 봉사 단체로 몇 부 챙겨 보내드리고 서로 감사 인사를 나눈 뒤, 저는 다시 바쁜 신입 기자 생활을 하느라 동분서주했습니다. 그렇게 12월이 되었고 그날도 정신없이 마감을 하고 있었습니다.

"빨리 국장실로 가 봐! 국장님 호출!" 뭐지? 바짝 긴장하고 국장실에 들어가니 그때 그 봉사 단체 회장님과 국장님이 이야기를 나누고 계셨습니다.

"어? 회장님, 안녕하세요. 오랜만에 뵙네요. 별고 없으시지요?" 뜻밖의 만남에 깜짝 놀라며 안부를 여쭈었습니다. 국장님은 환하게 웃으시는 회장님께 맥락 없이 제 칭찬을 시작하셨습니다. 얼떨결에 앉아 있던 저는 불편해져 마감 핑계를 대며 서둘러 방을 나왔습니다.

마감을 끝냈을 즈음 국장님은 다시 저를 부르셨습니다. 회장님은 성금 전달을 위해 오셨다고 합니다. 연말이 되면 각 신문 방송사는 불우 이웃 돕기 성금을 받습니다. 지금까지 그 봉사 단체는 구독률이 가장 높은 신문사에 성금을 내왔지만, 올해부터는 저희 신문사에 성금을 전달하겠다는 말씀과 비 내리던 그날의 이야기를 하셨다고 합니다.

"잘했다!" 국장님은 제 어깨를 두드렸습니다.

인생을 살면서 제게는 나름 감동적이었던 드라마 같은 사건이 몇 건 있습니다. 회장님의 돈 봉투 이야기도 그런 드라마 같은 일이었습니다. 대단할 것 없는 소소한 사건처럼 보일지라도 그런 일을 한 번씩 겪으면서 저는 알게 되었습니다. 내가 한 행동은 언젠가 다시 돌아온다는 것을. 내가 사는 방법도 그리 나쁘지 않다는 것을.

그로부터 많은 시간이 흘렀습니다. 세상은 변했고 이제 돈 봉투를 대놓고 주고받는 일은 표면적으로는 없습니다. 사회는 달라졌건만, 저는 여전히 어리숙하고 답답한 사람입니다.

그동안 상처 입고 마음이 괴로울 적엔 똑같이 갚아주겠다고 표독스럽게 되뇌거나 독기를 품고 삐딱선을 타던 시기도 있었습니다. 하지만 나이가 드니 불끈 거머쥐었던 손아귀의 힘이 슬며시 풀려버립니다.

더없이 쉬울 것 같지만 정말 어려운 일은 '자기 자신을 제대로 아는 일'인 듯합니다. 마구 부풀려 잘난 것처럼 자신에게 사기 치는 일도, 굳이 평가 절하해가며 괴로워하는 일도 옳지 않습니다. 마음 깊은 곳에 있는 내가 아플 뿐입니다.

젊은 날에 비하면 저는 좀 독해지고 비겁해지기도 한 것 같지만, 이제 내가 어떤 사람인지는 알 것 같습니다. 그리고 그런 저를 인정합니다. 온전히 사랑하기까지 조금 시간이 걸리겠습니다만, 저로 향하는 길을 정직하게 걸어보려 합니다.

이제야 그 길로 향하는 발걸음이 가볍고 편안합니다.

고민지
@pallang

세상은 넓고
나는 자유롭다

우울에 오래 잠식되어 있었다. 우울은 마치 바다와 같아서 감정의 파도가 밀려와 한번 휩쓸리면 어지럽고 숨이 막혀온다. 죽음의 공포가 턱 끝까지 차오른다. 그대로 깊숙이 잠긴 채 시간을 보내다 보면, 어느 순간 이곳이 수중인지 지상인지 헷갈리기 시작한다. 그러다가 결국에는 내가 있는 곳이 곧 땅 위의 현실이라고 착각하며 살게 되는 것이다.

감정에 매몰되어 있던 나는 그렇게 몽롱한 채로 꽤 긴 시간을 보냈다. 숨 쉬지 못한다는 사실을 잊고 내가 사는 세계는 끔찍하기만 하다고 생각했다. 그러나 의식 어디 한구석에서는 끊임없이 의심이 피어오르고 있었던 모양이다. 나는 늘 심리학 책을 읽으며 인간을 이해하려고 했고, 매일 롤러코스터를 타는 기분을 감당하지 못해 글로 쓰며 내 안에 쌓인 무언가를 계속해서 토해냈다. 그렇게 중고등학교 시절 내내 나는 어둡고, 축축하고, 차갑고, 따끔거리는 사람이었다. 책을 아무리 읽고, 일기를 죽어라 써 내려가도 현실은 변함없이 굴러갔다.

고등학교 2학년이던 나는 심리학 동아리 친구들과 함께 심리 상담사를 처음으로 만나게 되었다. 그분과 어떤 대화를 나눴는지는 기억나지 않지만, 대화 이후 어떤 생각이 들었는지는 정확히 기억난다. 꿈이 생긴 이래로 늘 장래 희망이 '심리 상담사'였던 나는 그 꿈을 접기로 마음먹었다. 나를 이해해줄 사람을 찾지 못해 스스로를 어떻게든 이해해보려고 애썼을 뿐이라는 것을 깨달았기 때문이었다. 나는 타인의 고통을 나누어 함께 감당할 만큼 강한 사람이 아니었다. 내 속에서 터져 나오는 공기 방울을 보며 그제야 내가 물속 깊이 잠겨 있었음을 알았다. 그것을 알고 나니 정말 단 한 톨의 미련도 없이 두 번 다시 뒤돌아보지 않고 다른 길을 택할 수 있었다. 나를 좌절하게만 만든 심리학 책에도 안녕을 고했다.

그 후 스무 살이 되어 대학에 입학하고도 한참의 시간이 흘렀지만 나는 늘, 그리고 여전히 나였다. 이따금 휘몰아치는 우울과 덧없이 흐르는 시간 그리고 흥미로운 사건 하나 없는 지루한 삶에 점차 지쳐갔다. 이 파도를 헤쳐 수면 위로 솟구치고 싶은 욕구가 치밀었다. 그 무엇도 나를 붙잡지 못하도록 큰 호흡을 내쉬며 단단한 땅 위를 빠르게 내달리고 싶었다.

마음이 하루에도 수천 번씩 오르락내리락하던 평소와 같은 어느 날이었다. 나는 문득 내가 무엇을 바라고 있는지를 상기했다. 내가 그토록 바라던 것은 평온하고 침착한 마음과 날 특별하게 만들 동화 같은 현실이었다. 헛웃음이 절로 났다. 나는 지금껏 무얼 바라온 걸까. 온몸이 불타듯 고통스러운 나날을 지나고, 없느니만 못한 희미한 내 존재에 진절머리를 치고 난 다음에야 알게 되었다. 세상에 '안정된 상태' 같은 건 없다는 사실을. 늘 깊고 어두운 바닷속에서 벗어나고 싶다고 말해왔지만 실은 조금 두려웠던 것일까. 그래서 조금 더 '단단한' 내가 될 때까지 용기를 모으고 난 후 본때를 보여주리라고 생각했는지도 모른다. 바보 같은 생각이었다. 인간은 늘 유약하고, 그래서 때로는 감당할 수 없는 일들을 감내하며 산다. 혼자만의 감정에 잠겨 있던 나는, 나만 이렇게 사는 줄 알았지만 실은 그렇지 않다는 것을 이제야 이해했다.

'안정된 상태'의 판타지에서 벗어날 것이다. 그렇게 다짐한 후로 나는 일명 '나 아껴주기' 프로젝트를 시작했다. 제목부터 세련되지 못한 이 프로젝트는 나 자신을 면밀히 분석하여 자존을 지키고자 만든 것이다. 매일 밤마다 그날 하루에 있었던 나를 둘러싼 모든 환경과 사람 그리고 그들을 대한 나의 태도를 복기하고 기록하며 내가 가진 모든 부정적인 거스러미를 걷어내고자 애썼다. 8년이 넘는 시간 동안 고통받았는데 고작 보름 만에 나는 변하기 시작했다.

안온하고 평화로운 감정과, 스펙터클한 일상에 대한 집착을 버리자 두렵기만 하던 세상이 조금은 달라 보였다. 이 넓고 자유로운 세상 속에서 내가 하고 싶은 일을 더 트인 눈으로 탐색했고, 그렇게 찾아낸 일은 실행에 옮겼다. 상상만 하고 아무 일도 일어나지 않던 지난 삶과 전혀 다른 하루가 펼쳐지기 시작했다. 세상은 아무것도 변한 것이 없는데, 나는 여전히 나였다. 고작 감정이 내 삶을 지배하지 않도록 두 눈을 크게 뜬 것뿐이었는데 말이다.

나는 그렇게 현재 진행형으로 '나다움'에 가까워지고 있다. 가장 나답게 살기 위해서는 감정을 손에 쥐는 법을 터득해야만 한다. 그렇게 되면 두려워도 괜찮고, 우울해도 괜찮다는 마음이 든다. 진짜 나란 사람의 실체를 알고 있기 때문이다. 나는 용기 있고 나를 변화시킬 만큼 내 삶을 사랑하는 사람이다. 잠시 정체되는 날이 있더라도 곧 다시 일어서 앞으로 나아갈 것을 믿는다. 세상에 안정된 상태 같은 것은 없다. 불안정한 날들이 연속되어도 스스로를 통제할 수 있는 사람은 약간의 고양감을 지닌 채 남들과 다를 것 없는 하루를 남들과 다르게 보낸다. 인간은 모두 그렇게 흔들리며 산다. 그러니, 이 넓은 세상과 자유로운 나를 있는 힘껏 껴안고 즐겨보자.

본인만의 것이 있으니
잊지 말고요

화장실에 창문이 있는 집에 살게 되면서 습관이 하나 생겼다. 샤워하러 들어갈 때 불을 켜지 않는 것이다. 대신 수건걸이에 걸쳐둔 작은 등을 눌러 켠다. 싸구려 건전지를 넣은 탓인지 반밖에는 힘을 내지 못하는 빛이다.

그 빛은 때때로 뻑뻑한 눈을 깜빡이는 것처럼 한 번씩 어둑해지고 또 되돌아간다. 그런 어설픔이 슬그머니 마음을 내려놓게 한다. 어둠과 희끄무레한 밝음이 뒤섞인 공기 속에서 밖을 내다본다. 형광등 빛에 익숙해져 있던 눈이 서서히 창밖의 밝기와 조도를 맞춘다. 이제 밤하늘은 검지 않다. 깊고 아득하게 푸르다. 때로는 어딘가 아쉽게 붉기도 하고, 보랏빛이 감돌기도 한다. 떠가는 구름도 나무도 낮과는 다른 무게의 빛깔을

낸다. 어딘지 날것의 냄새가 난다. 나는 그것이 원래의 색은 아닐까 생각한다. 낱낱이 들추어내려 하는 햇빛 아래서는 낼 수 없는 색. 옷과 함께 사회적인 얼굴과 생각들을 홀가분히 벗어놓고 혼자서 가만히 들여다보는 나의 빛깔.

말하지 않고 살 수 있다면 얼마나 좋을까. 그런 생각을 하며 자랐다. 단순히 말해 말을 하는 것이 힘들었다. 입을 열어서 혀를 놀리고 소리를 밀어 보내는 일이 나에게는 혼자서 큰 수레를 밀기라도 하는 것처럼 힘에 부쳤다. 자기 전에는 눈을 감고 말이 없는 세상을 상상했다. 내 공상 속에서 사람들은 영혼에서 나오는 빛으로 소통했고 오해 같은 것은 없었다.

그런데 남들은 어떻게 저렇게 잘도 말을 하며 사는 거지? 심지어 누가 시키지도 않은 말을 나서서 하며 즐거워하다니. 이상하고 난처했다. 세상이 나만 빼고 그렇게 돌아가고 있다니, 이거 어떡하지. 그런 생각을 하며 묘하게 외로웠다.

"하고 싶은 말이 참 많은 사람인 것 같아." 그 말을 들었을 때 놀란 건 그런 이유였다. 가끔씩 이야기를 시작하면 주머니 없는 가방에서 물건을 꺼내듯 이것저것 한껏 끌어내 이야기하는 나에게, 헤어진 애인이 했던 말이다. 그는 나름대로 들어주려 애쓰다가도 지루함을 어쩔 수 없었던지 한마디 하곤 했다. 원망스럽기도 했지만 미안하고 부끄러운 마음이 더 컸다. 나도 알고 있었기 때문이다. 내가 남에게 하지 못하는 이야기들을 담고 산다는 것, 그래서 가끔 편한 상대가 있으면 내게만 중요한 이야기들을 주절주절 늘어놓는다는 것을 말이다.

언제나 조용하고 차분한 사람, 얌전한 사람이라는 평가를 들어온 나는 뭘까. 사실 그것은 사람들의 기대에 민감한 내가 문제없이 지내기 위해 만들어낸 모습이었다. 속에 담은 이야기는 할 수 없다고 생각했기 때문에 해야 하는 말만 하며 사는 거라고 여겼다. 정말로 하고 싶은 말은 해낼 강단이 없고, 듣는 사람들이 자연스레 귀 기울이게 할 만한 언변도 없으니 말에 대해서는 지레 포기해버린 거다.

그때 나는 내가 글을 쓰고 싶어 하는 이유를 처음으로 정면에서 보았다. 나는 표현하면서 살고 싶은 거구나. 소심함이라면 어디서 지지 않을 나지만 크고 작은 부당한 일들을 내가 바꾸지 못하는 데에 조용히 분노하곤 한다. 이상주의적이게도 세상이 내 맘 같지 않은 것에 끝없이 슬픔을 느낀다. 평온하게 웃는 사람들의 반대편에 치열하게 힘든 사람들이 있어야 한다는 것에, 인생에 행복만 가득할 수는 없다는 그런 당연한 진리에 어린애처럼 암담해하기도 한다.

남보다 예민하다는 것은 상당히 거추장스러운 일이다. 사소해 보이는 일에 정성을 쏟고, 남에게는 별것 아닌 일에 시무룩해지거나 마음 한 구석이 뾰족해진다. 마음을 편하게 먹어봐, 너무 잘하려고 하니까 그래, 그런 말을 자주 듣다 보면 내가 틀렸고 못났다는 생각에 휩싸이기도 한다. 그러면서도 습관처럼 감정을 주워 담고 억누르는 나는 아직도 세상에 없는 세상의 모습을 공상하던 어릴 적 모습 그대로 조금도 어른이 되지 않은 기분이 든다.

그렇지 뭐. 그게 어쩔 수 없는 나다. 혼자만 볼 글을 쓰면서 자유로움을 느끼던 나. 그래도 글을 쓰고 있는 나는 솔직하고 용감하다. 다른 일을 할 때는 걸림돌이고 치부였던 예민함도 글을 쓸 때는 재료가 될 수 있으니까. 그리고 언젠가 단 한 사람이라도 읽어주는 글을 쓴다면 그것만 해도 나의 글은 그리고 나는, 쓸모가 있는 거라는 생각을 곱씹었다. 어딘가에 꼭 나와 같은 사람이 있지 않을까. 자의식이 가득한 글이라도 그 사람에게는 둘도 없는 위안과 용기가 될 수 있겠지. 보이지 않는 연대를 하는 거라는 거창한 생각도 해보았다. 자신에 대한 의심으로 모든 의욕을 잃을 때마다 그런 기대가 하루 더 나아가게 해주었다.

전주의 한국어학당에서 일하고 있을 때, 서울의 한 대학으로 문예창작 수업을 들으러 다녔다. 국어국문학과를 나왔지만 문예창작 수업은 많지 않았고, 문예창작 대학원에 가지 않은 것이 못내 아쉬웠다. 더는 미룰 수 없다, 단 한 번이라도 좋으니 글을 쓰는 사람들 속에서 글을 쓰는 얘기만 듣고, 쓰는 데에 집중해보자. 그런 생각으로 일주일에 두 번씩 서울에 올랐다.

일이 끝나면 곧바로 버스를 타고 가서 저녁 수업을 들었고, 또 바로 기차를 타고 집에 도착하면 새벽 3시였다. 버스와 기차 안에서는 노트북을 펴고 과제와 강의 준비를 했다. 시간이 빠듯하고 피곤했지만 어느 때보다도 살아 있는 느낌이 차올랐다. 역시 이거구나. 내 마음이 시키는 일이 무엇인지 다시 한 번 절실히 느꼈다.

그 시간 동안 내 실력이 늘었는지는 잘 모르겠다. 다만 그때 들은 한마디가 지금까지 내가 시를 놓지 않는 힘이 되고 있다. "본인만이 쓸 수 있는 것이 분명히 있으니, 잊지 말고요."

시 쓰기를 과제로 내주시던 교수님이 메일에 적어주신 말씀이었다. 내 시에서 나만의 색깔이 보인다는, 생각해보면 당연한 이야기지만 읽는 순간 그 말이 가슴속에 무겁고 뜨겁게 가라앉았다. 그거면 되는 거 아닐까. 나만이 쓸 수 있는 이야기, 나만이 보여줄 수 있는 개성이 존재한다면, 계속 쓸 수 있다. 많은 사람이 내 글을 읽고 지지해주지 않더라도, 넓은 지구에 내 빛깔을 알아주는 사람이 한 명은 분명히 있으니까.

나만의 색이 있다는 말은, 누구보다 앞서려고 애쓸 필요가 없다는 말 같다. 내 모습 그대로 편안히 있으면 된다는, 남과 같지 않다는 것이 그 자체로 가치 있는 일이라는 따뜻한 인정이다. 그리고 이어서 적혀 있던 또 한마디, "살다가 힘든 일이 생기면 연락하세요." 잠시 스쳐 지나가는 학생일 뿐인 나에게 그렇게 말할 수 있는 시인의 맑은 마음이 나를 깊게 울렸다. 저런 사람이 될 수 있을까. 나도 누군가를 깊게 울리는 한마디를 남길 수 있을까. 마음에 다른 이를 잘 담아내지 못하는 나도 시를 통해서는 가능할까.

어릴 때부터 글을 쓰고 싶었다는 말처럼 촌스러운 말도 없는 것 같다. 하지만 앞서 밝혔듯 나는 세련되게 말하는 데에 영재능이 없다. 글쓰기에 대해 얘기할 일이 있을 때마다 불안에 떨며 거듭 다짐한다. 이 말만은 하지 말자. 그리고 마침내 운을 뗀다. "그게 실은 제가 어렸을 때부터…." '아, 씨.' 속으로 내 머리통을 세차게 때린다. 그 뒤의 전개도 늘 같다. 저질러놓은 이야기를 마지못해 이어가는데, 겸연쩍게 다른 데를 보는가 하면 물건을 만지작거리며 딴청을 곁들인다.

나에게는 조심스럽고 거대한 그 일이 잠시 마음이 동해서 해보는 말처럼 들리는 것이 싫기도 하고, 한편 너무 진지한 분위기가 되어버릴까 봐 두렵기도 한 탓이다. (그냥 한번 물어봤는데 갑자기 심각한 얼굴로 인생 얘기를 다 듣고 나온다면 얼마나 부담스럽겠는가.) 다시 혼자가 되면 내가 했던 말을 돌이켜본다. 참 빤하고 멋없다. 허탈한 동시에 마음이 놓인다. 그만큼 어쩔 수 없이 하고 싶은 일을 이번에는 제대로 선택했다는 뜻으로 느껴지기 때문이다.

나는 불을 끄고 샤워를 한다. 나는 글을 쓴다. 발가벗은 나로 존재하는 순간에 100퍼센트로 살아 있다고 느낀다. 같이 어두워질 때만 들여다볼 수 있는 세상의 색을 보고 있으면, 꼭 내가 그 숨겨진 이야기를 몰래 읽어내는 유일한 사람인 것만 같다. 그리고 세상이 나의 숨겨놓은 빛깔을 읽어주는 것만 같다. 공허하지 않고 슬프지 않다. 아무것도 요구받지 않고 나도 더 이상 바랄 것 없이, 모든 것을 가지는 순간이다.

지은이

강다예, 고민지, 곽진영, 김경림, 김리하, 김미정, 김민지, 김밀, 김복희, 김시연, 김유정,
김진태, 김혜진, 꿈공, 나차, 남기산, 노지현, 동유진, 문민정, 배정민, 복일경, 석지호,
신동화, 신초혜, 양영희, 여하정, 오영, 울림, 유미영, 윤미송, 윤소평, 이경섭, 이동진,
이름없는자, 이선미, 이소담, 이수영, 이용석, 이유현, 이정은, 이지인, 이진민, 임하은,
장민영, 장유연, 장참미, 전주영, 정솔빈 정지현, 정진아, 정힘찬, 조윤성, 청연, 최광미,
최안나, 탄만두, 한승주, 해달별꽃, 현지강, 홍은

너의 목소리를 그릴 수 있다면

초판 발행   2020년 12월 21일

기획   EBS 라디오부 오디오천국 〈나도 작가다〉 김성은, 정윤범 피디
관리   김승규
편집   우하경, 김보경
디자인   곽은선
일러스트   이슬아
마케팅   김보미, 정경훈

펴낸이   이수영
펴낸곳   (주)롱테일북스
출판등록   제2015-000191호
주소   04043 서울특별시 마포구 양화로 12길 16-9(서교동) 북앤빌딩 3층
홈페이지   www.longtailbooks.co.kr
전자메일   helper@longtailbooks.co.kr

ISBN   979-11-86701-89-8 03810

롱테일북스는 (주)북하우스 퍼블리셔스의 계열사입니다.

이 도서의 국립중앙도서관 출판예정도서목록(CIP)은 서지정보유통지원시스템
(http://seoji.nl.go.kr)과 국가자료종합목록 구축시스템(http://kolis-net.nl.go.kr)에서
이용하실 수 있습니다. (CIP제어번호: CIP2020049085)